湖の女たち

吉田修一

The Women in the Lakes
Shuichi Yoshida

新潮社

目次

装画　荻原美里
装幀　新潮社装幀室

湖の女たち

第1章　百歳の被害者

台所はひんやりしている。

床板は無垢の松材で、柿渋と松煙を使って塗装されているので、洗剤が染み込むと艶がなくなる。だから拭くときには必ず雑巾を固く絞ってから拭きなさいと、豊田佳代《とよだかよ》は幼いころから祖母にしつけられている。

おかげで床は未だに黒光りしているが、なにぶん古い家なので踏めば床板は軋む。ギィと鳴るだけならかわいいものだが、ここ数年は流し台から川端《かばた》まで、この狭い台所で立ち動くたびに、食器棚に重ねた皿が音を立てる。

川端というのは、ここ西湖地区に流れる豊富な湧き水の水路で、この水路が家々の台所の中に引き込まれている。

佳代の家では台所の床板から一段降りたところが石積みの川端で、大きな石甕に引き込まれた湧き水は料理に使ったり、野菜を冷やしたりする。

「お父さん、なんか銀行の振込あるって言ってへんかった？」

冷えた胡瓜とトマトを石甕から掬い上げながら、佳代は背後の居間に声をかけた。

濡れたまま野菜を俎板にのせ、サラダ用に切り始めていると、「ああ、これこれ、頼むわ」と、いつの間にか父親の正和《まさかず》が背後にいた。体の大きな正和が立つと、床板が大きくしなるのが佳代の足の裏からも伝わってくる。

正和が手にしているのは通販代金の振込用紙で、６９８０円とある。

「また、なに買ったん？」

「羽毛の枕や」

「枕、こないだも買うてなかった？」

「あれ、向こうの家に持ってってん。これ、ここに貼っとくぞ」

正和が振込用紙を冷蔵庫にパチンと貼って食卓へ戻る。正和が使ったマグネットは、佳代がさほど熱心にでもなく集めている食品を象ったマグネットの一つで、ちょっと分かりにくいのだが、これはエンガワの握りのミニチュアである。

ちなみに正和が向こうの家と言ったのは、三、四年まえから付き合っているらしい静江《しずえ》という女性の家のことだ。

夏のこの時間はちょうど朝日が台所に差し込んでくる。差し込んだ日差しは川端を照らし、石甕の水に浮かんだ野菜をキラキラと輝かせる。

佳代はガラス製のサラダボウルを食卓に運んだ。切ったばかりの胡瓜やトマトがひんやりと見える。

「粉チーズみたいなドレッシングあったやろ？」

納豆を混ぜていた正和が、佳代が持ってきた柚子ドレッシングを一度手に取って戻す。

「粉チーズ？」

「ああ、そや。向こうの家やったわ」

佳代はかまわず柚子ドレッシングをかけた。

食卓には鯖のみりん干しと大根おろし、大粒の納豆、だし巻き卵に、甘めのエビ豆と、正和の好きなものが並び、あおさたっぷりの味噌汁からは濃い湯気が立っている。

「お父さん、枕、枕って、また首の調子悪いん？　マッサージ行ったら？」

「そやな」

正和が乱暴に首を回す。

「そうやって無理に捻るからあかんのちゃうん？　予約しといてあげよか？　最近、大野さん、当日やと空いてないこと多いで」

この大野というマッサージ師を、ある意味、佳代は崇拝している。と云うと大げさだが、たとえば眼精疲労から来る頭痛だとか、全身が痺れるような腰痛を、大野は必ず治してくれる。三十代半ばだろうか、メガネをかけた小柄な男性で、決して力強いマッサージではないのだが、逆にソフトタッチの指圧のリズムが体の奥の方まで染み込んでくる。極めつきは施術の最後で、両目の上にかざされる彼の手のひらだ。触れられてもいないのに、じんわりと手のひらの熱が伝わってくるのだ。

「お父さん、今日現場なんやろ？　熱中症に気ぃつけてよ。また三十五度くらいになるらしいから」

「そやろな。朝でこれやもんな」

玄関を出て行く正和を見送ると、佳代が小皿に残っていただし巻き卵を口に運んだ。

正和が経営する豊田石材店は自宅から車で五分ほどの県道沿いにある。向かいは琵琶湖で、観光客から見れば湖畔の松林と相俟っての絶景なのだろうが、見慣れた佳代たちの目には砂利敷の駐車場があるだけで、石材店の前に三台並んでいる自動販売機にしか色がない。

この石材店は正和の父である幸三《こうぞう》が始めたもので、景気が良かったころには若い職人たちを何人も抱えていたのだが、現在では正和ともう一人の職人とで細々とやっている。基本的には墓石専門だが、著しい人口減少や共同墓地の流行で、ここ十数年は墓石よりも、建築用の石材やタイルを扱うことが多い。

台所で洗いものを済ますと、佳代は洗面所で簡単に化粧をして家を出た。家の車庫で野良猫が気持ち良さそうに寝ている。

「もうごはん食べてきたん？」

声をかけるが、猫は顔も上げず、満足げに尻尾を大きく揺らす。ちなみにこの猫には右目がない。生まれつきらしいのだが、子猫のころ川端で水を飲んでいるところを隣りに住む佐伯のおばさんが見つけ、不憫に思って病院に連れていったあと、自分で飼うでも飼わぬでもなく、おばさんが地域猫として餌だけは与えている。

寝ている猫を跨いで、佳代が自分の車に乗り込もうとすると、その佐伯のおばさんが、

「佳代ちゃん、おはよ。今から？　今日も暑いって。気ぃつけへんと」と声をかけてくる。

その手には重そうな洗濯かごがあり、額には玉の汗が浮かんでいる。

「……あ、そやそや、佳代ちゃん。おばあちゃんのお返し、ありがとうね。昨日カタログが届いてん」

洗濯かごを置いた佐伯のおばさんが首にかけたタオルで汗を拭く。

「選べる方のがよかったやろ？　おばちゃん、何にしたん？」

「まだ決めてないねん。いっぱいあるから選べへんで。でも、お米とかお肉かなあって思ってるんやけど、可愛らしい日傘なんかもあんねん」

「ああ、載ってたな。バッグとかもいろんなんあったやろ？」

「バッグはなあ、若い人向けやもん」

またタオルで首の汗を拭いたおばさんが、「……にしても早いなあ。もう三回忌ってなあ」と、今日もまた暑くなりそうな夏空を見上げる。

「あ、もう行かへんと」

佳代は車のドアを開けた。乗り込んだ瞬間、車内の熱でどっと汗が噴き出してくる。

車庫からは水路にかかる短い石橋を渡って道へ出る。この時間、近所の中学生たちが猛スピードで自転車を漕いでくるので、佳代はハンドルにしがみつくように前方を確認しながら車を

出す。

先日、祖母寿子《としこ》の三回忌法要を臨済寺で済ませた。

亡くなる前日まで近所のスーパーに出かけていたほどで、とにかく急で呆気ない最期だった。あまりにも呆気なさすぎたせいもあるのか、通夜や告別式で佳代は一切泣かなかったのだが、なぜか先日の三回忌法要が終わった直後、自分でもどうしようもないほど涙が止まらず、境内の松の裏で泣きじゃくった。

悲しいとか寂しいとか、そういうことではなくて、祖母が亡くなってからの丸二年の間に溜まっていた、たとえば「なあ、おばあちゃん、タオルケット出そか?」とか「なあ、おばあちゃん、玄関の鍵閉めてくれた?」とか、「なあ、おばあちゃん、今日も暑いで」とか、そういった二年分の呼びかけが、「おばあちゃん! なあ、おばあちゃんって!」と、とつぜん体からあふれ出てきたようだった。

泣くだけ泣くと、子供のころ、祖母が話してくれた昔話が蘇った。有名な話もあれば、祖母の創作みたいな話もあったが、なかでも未だに鮮明に覚えているのは天狗の話だ。

あるとき、村の少女が神かくしに遭う。村人たちが必死に捜索するも少女は見つからない。そのころ、少女は森の中で目を覚ます。すでにとっぷりと日の暮れた森の中、少女は、走る誰かの腕に抱えられている。とても太い腕で、包み込まれるように柔らかい。しかし、暗くてその顔は見えない。

「あんたは誰?」

少女が尋ねると、ふと動きが止まった。

「わしは天狗じゃ」

そう言って、また森の中を走り出す。

車は県道へ出ると、正和の石材店とは逆方向に走る。湖沿いの片側一車線。平坦な一本道でスピードを出す車が多く、法定速度を守る佳代のようなドライバーは、あからさまに煽られてドキドキしたり、無理な追い越しにヒヤッとさせられる。

この県道を湖沿いに五キロほど北上したところに、佳代の勤務先である介護療養施設の「もみじ園」がある。

佳代たちスタッフが車を停めるのは、この正面玄関からさらに裏へ回った一角にあるスタッフ用駐車場で、その日来た順番に停めていくので、ここに停まっている車を見ただけで、今日は誰が夜勤で、日勤の誰がすでに出勤しているかが分かる。

車を降りた佳代はそんなスタッフたちの車を見渡し、一口に車と言ってもいろんな種類があるものだと改めて思う。

佳代のような女性スタッフたちは、ほぼ全員が軽自動車に乗っているが、それでもまだ若い梓《あずさ》ちゃんは淡いピンクのスズキ・アルトラパンといういうぬいぐるみのような車だし、シングルマザーである二谷《にたに》さんは、室内が広く実用的な赤のダイハツ・タントで、旦那さんや孫と一緒にキャンプを楽しむというユニットリーダーの服部《はっとり》さんだけはキャンプ仕様に特注した迷彩柄のジープに乗っている。

この服部がキャンプ仕様の車に乗っているのには理由がある。孫娘に当たる三葉《みわ》ちゃんという女の子を夫婦で育てているのだ。

服部から聞いた話によれば、服部の一人娘が離婚し、別の男と付き合うようになり、もちろん当初は娘の三葉もその男に会わせていたらしいのだが、次第にその男に対する三葉の態度が悪くなってしまったらしい。ただ、娘に男と別れる気はないどころか、三葉を置いて外出してしまうようなこともあり、見かねた服部たち夫妻が三葉を引き取って育てるようになったという。

塞ぎがちだった三葉を元気付けるために始めたのがキャンプだった。服部がアウトドア系に明るいのはそのせいだった。

つくづく、自分の車だけが特徴がないと佳代は思う。価格と燃費重視で選んだのは軽自動車の一番人気車で、乗り心地も良く不満はない。だが、無難にボディカラーを白にしたせいか、近所の大型スーパーやレイクモールの駐車場では似たような車がありすぎて探し出せないときがある。

佳代は施設に入るまえに背伸びした。少し高台にあるので、風通しも良さそうなものだが、あいにく風もない。以前担当していた入居者で、現役時代は建築家だったと言うおじいさんがいた。彼がまだ元気だったころに言っていたのだが、この「もみじ園」というのは琵琶湖からの湖風を遮るように建てられており、おまけに盛り土のような地形が風の流れを悪くしているらしい。

聞けば聞いたで、佳代もそんなものかと思う。ただ、風なんか隙間さえあれば通るのだから、そう関係ないようにも思う。

駐車場の強い照り返しから逃れるように、佳代は施設に向かった。程よい冷房が頬を撫でるが、すぐに介護療養施設特有の臭いがする。たまにしか来園しない入居者の家族や親戚には、この臭いに気づかない者が多いと聞いて、佳代は驚いたことがある。もちろん最新設備で園内の換気は完璧に行われているので、たまにしか来ない者には臭いがしないのかもしれないが、毎日をここで過ごす佳代たちスタッフ、そしてもちろん入居者たちは、どんなに最新の換気システムで空気を循環しようと、この生の人間の臭いを知っている。

「おはようございます」

受付の事務員たちに挨拶をして、佳代は更衣室に急いだ。その廊下には入居者たちで作る園芸サークルが育てた鉢植えのスイートピーが並んでいる。

更衣室では、夜勤明けの小野《おの》梓がスマホで動画を見ながらニヤニヤしていた。

「お疲れさま」

佳代が声をかけると、「お疲れさまです。ちょっと佳代さん、これ見てくださいよ」と、嬉しそうにスマホを突き出してくる。

見れば、YouTube の動画で、「なによ、これ？」と、思わず佳代はその手を押し返した。

「流星《りゅうせい》たちの新作動画なんですけど、アホみたいでしょ？　おちんちんに洗濯バサミつけて、お互いに引っ張り合ってんねんて」

「もういややッ」

佳代はさらにスマホを押しのけた。

「大丈夫ですって、ちゃんとボカシ入ってるから」

アホらしいとは思いながらも、動画から聞こえている男の子たちの笑い声が楽しそうで、つい佳代もまた動画に目を向ける。実際、何がそんなに楽しいのか分からないが、ユーチューバーの卵だという梓の彼氏たちは、本気で洗濯バサミのついた紐を引っ張り合っている。

自分で引くよりも、相手に引っ張られる方が痛いようで、へっぴり腰のまま、相手に近寄ったり離れたりする様子を見ていると、次第にそんな破廉恥な動画にも慣れてきて、少しだけ面白くなってくる。

「あ、そうや。佳代さんもチャンネル登録してあげてくださいよ。なかなか増えへんのやって」

「いややー、こんなことばっかりやってんねやろ?」

「たまには映画のレビューとかもやってるんですよ。でも、見なくてもいいですから、登録だけ。ね、お願いします。あとでＬＩＮＥで送っときますから」

梓はまた動画に視線を戻して笑っている。佳代はロッカーを開けて着替え始めた。

流星という梓の彼氏の本職は型枠大工らしい。近いうちに同棲を始めるのだが、朝の六時まえには仕事に出かける彼氏に、夜勤も多い自分がどれくらいちゃんと尽くしてやれるかと、梓はそれが心配で仕方ないと悩んでいる。「梓ちゃんって、古風なんやね」と、佳代が驚くと、

「え？　古風じゃなくて、今どきじゃないですか？」と逆に驚かれた。

◯

ナイロン製のウェーディングパンツで腰まで浸かった太ももを湖水が圧迫する。夏の日差しを浴びた湖面はキラキラと眩しく、湖岸の榛《はん》の木《き》の木陰から釣竿を伸ばしているとはいえ、風が止めば背中を汗が流れる。

濱中圭介《はまなかけいすけ》はいったん釣り糸を巻き上げると、ウェーディングベストから水筒を出し、妻の華子《はなこ》が作ってくれる自家製のポカリスエットを飲んだ。本物とはだいぶ味が違うのだが、逆に自家製の方がレモンの味が強くて、圭介は気に入っている。

湖岸に停めた車を振り返ると、日陰に停めておいたはずが、いつの間にかフロントガラスに日が当たりつつある。

圭介は改めて周囲を見渡した。琵琶湖のこの辺りは遠浅の湿地で、豊かな葦原が広がっている。湖面を渡ってくる微かな風に、葦がその葉を静かに揺らす。

葦原には赤芽柳や立柳などの大きな樹木も多く、太い幹が湖面から突き出すその様子は、熱帯雨林のジャングルを思わせもするが、ジャングルが原色の油絵だとすれば、こちらの湖は墨絵のように色がない。

非番の今日、圭介は朝からウェーディングにきていた。もう二ヶ月もまえ、華子とレイクモールに行った際、溜まっていたポイントを使おうと、アウトドア専門店に寄った。たまたま釣り用品のセールをやっており、古くて洗っても臭いが取れなくなっていたウェーディングウェア一式を買い替えた。以来、新しいウェアを着て湖に入ることを楽しみにしていたのだが、なかなか休暇も取れず、やっと取れても天気が悪かったりで、結局今日まで一度も使えずにいた。

その新しいウェアのお陰か、はたまた新調したヘビキャロの具合が良くて予想以上に遠投できたせいか、サイズは30から40のアベレージながら、傷一つないきれいなバスが面白いように釣れている。

圭介は遠い湖面を見つめた。

リグを落とす辺りに意識を集中すると、そこだけ静かに波打つように見える。圭介は竿を振った。思い描いた軌跡をなぞって、キラキラとラインが伸びていく。狙った場所に35グラムのシンカーが落ちた瞬間、静かな湖面に波紋が起こる。波紋は湖が静かであればあるほど大きく広がっていく。

いったん車に戻ったのは、仕掛けのワームがなぜか取れてしまったからで、ついでに車内で朝メシも済ませる。朝メシと言っても途中コンビニで買ったサーモンのクラブサンドで、ものの三分で食い終わる。胃が満たされると、日頃の寝不足がたたって眠気が襲う。早朝に出てきたので、まだ朝の八時まえだった。

圭介はシートを倒し、スマホに保存した動画を再生した。選んだのはプライベートに撮影されたらしいサディスティックなエロ動画で、急に女の喘ぎ声が漏れ出て慌ててボリュームを絞る。

車を停めているのは湖沿いの県道から水門脇の通路を抜け、さらに砂利道を進んだ湖岸で、密生したクヌギの木立が目隠しとなっている。

圭介は運転席で下着を下ろすと、乱暴に性器をしごいた。動画では性奴隷志願だという女が、パスポートで自身の本名を晒されながら男の性器を舐めさせられている。

圭介が果てたのと、このパスポートはきっと偽造だなと今さら気づいたのが同時だった。途端に女の媚態が演技に見えてくる。

白けた圭介はティッシュで汚れを拭い、水筒の自家製ポカリスエットを飲み干した。スマホが鳴ったのは車を降りてクヌギの枝に干していたウェーディングパンツにふたたび足を通そうとしたときだった。

部長の竹脇《たけわき》からで、非番とはいえ無視するわけにもいかずに出ると、「濱中か？　すぐ来れるか？　……いや、直接現場に向かえるか？」と、いつになく切迫した声がする。

「事件ですか？」

「西湖地区に『もみじ園』っていう介護施設あるの知ってるか？」

「もみじ園……。いえ、知りません」

「湖沿いに野鳥センターがあるやろ？　そこから駅の方に向かって……」

「ああ。……あの田んぼの中に建ってる？　あれ、介護施設なんですか？」

「俺もずっと病院やと思てたけど、今朝あそこで入居者が死んだらしいわ。まだ様子はよう分からんのやけど、とにかくすぐ向かってくれ」

「分かりました。三十分以内には」

圭介は電話を切り、釣り道具をトランクに投げ入れた。

自宅まで十分で戻って五分で着替える。自宅から現場まで十五分……。頭の中で計算しながらも、前を走る車を次々に抜き去る。

自宅へ戻ると、夫の早い帰宅にベランダでハーブを摘んでいた華子が、「もう帰ってきたん？」と目を丸くする。

「急に仕事になった。すぐ出るわ」

圭介は服を脱ぎ捨てた。

慌ててベランダから戻った華子が、まずハーブを台所に置き、寝室のクローゼットからしゃがんでシャツを出そうとするので、「そんなバタバタ動いたらあかんて」と、圭介は臨月に近い華子を気遣った。

「遅くなるん？」

「まだ分からへん」

圭介は華子の腰を摩《さす》った。実際にはかなりの肉がついているのだが、不思議なもので、こうやって摩ると、ほっそりした本来の腰の線が感じられる。

「あ、せや。時間あるときでええから、義姉《ねえ》さんにお礼の電話入れといてくれへん？　またオーガニックの高そうなおくるみ贈ってくれはって。ネットで調べたら一万二千円もすんねん」

華子が箱を開けようとする。

「おくるみって、何？」

乱暴にネクタイを締めながら圭介は訊いた。箱を開けた華子が、タオルのようなものを出し、

「こうやって、赤ちゃんを『おくるみ』や」と自分の腹に巻いてみせる。

圭介は玄関で革靴に足を突っ込んだ。まだ下ろしたばかりで、新しい革が鳴る。

「あんまり高いもん、もらったらあかんで」

「そんなん、私がねだったわけちゃうもん」

圭介は玄関を飛び出した。

「いってらっしゃい」と言う華子の声が聞こえたのは、ドアが閉まったあとだった。

華子の実家は代々続く地元の歯科医で、現在では長男がその事業を継いでいる。この長男の嫁が、昔から圭介は苦手だった。もちろん表立った諍《いさか》いがあるわけでもなく、会えば普通に付き合うのだが、こちらが何を言っても、その裏の意味を勘ぐられているような、そんなひんやりした空気が流れるのだ。

以前に一度だけ、その気持ちを華子に伝えたのだが、刑事の嫁にもかかわらず、世の中の悪意というものに無頓着な彼女にはピンと来ないようだった。自分の夫が陰湿な事件を扱っているというよりも、陰湿な事件を扱ったテレビドラマの刑事役でもやっているようなイメージらしく、華子が想像する事件現場には照明だけが強く、血や汗といった人間の臭いが一切ない。

高校時代、圭介はサッカー部に所属しており、おそらく女の子たちから人気があった。ある

練習試合の帰り道、チームメイトたちと歩いていると、対戦相手だった学校の女子生徒たちから一緒に写真を撮らせてくれないか、などと頼まれた。嬉しいというよりも、チームメイトたちに冷やかされるのが嫌だった。しかしチームメイトたちは、「圭介、じゃ、俺ら、先に駅前のお好み焼き屋行ってるわ」と、まるで靴紐がほどけた友人をその場に残すように圭介を置いていく。

隣町の女子校に通っていた華子と付き合い始めたのがこのころだった。知り合ったのは両校共同で行われたチャリティーバザーの親睦会だったのだが、華子もまた、圭介の学校の男子生徒たちから一緒に写真を撮ってもらえないかと声をかけられていた。そして華子の友人たちもまた、まるで靴紐がほどけた友達を置いていくように、先にどこかへ行ってしまうのだ。

お互いにほどけてもいない靴紐を結び直して顔を上げた瞬間、お互いの顔がそこにあったような感じだった。

その後、互いに地元の大学へ進み、一人暮らしを始めた圭介のアパートで同棲の真似事のようなことをするようになった。長い休みには華子の両親が所有している北湖の別荘に学校の仲間たちを集めて過ごすのが恒例で、大学三年のときには、華子がミス琵琶湖に選ばれたこともあって、圭介もバイクで彼女が参加する全国キャンペーンについて回り、各地の旨いものを一緒に食べ歩いた。

大学卒業後、入学した警察学校の初任科のころ、結婚を意識するようになった。六ヶ月の在学中は文通以外の連絡手段がなく、週に一度交わす手紙の内容がいつの間にか将来の話になっていた。もちろん圭介は華子と一生を共にしたいと思っていた。華子とならば幸せになる自信もあったし、未だにある。実際、友人や上司たちはもちろん、互いの両親たちでさえ、見ていて気持ちいいくらい理想的なカップルだと手放しで褒めてくれる。

到着したもみじ園には、特に規制線が張られているわけでもなかった。報道関係者の車もまだ到着しておらず、駐車場はいたって平穏で、一台のワゴン車からひどく背中の曲がった老人が車椅子に乗せられて、やけにのんびりと降ろされている。竹脇部長の口調から、圭介はてっきり管轄内では珍しい殺しだと思っていた。

施設に入ると、さすがに内部は混乱しており、施設の職員や鑑識が慌ただしく立ち動いている。圭介は介護スタッフらしき女性に話を聞いている先輩の伊佐美《いさみ》の背後に立った。

「遅くなりました」

小声で挨拶した。伊佐美も小さく頷き、すぐにスタッフとの話を打ち切ると、早速現場となった個室に連れていく。

「状況、何か聞いてるか？」

伊佐美に訊かれ、「いえ、まだ何も」と圭介は首を振る。

「ガイシャは市島民男《いちじまたみお》、百歳」

「百歳？」

圭介は思わず足を止めた。

「人工呼吸器をつけて療養中やったガイシャが、今朝方、心肺停止状態で発見されたんや。死因は低酸素脳症。駆けつけた家族が、施設側の説明とスタッフたちの態度を不審に思って通報した。今のところ、人工呼吸器の不具合かもしれんし、当直の看護師たちによる業務上過失があったのかもしれん……」

「発見したのは、当直やった看護師なんですか？」

「いや、看護師さんやなくて、介護士さんや。彼女がガイシャの異変に気づいたのが午前五時すぎらしいわ」

やけに磨き上げられた廊下を進むと、現場らしい個室を施設のスタッフたちが遠巻きに覗き込んでいた。おそらく、看護師は白、介護士が薄いピンク色の制服なのだろう。

その個室から竹脇部長がハンカチで額の汗を押さえながら出てくる。

「遅くなりました」と圭介は声をかけた。

「ちょっと出よか。ここは鑑識に譲って」

竹脇が圭介と伊佐美を押し戻す。

圭介は振り返った。なんの変哲もない病院の個室で、ベッドは一つ、サイドテーブルに花が飾られているわけでもない。

「ほな、改めて聞こか」

長い廊下が突き当たりで左に折れ、てっきりその先にもまた廊下が続くのだろうと思っていたが、折れた先が行き止まりで、四人掛けの硬そうなベンチがコの字に並んだ休憩所になっていた。

ベンチに座り込んだ竹脇の前に、圭介と伊佐美は立った。伊佐美がメモ帳を開く。

「昨晩の当直は看護師が二人。他に介護士が二人の体制やったようです」

伊佐美の話によれば、このもみじ園という施設は療養病床と老人性認知症疾患療養病棟に分かれており、当該のガイシャは療養病床の入居者ということになる。

「……まだ、詳しい調べはこれからですが、おそらくガイシャの死亡時刻前後、看護師は二人とも仮眠中で……」

竹脇が口を挟む。

「二人とも？」

「ええ。その代わり二名の介護士たちに仕事を任せたそうなんですが、介護士たちの方からは、正式な要請を受けていないという声も出ております」

「昨日が初めてか？　その看護師が長い仮眠で介護士に任せるっていうのは」

「いえ、珍しいことやなくて、看護師の人数が足らんときは、いつもそういう体制やったそうです」

「よし、続けろ」

「はい。ですので、焦点は人工呼吸器に誤作動があったかどうか、もしないとすれば、施設側の業務上過失致死……」

伊佐美の報告を聞きながら、圭介は窓外へ目を向けた。高台に建つこの施設からは、防風林の先に夏の日差しを浴びた湖面が見える。

○

浴槽の湯が汚れた泡と一緒に排水口に吸い込まれていく。佳代は入居者の体が冷えぬように、なるべく早くタオルで拭いてやりながら、「戌井《いぬい》さん、またゆっくりリフト上げますよ。お尻と背中はキャリーに移してから拭きますからね。気持ち悪いやろうけど、ちょっとだけ我慢しといてくださいね」と耳元に声をかける。

ペアを組んでいる二谷紀子《のりこ》がタイミングを見計らって頑丈な吊ベルトを椅子にかけ、リモコンを操作すると、ゆっくりと戌井の体が持ち上がる。入居してきたばかりのころに比べれば、戌井の体はすっかり細くなっているが、それでも吊ベルトの軋み音からは一人の男性の重みが伝わってくる。

佳代は、戌井の股間に乾いたタオルを置くと、安全のためとはいえ、あまりにも緩慢なリフトの動きが申しわけなくなる。局部にだけ小さなタオルを置かれた老人の裸体が、まるで見世物のようにゆっくりと浴槽からキャリーへと移動していく。

「恥ずかしいことじゃなくて、気持ちええことをしてあげてるって思わんと」

この仕事を始めたばかりのとき、先輩に言われた言葉だ。浴室のドアが開いたのは、そのように吊られたままゆっくりと移動する戌井の体を見守っていたときで、「入浴、まだ時間かかりそう？」と、ユニットリーダーの服部久美子《くみこ》が顔を出した。

「いえ、もう終わります。今日は戊井さん、お洋服脱ぐの、ぜんぜん嫌がらずにいてくれはったもんね。いつもとはお風呂の時間が違ったのにね」

二谷がリフトに吊られた戊井に微笑みかけるが反応はなく、佳代は戊井のその痩せた太腿に手を添えて、キャリーに降ろされるリフトの角度を調整した。

「ほんなら、戊井さんの入浴が終わったら、二人一緒に相談室行ってもらえるやろか。さっきは一人ずつて言われたんやけど、二人一緒でもええみたいやから」

服部はそれだけ伝えると、乱暴にドアを閉めた。廊下を走っていく忙しい足音が聞こえる。

「なんか緊張するな。一応、これ、正式な取り調べなんやろ？」

二谷がそう言って大げさに震える真似をしながらも、戊井の背中と尻を丁寧に拭く。佳代は、皮膚のたるんだ戊井の両腕を自分の首に回して抱きかかえ、拭きやすいようにその体をできるだけ持ち上げる。

「……でも、佳代ちゃんと一緒でよかったわ。心強いわ」

「私だってそうですよ。それこそ、学生のころから面談とか面接やのって言われると、心臓がキューーッてなりますもん」

自分だけ蚊帳の外に置かれていることは分かるのか、入浴中には大人しかった戊井が佳代の腕から逃れようとする。

「……戊井さん、かんにんやで。もうすぐ終わるからね」

声をかけるが、戌井がさらに嫌がる。

「戌井さん、今日な、一〇八号室の市島民男さんが亡くならはってん。そんでな、どういう理由で亡くなったんか、警察がようけ来て捜査してんねん。別の班が担当してる入居者さんなんやけどね。それでも職員全員に昨日の夜のことを聞くんやて」

二谷の説明が理解できたとは思えないが、抗っていた戌井の体から力が抜けていく。

戌井を居室のベッドへ戻すと、佳代たちはその足で入居相談室へ向かった。取り調べを待つ長い列が廊下にできているのかと思っていたのだが、特に誰も待っていない。

「ノックした方がええんかな?」

ドアに耳を寄せる二谷に訊かれ、佳代も横から顔を近づけた。部屋の中からは人声もない。

「少し、そこで待ってみます?」と、佳代はベンチに目を向けた。

「そやね」

二谷と寄り添うように硬いベンチに腰掛けた途端、ちょっとそわそわしてくる。相談室のドアが開いたのはそのときだった。ぬっと顔を出した若い刑事が、「あれ、ここに婦警おりませんでした?」と訊く。

「いえ」

そう答えた二谷に、一拍遅れるように佳代も、「誰も」と続けた。若い刑事は爪先立ちになって廊下の奥を確かめる。日に灼けているせいか、ワイシャツが驚くほど白く見える。

「えっと……」

婦警を探すのを諦めたらしい刑事が、佳代たちに視線を戻す。

「ユニットリーダーの服部から、こちらに伺うように言われたんですけど」

答えたのは二谷だった。

「服部さんってことは……」

「二班です」

「ああ。じゃ、どうぞ」

そこで初めて佳代たちは立ち上がったのだが、自分たちが無遠慮に座り続けていたことに気づき、二人して照れるように互いを肘で突つき合った。しかし刑事は表情を変えることもない。

相談室内はいつもと変わらなかった。入居案内などのパンフレットもデスクの上にそのままで、窓際にはミッキーマウスとくまのプーさんのぬいぐるみが置いてある。

「西湖署の濱中と言います。お忙しいところ、ご苦労様です」

日ごろはスタッフが座る椅子にこの刑事が座り、佳代たちは来園者用の立派な椅子に腰かけた。

「お名前からお願いできますか？」

そこで初めて刑事が顔を上げた。顔を上げるというよりも、その目だけが動き、まっすぐに二谷を見つめている。

自分が見られているわけでもないのに、思わず佳代はその視線から目を逸らした。逸らした先に、刑事のものらしいメモ帳があった。これが例の警察手帳かな、と一瞬思ったが、そうではないらしく、スーパーなどでも見かける市販の帳面で、開かれたその紙面を、まるで黒蟻のような小さな文字が隙間なく埋めている。今にもその一匹が紙面から這い出てきて、日に灼けた刑事の指に上っていきそうだった。

「皆さんにお聞きしてるんですが、昨晩のお仕事の流れを一通り聞かせてもらえますか？」

濱中と名乗った刑事に訊かれ、「私は夜勤の遅番でしたので、出勤したのが夜の八時です……」と、二谷がすらすらと答える。

その横で佳代は慌てた。二谷が事前に答えを準備していると思った。昨夜のことを思い出そうとすると、さらに緊張してしまう。

本来なら昨日と今日は、両日とも朝の九時から夕方の六時までの日勤遅番シフトだった。ただ、前日からユニットリーダーの服部に相談されていた通り、ぎっくり腰で急遽休みを取っている沼田さんの代わりに、日勤遅番から続けて夜勤という二十四時間連続勤務になっていた。さらに今朝からの大騒ぎで、本来なら朝九時の終業時間を超え、こうやって昼近くまで二谷とともに働いている。

ただ、変則的なシフトのせいもあって、昨晩は五時間近くしっかりした仮眠の時間をもらえたので体力的には問題ない。

昨夜、夜勤の二谷とともに各室を回ってルーティンの作業を終えたのは平常通り午後十一時ごろだった。事務室へ戻り、手分けして日報を記入した。連続シフトで疲れているだろうからと二谷が声をかけてくれ、十二時前には仮眠室へ入った。

確認はしなかったが、おそらく窓側の二段ベッドでは看護師の中村たちが寝ていたはずだ。

「今夜、一班は介護士スタッフだけで起きてるんやな」と思った記憶がある。

その後、一度トイレに起きただけで午前四時過ぎまでしっかりと眠った。身支度をして事務室へ戻ると、二谷が巡回から戻ったところで、「あれ、佳代ちゃん、もう起きたん？　五時まででええよ」と言ってくれたが、もう目が覚めてしまったからと、ちょうど呼び出しのあった二〇五号室の白須《しらす》さんのオムツ交換へ出向いた。

五時を過ぎると、入居者たちが目を覚まし始めるのでいつも通り忙しくなる。朝食前に入居者たちの投薬に最新の変更がないかチェックして、二谷と食事担当の分担を決めているときだったと思うが、一班が受け持つ一階がなにやら騒がしくなった。認知症の老人たちがいる施設なので小さな騒ぎなどよくあることで、今度は何だろうかと思う程度で静観していた。

朝食の準備などルーティンの仕事をこなしているうちに、騒ぎの原因が伝わってきた。なんでも一〇八号室の市島民男が今朝方亡くなっており、異常があれば本来なら鳴るはずの人工呼吸器のアラームが鳴らなかったらしかった。すぐに駆けつけた家族が患者の死因に不審な点があると警察に通報したという話が、佳代の耳に入ってきたのが、各室の朝食の片付けも終えたころだ。

さすがに気になり、佳代と二谷も一階へ降りてみた。ただ、予想した混乱はなく、一班のスタッフたちもすでに通常の仕事に戻っていた。

「お父さん、まだ焼酎飲むん？　ごはん、まだいい？」

佳代は冷蔵庫から鰺茶漬けのパックを取り出し、茶碗半分ほどの白米の上に載せると、熱湯を注いだ。わざわざ通販で長崎から取り寄せている茶漬けパックで、真鰺に熱湯をかけると身が白くなり、鼻をくすぐるような風味が立つ。

祖母の寿子はあまり洋食を好まなかったが、この鰺茶漬けのパックで作ったパスタだけは好きで、一人分をペロリと食べた。

「お父さん、ごはんは？」

食卓に戻り、佳代は改めて訊いた。グラスに焼酎を注ぎ足していた父の正和が、「まだええわ」と首を振り、「……それより、その刑事もなんか頼りないな」と、話の続きを始める。

席を立つまえ、佳代は今日もみじ園で起こった出来事の顛末を正和に話していた。正和は百歳になる入居者の死因が自然死だったのか、はたまた医療ミスだったのかについては、さほど興味を持たなかったが、娘が刑事に取り調べを受けたことを面白がり、「へえ、警察手帳、見せへんの？　アリバイ的なことは聞かれへんの？」と、佳代の短い話が終わったあとも質問を続けた。

「頼りないというか、その刑事さん、ものすごい疲れてはったわ。そりゃ、そうやで。同じ質問を二十人にも三十人にもするんやろうし」

佳代は鰺茶漬けを啜った。

「いうても、容疑者としての濃淡はあるやろ。おまえみたいにまったく別の班の者と、その死んだ爺さんを担当しとった人らとは調べ方もちゃうやろし」

「容疑者って……」と佳代は笑った。

焼酎を飲む父親と鯵茶漬けを啜る娘のいる食卓では、容疑者という言葉は馴染まない。

「お父さん、私、今日は連続勤務明けやから早よ寝るからな。グラスや皿、そのまま流しに置いといてくれたらいいから」

席を立とうとした佳代に、「あ、そや。引越しのことやねんけどな」と、正和がどこか言いにくそうに声をかけてくる。

「もう業者さんに頼んだん？」

「お父さん一人分の荷物なんて、わざわざ業者に頼むほどのもんちゃうやろ」

「それでも、自分たちでやるとなったら、また手間やで。この暑い最中に。……静江さん、なんて言うてんの？　一緒に暮らすって決めたんやったら、お父さんもちゃんとしてあげな。小学生の修学旅行ちゃうんやし、下着と歯ブラシだけってわけにもいかへんで」

「そんなん、分かってるわ」

正和がいつものように少し腹を立てたところで、佳代は自分の食器を流しに運んだ。

高校時代の同級生だという静江と正和が一緒にいるところを初めて佳代が見たのは、祖母の通夜の席だった。それまでにも正和の口から頻繁に彼女の名前は出ていたし、一緒に温泉旅行などにも行っていたので、ある程度のことは分かっていた。

祖母の葬儀では、元々世話好きらしい静江は、正和の喪服の支度から仕出しの手配まで何かと手伝ってくれた。佳代はそんな静江の少し出過ぎともいえる気遣いに嫌な気持ちになるどころか、「ああ、この人は本当にお父さんを大切に思ってくれてはるんやろな」と素直に思った。

「一緒に暮らしたらええのに」と、最初に口にしたのは実は佳代で、正和の方は、「そんなん、今更ええわ」と、ひどく照れていたのだが、実は静江からもその話はすでにあったらしく、

「……もしそうしたら、お前はどうすんねん」とポツリと言う。

正直なところ、佳代はそこまで考えていなかった。だが、もしそうなるのであれば、正和がこの家を出て、どこかで静江と暮らすというイメージしかなかった。もちろんここは父の家だが、早世した母と祖母から受け継いだこの台所は紛れもなく佳代のものであり、静江がそこに立つ姿など想像できない。

「お父さんが静江さんのマンションに行けばいいやん」

佳代は当然とばかりにそう言った。すると、正和たちの方でも似たような話をしていたようで、「まあ、向こうもその方が気ぃ楽らしいわ」と答え、「……でも、お前はそれでええんか?」と佳代を心配する。

「本当は私が出ていくのが筋なんやろうけどな」と佳代は答えた。

「筋なんか、どうでもええねん」

「でも、静江さんもほんまにそっちの方が気ぃ楽やと思うわ。嫌やもん、人んちの台所に立つって」

もう二十年もまえに妻を亡くした男と十二年前に離婚した女が、還暦を前に新しい生活を始める。成人した娘がとやかく口出しする類のことではない。

八歳の時に母を亡くした佳代は祖母の寿子に深い愛情のもとで育てられた。幼いころから祖母と共に家事をこなしてきた佳代にとっては、正和というのは父でありながら、どこかこの家の一人息子という感じもあった。その一人息子が独り立ちして女性と暮らす。父を失うという感傷が一切ないのは、このためらしかった。

その夜、佳代はいつもより早くベッドに入った。仮眠が取れたとはいえ、連続勤務の疲れは重く、シャワーを浴びて髪を乾かしながらもすでに痺れるような眠気があった。暑さで目を覚ますのが嫌で、普段はつけないエアコンにタイマーをかけ、代わりに夏毛布を押入れから引っ張り出した。いくつか届いているＬＩＮＥやショートメールも確認しなかった。

電気を消して目を閉じると、すぐに眠りに落ちそうだった。ただ、その瞬間、なぜか濱中と名乗った刑事の顔が浮かんだ。

入居相談室での取り調べのあと、思い出すこともなかった顔だった。正和に話しているときでさえ忘れていた。それが今になってなぜか鮮明に浮かび上がってくる。次の瞬間、佳代は急に体がゾクッとして、夏毛布を首筋まで引き上げた。自分があの刑事の顔を忘れていたのではなく、無理に思い出さないようにしていたことに、まるで他人事のように気づいたからだった。

医療機器の並んだ見本展示室に案内された濱中圭介は、なかなか引かぬ首の汗を小さなハンカチで拭い続けた。室内はしっかりと空調管理されているのだが、駅から延々とひなたを歩いてきた体はまだ熱い。大阪市内の気温は三十六度を超えていた。

「これがもみじ園で使われているものと同型の人工呼吸器で、さっきもお話ししたように機器に何らかの異常が発生した場合は必ずアラームが鳴る仕組みになってます」

清潔な作業服を着た担当者が人工呼吸器の液晶画面に触れ、透明のチューブを引っ張ってみせる。

圭介が訪ねているのは、もみじ園に人工呼吸器を納めているP社という大手医療機器メーカーの大阪本社で、訪問は今回が二度目となる。一度目のときには、もみじ園の呼吸器と同型がなく、最新型で説明を受けたのだが、アラーム音などには多少の違いがあることもあり、やはり同型を確認したいということで改めての訪問となっていた。

ちなみに一度目の訪問時はP社の顧問弁護士と法務部の職員たちも仰々しく立ち会っていたのだが、今回は長髪にべったりとポマードをつけていた暑苦しい顧問弁護士の姿はない。

「じゃあ、早速アラームだけ鳴らしてみますね」

P社の担当者が声をかけ、何やら操作して三秒ほど経つと、液晶画面に大きな数字で秒数が現れる。5、4、3、2、1、0となったところで、実際にアラームが鳴り出した。

だが、もし目覚まし時計ならば、眠りが深いと気づかない程度の音で、「こんなに小さいんですか?」と、思わず圭介が尋ねると、次の瞬間から徐々に大きくなっていく。

「そばに誰かいれば、このボタンでアラーム解除できるんです。ただ解除されない場合はこういう風に、だんだんと、音が、大きく、なっていきまして」

高くなるアラーム音に負けじと、担当者の声も大きくなる。

「これが最大ですか?」と圭介も声を張った。

「はい、これ以上は大きくなりません」

「ちょっと、そのままにしといてもらえますか?」

圭介はそう頼むと、廊下へ出た。さほど厚くないドアを閉めても、音量はほとんど変わらない。試しに長い廊下を走り、正面玄関の受付まで向かった。制服の受付嬢が二人、何事かと席を立つ。

「すいません」

圭介は二人の前で振り返ると、見本展示室の方へ目を向けた。うるさいというほどではないが、受付嬢たちが顔をしかめるくらいには聞こえている。

見本展示室のドアと現場となったもみじ園のドアや壁の材質にさほど違いはない。とすれば、市島民男が亡くなった一〇八号室の近くにある他の個室はもちろん、廊下の少し先にある仮眠室やナースステーションにもこの程度の音が聞こえていたことになる。

ちなみに仮眠室では看護師の二人が仮眠を取っており、ナースステーションには二人の介護士がいた。

仮眠中の看護師たちにはもしかすると聞こえなかった可能性もあるが、起きていた別の班の介護士たちもまたアラーム音を聞いていないと証言している。となると、誤作動でアラームが鳴らなかったことになる。実際、アラーム音が鳴らなかったと証言したのは、その日一班の当直介護士だった本間《ほんま》佐知子《さちこ》と松本《まつもと》郁子《いくこ》で、ともに四十代の介護職歴十数年になるベテランである。やはりアラームが鳴らなかったのだ。

まだ甲高いアラーム音が響くなか、圭介は見本展示室に駆け戻った。

担当者にアラームを止めてもらっても、まだ耳の奥に音が残る。

「自社の製品のことなので、言い訳のようになってしまうんですが」

唾を飲み込もうとした圭介に、担当者が遠慮がちに口を開く。

「……この前もお話ししたように、とにかく患者の呼吸を止めないことを第一の目的に作られている機器ですから、そこはもう何重にも自動チェック機能がついているんです」

一度目に訪ねた時にもこの話は詳しく聞かされていた。

まず、何らかの事情でアラーム音が鳴らなかったとする。この場合、機器が正常に動いておらず、その上でアラーム音が鳴らなかったことにする。

「ただ、その際はアラーム音が鳴らないという異常を検知しますので、このビープ音が鳴り出しまして、メッセージが流れるんです」

担当者の説明通り、機器からは大音量のビープ音とともに、『アラーム機能の異常を検知しました。直ちに処置を行って下さい』というメッセージが繰り返される。とすれば、今回はそのビープ音も鳴らなかったのか。

「故意に電源が抜かれた場合でさえ、アラームが鳴るように設計されていますし、一瞬でこの機器自体が破壊された場合を除けば、全てのチェック機能が同時に誤作動を起こすというようなことは考えられないんです」

しかし現場の機器自体は破壊されることなく、現在もみじ園にある。唯一、ビープ音を鳴らさずに呼吸器の機能を停止させられるとすれば、アラームが鳴り始めてすぐに、アラーム停止ボタンを押す。しかし五秒後にはまた鳴り始めるので、さらにそこで停止ボタンを押す。これを三回繰り返してやっと、機器の方でアラーム機能が故障したと認識する。三度の停止ボタンを押した人間に対して、機器の機能が全て委ねられる形となる。

逆に言えば、誰かが故意に三度アラーム停止ボタンを押さない限り、今回のような事態は起こらず、市島民男は今でも人工呼吸器で生命を維持しているはずなのだ。

薄暗く濁った湖面に稲光が走った。フロントガラスに叩きつける雨に、ハンドルを握る圭介の首も知らず知らずに竦《すく》む。大阪から滋賀に戻った圭介は豪雨のなか、湖沿いの県道を走っていた。激しい雨は最速のワイパーでも前方の視界を確保できず、まるで滝の裏側に入っていくようだった。

前後に走る車もないせいか、まだ夕方だというのに車のヘッドライトがやけに白く雨を照らす。

湖畔沿いの県道から田んぼのあぜ道に左折しようとブレーキを踏んだ。視界が悪かったために、普段よりかなり減速した。そしてハンドルを切ろうとした瞬間だった。ドンッと背後から強い衝撃を受けた。

慌ててブレーキをさらに踏んだが、衝撃で車が押し出された。前輪が両方とも深い用水路に落ち、大きく弾んだ車体の中で圭介の体も大きく浮いた。

かろうじて車体は路肩に残ったが、圭介は振動が収まるまで天井に手を添えて耐えるしかなかった。

ゆっくりと振動が収まり、またフロントガラスを叩く雨の音だけになる。怪我はなさそうだった。首や腰に痛みもない。

ルームミラーに背後の白い軽自動車が映っていた。ヘッドライトはつけていない。やはり滝の裏側を覗き込んでいるようだった。

圭介はなるべく車体を揺らさないようにドアを開けた。一気に雨が車内に叩きつけるが、構わずに外へ出た。出た途端、まさにバケツの水をかぶったようになる。一瞬ポケットのスマホのことが気になったが、腹立ちの方が上回った。

白い軽自動車の運転席に女の姿があった。最速のワイパーの向こう側に、茫然自失した女の顔が見え隠れする。

圭介は舌打ちすると、車に向かった。すぐに靴の中に溜まった水が、ズボッと嫌な音を立てる。女が慌てて車から降りてきたのはそのときだったが、どしゃぶりのなかに突っ立ったまま動かない。

圭介は、「とりあえず、車乗って。ここに突っ立っとっても濡れるから」と、顎をしゃくり、気が動転しているらしい女を無視して、「……先に乗せてもらうよ。シート濡れるけど」と、先に助手席に乗り込もうとしたのだが、ロックされていてドアが開かない。

気づいた女が慌てて尻を突き出して運転席に潜り込み、内側から助手席のドアに手を伸ばす。濡れたジーンズに尻の形がくっきりと浮き出ており、腰で捲れたシャツから濡れた素肌が見えた。肌を流れた雨粒が尻の方へ流れ込んでいく。

圭介は助手席に乗り込んだ。背中とシートの間で濡れたポロシャツが滑る。

「保険、入ってんのやろ?」

助手席に落ち着くと、圭介はまずそう訊いた。送風口からの強い冷風で急激に体が冷える。

「……入ってんのやろ?」と、圭介は繰り返した。

「あ、はい」

女はフロントガラス越しに圭介の車を見ている。

「とりあえず保険会社に電話してもらえる? その方が話早いと思うし」

急かす圭介に対して女の動きがひどく緩慢だった。わざとではないらしく、スマホを取り出すその手が震えている。

「事故ったこと、ないん？」

訊きながら、圭介は自分の濡れた顔を手のひらで乱暴に拭ったが、顔の脂が広がっただけだった。

「あ、そや……」

女がふと声を漏らす。

スマホを出す女の手元をじっと見ていた圭介は、そこで改めて女の顔を見た。前髪から垂れた水滴が濡れた頬を滑っていく。

「……あの、私、保険に入ってなくて」

「はあ？」

圭介はつい口調が乱暴になった。

「いえ、入ってたんです。けど、ネット保険に切り替えて……、それが今週まで、その、補償期間に入ってなくて……、五日間だけ契約日をズラすと、早期割引になったんで……」

よほど動揺しているらしく、女はそのまま絶望したように口を噤《つぐ》んでしまう。

「これ、アンタの車なんやろ？」

圭介が尋ねると、「はい」と頷く。なら、物損は無理でも自賠責には入ってるやろ？　一瞬、そう教えてやろうとしたが、ひどく怯えている女の様子にちょっとした悪戯心が浮かび、「保険下りひんのやったら、裁判によっては、アンタ、刑務所行きやで。交通刑務所」と圭介は真顔で脅した。

女はさらに混乱したようで、フロントガラスの先で雨に濡れている圭介の車と、助手席にいる圭介を交互に確認する。次の瞬間、先に気づいたのは圭介だったか、それとも女の方だったか、ほとんど同時に互いの視線がゆるんだ。

圭介が首を傾げると、女も確信したように、「あ」と呟く。

「もみじ園の……」

圭介はそう口にしながら、さすがに名前までは思い出せなかったが、横にいるのが、先日もみじ園で事情聴取したスタッフの一人だと思い出した。

「はい、豊田です。介護士の、豊田佳代です」

まるで改めて取り調べを受けるように女が丁寧に名乗る。途端に車内の空気がほころんだ。

そのせいか、圭介はカーエアコンの冷風で盛大なくしゃみをした。

「あの、これ」

女が体を無理によじって後部座席へ手を伸ばし、タオルを貸してくれる。体が触れそうになったとき、どちらのものか、汗の臭いがした。遠慮なく圭介はそのタオルで濡れた顔を拭いた。

「見えへんかった？」

拭きながら尋ねた。

「え？」

何を訊かれたのか分からなかったようで、女が訊き返してくる。

「せやから、俺の車、左折しようとしとったんやけど」

「あ……。すいません。雨がすごかったんで、湖の方を見てて」

女がそう言って、湖の方に目を向ける。圭介もつられて見たが、あいにく窓ガラスには雨が叩きつけ、その向こうにある湖が見えない。

大型トラックが一台、激しい水飛沫を上げて傍を走り抜けていく。赤いテールランプが車内を赤くする。トラックが去ると、また雨の音だけになる。大きな湖の畔にこの白い軽自動車だけがぽつんと取り残されているようだった。

「車を引き上げてもらう業者呼ぶんで、それまでこの中におらしてもらっていいですか？」

圭介は少し苛立ったように言った。

女は、「も、もちろんです」と早口で答えると、ずっと激しく動き続けていたワイパーをやっと止めた。

○

重厚な破風造りの屋根を、雨が流れ落ちている。水量は凄まじく、滝の裏側に立たされているようだった。雨にも感情がある。どちらかといえば近代理性的で、ロマンチックとはほど遠い池田《いけだ》立哉《たつや》をしても、この雨の激しさはそう思わせた。

池田は少し窓辺から退いた。退いた途端、視界が開け、濃霧の琵琶湖が広がる。湖面もまた激しい雨に叩かれており、もし雨に感情があるならば、それを受ける湖面にもまた感情があるのかもしれない。

池田がいるのは湖畔に建つ旧琵琶湖ホテルの特別展示室で、営業当時は貴賓室として使われていたらしい。この旧琵琶湖ホテルは昭和九年に外国人観光客の誘致を目的に建てられた国際観光ホテルである。桃山様式と呼ばれる外観和風、内装洋風の特徴的な建物で、現在では文化財として保存されている。ホテルとして営業していた時代には「湖国の迎賓館」と呼ばれ、昭和天皇を始めとする多くの皇族方、ヘレン・ケラー、ジョン・ウェイン、川端康成といった著名人たちが訪れている。

「あの……」

ふいに声をかけられ、池田は振り返った。ここのスタッフらしき初老の男がいつの間にか背後に立っている。外の雨のせいで足音も聞こえなかったらしい。

「すいません、驚かせてしまいまして」

「あ、いえ。外の雨で聞こえなかったもんですから」

「ひどい雨でございますねえ」

スタッフが外を見やり、ふと思い出したように、「あの。大変申し訳ないんですが、この後、内装の工事が入る予定になっておりまして、この部屋のエアコンが一時的に止まってしまうんです」と、天井の送風口に目を向ける。

「大丈夫ですよ。僕もそろそろ出ますので」

スタッフが少し傾いていた壁の展示パネルを直しながら、「何かお調べ物ですか？」と尋ねてくる。

「え？　どうして？」

「熱心に展示物をご覧になってらしたので」

池田はふと思い立ち、「あの、この写真なんですけどね……」と、目の前にある写真パネルを指差した。

近づいてきたスタッフが、「ああ、そちらでしたら、ここに写っていらっしゃる渋井会《しぶいかい》の会長が受勲なさったときのパーティーでございますね。たしか七〇年代半ばの写真だと思いますけれども、日付がついておりませんね」と額縁の横のプレートを指で撫でる。

「豪華なパーティーですよね。……ところで、その渋井会って？」と、池田はわざとらしく訊いた。

「この辺りが発祥の大きな医療法人なんですよ」

「医療法人？　大きな病院組織ってことですか？」

「ええ。ただ、この地域にはもうないんですけどね」

「発祥の地なのにですか？」

「以前は、大きな総合病院があったんですが、なにか、その病院で昔、ちょっとした不祥事があったらしくて、その風評被害みたいなものがあって、県内の施設は縮小になったみたいですね。すいません、私も県外からの者で……」

また雨脚が強くなり、ガラス窓を叩く。

「それでは、ごゆっくりご覧下さい。エアコンが止まると、少し蒸すかもしれませんが」

スタッフがまた足音も立てずに去っていく。

天候のせいもあってか、展示室に客の姿はなかった。池田は窓際のソファに腰を下ろすと、パソコンを開いた。

滋賀へやってきたのは、九〇年代に起こったある事件取材のためだった。

当時、血友病等の患者に対して治験で使われていた血液製剤が甚大な副作用をもたらした。被害者は四百人から五百人と推定され、この血液製剤が使われた五年のあいだに、五十数名が死亡したとされている。

ちなみにこの血液製剤を販売していたのが「ＭＭＯ」という製薬会社で、現在では社名を「アラモス」と変更し、テレビＣＭなどでも頻繁に耳にする大企業となっている。

当時この血液製剤に危険性があることを知りながら、宮森勲《みやもりいさお》という医師が積極的に使用を推奨していたことが分かっている。この医師は製剤の開発当初より、ＭＭＯから研究費用として多額の資金を受け取っており、そして彼が当時勤務していたのが渋井会系の研究施設であった。

分かりやすい筋書きとすれば、利益第一主義の製薬会社（ＭＭＯ）と、お抱えの医師による臨床試験データ等々の改竄《かいざん》捏造である。その証拠になり得る資料が、匿名で編集部に届いているのだ。製薬会社や医師はこの血液製剤が人体に及ぼす危険性を知りながらも臨床使用を続け、結果、被害が拡大した。

しかし、ここまで筋書きの読めた事件が、なぜか立件されなかった。警察側は最後まで確固たる証拠を見つけ出せずに終わったとなっており、その後、十年を経て、被害者家族らは病院及び製薬会社からの和解案に同意している。

九〇年代に起きた事件を今さら掘り返しているのにはもちろん理由がある。最近、この宮森勲という医師が、次期日本医師協会の会長に選出されることが決定したのだ。スクープ記事としては、その就任のタイミングを狙いたい。

スマホが鳴ったのは、ちょうど展示室のエアコンが止まったときだった。まさか止まった瞬間に室温が上がるわけもないのだろうが、途端に額が汗ばんでくる。

スマホの表示には、デスクの渡辺《わたなべ》の名前がある。

「……そこから、西湖地区って近いか？」

「西湖地区？」

性急な渡辺の質問に、池田は鸚鵡《おうむ》返しに訊いた。タイミングよく、目の前の壁に琵琶湖周辺を記した地図がある。指を這わせてみると、今いる大津市から三十キロほどの距離が「西湖地区」とある。

「近くはないですけど、車で二、三十分ですかね。どうかしたんですか？」と、池田は尋ねた。

「その西湖地区ってところに、もみじ園っていう介護施設があって、最近、そこで医療事故があったらしいんだよ。すぐにメールで資料送るから、ちょっと寄ってきてくれないか。まあ、記事になるかどうか分からないけどな」

「医療事故？」

「ああ。亡くなったのは市島民男っていう百歳の爺さんらしいよ」

「百歳？」

思わず繰り返した瞬間、池田は、「ん？」と首を傾げた。傾げながら、さっきまで見ていた写真パネルに目を戻す。

「……渡辺さん、今、『いちじまたみお』って言いました？」

「ああ、言った。なんで？」

「いや……、市場の『市』に、アイランドの『島』。あとは民に男ですか？」

モノクロの写真には、豪華な西洋料理が並ぶテーブルを正装した紳士淑女が囲んでいる様子が写っている。横に参加者たちの名前が併記されており、そこに「市島民男（京都大学教授）」とある。

「……渡辺さん、その人って、元は京大の教授ですか？」と池田は訊いた。

「え？　そうなの？　まだそこまでの情報は来てないけど。有名なのか？」

「いや。今、たまたま、その人らしき人が写ってる昔の写真が目のまえにあって」

「写真？」

状況を説明すべきだが、面倒になる。

さっきこの写真を見ていたとき、市島という名前が頭に残った。というのも、大学時代の麻雀仲間に「市島」という友人がおり、なんとなく目に留まっていたのだ。

池田は改めて写真を見た。まず、大きなシャンデリアが目に入ってくる。白いテーブルクロスの円卓を囲むのは正装した男が三人、それぞれ隣には妻らしき女たちが全員着物姿で座っている。円卓には大きな百合の花が飾られ、テーブルからこぼれ落ちそうなほどのグラスと皿が並んでいる。和やかな食事中の一瞬で、畏《かしこ》まった様子はなく、市島民男らしき壮年の男などは健康的な歯を見せて笑っている。

市島民男の隣にいるのが、例の医療法人渋井会の創始者であり、ずっと会長も勤めていた渋井宗吾《そうご》で、手前で振り向いているのが第八銀行頭取の段田《だんだ》信彦《のぶひこ》とある。六十代と思しき渋井や段田夫妻に比べると、市島民男と妻は少し若い。

写真には他の説明はない。ここ旧琵琶湖ホテルで毎夜の如く開かれた晩餐会の一つであり、メンバー的にも皇族方やヘレン・ケラー女史に比べれば、かなり地味である。

池田はスマホで「市島民男」という名前を検索してみた。ウィキペディアに登録はなく、二、三、それらしきネット記事は出てくるが、どれも名簿のようなものばかりで、これといって目を引くものはなかった。

だが、となると、少し奇妙に思える。特別展示室に飾ってある写真には京都大学教授とあった。すでに百歳なので、三、四十年前には退官しているとしても、その辺りでの記事がヒットしてもおかしくはないが出てこない。

逆に渋井と段田についてはすでに調べてある。

渋井に関しては、現在でも全国的に医療施設を運営している医療法人渋井会グループの創始者であり、総本山のホームページにある沿革によれば、戦前の旧満州で開業した渋井病院がグループの始まりである。

一方、第八銀行頭取の段田信彦の方も、しっかりした家柄の出身で、旧長州藩士・段田四郎の孫として生まれ、大蔵官僚から満州中央銀行に出向し、終戦後は第八銀行で頭取を務めている。

「旧満州にあった医療法人の経営者と旧満州の銀行家。そして京大教授」

池田は三人の肩書きを呟きながら特別展示室を出ると、年代物のエレベーターで一階へ降りた。ホテルとしての営業はしておらず、ロビーフロアはがらんとしており、みやげ物店の若い女性スタッフが心配そうにどしゃ降りの外を見つめている。

その暗い空に稲光が走ったのは、池田が正面玄関を出た瞬間だった。思わず首を竦めたまま、コンビニで買ったビニール傘を差して駐車場のワゴン車へ走る。途端にビニールが強風で剝がされる。それでも習性で、骨だけになった傘の下で背中を丸めて走った。ワゴン車に駆け込んだときには、助手席で待っていたカメラマンの大久保《おおくぼ》が笑いだすほどずぶ濡れだった。

大津から西湖地区へと琵琶湖を時計回りに北上するあいだも、雨脚は衰えなかった。道路のあちこちに深い水溜りができており、何度もハンドルを取られそうになる。

「そのもみじ園って施設の少し先に、被害者の家あるけど、どうする? 先に施設の方に行く?」

助手席でスマホのマップを眺めていた大久保が教えてくれる。

「すいません、調べてもらって」

「いいよいいよ。ナベちゃんからこっちにもメール入っているし」

大久保はそろそろ六十になるベテランのカメラマンで、日に灼けたその大作りな顔は、田舎で農業をやっている池田の祖父にどこか似ている。

「……そういえば、ナベちゃん、痛風どうなの？」

大久保がスマホを操作しながら訊いてくる。

「まだ痛がってますよ。っていうか、痛風じゃない渡辺さんって、なんかもうイメージできないですね」

「あれ、池田くんって、今、いくつだっけ？　何年目？」

「今年で三年目です。二十五」

「まだ二十五か。にしては、落ち着いてるね」

「そうですか？」

「そういや、ナベちゃんが言ってたけど、池田くん、学生んとき、ずっと雀荘に籠ってたんだって？　だからだよ」

「だからって？」

「だから、落ち着いて見えんの。ギャンブルって年取るんだよ」

「マジっすか？」

雨の中、車は湖沿いの県道を飛ばしていた。ほとんど対向車もないので、大きな水溜りがあれば反対車線にハンドルを切って避けられる。そんなどしゃ降りのなか、遠くに数台の車が停まり、ハザードランプを光らせている。

「なんですかね？」

尋ねた池田に、「事故かな？」と、大久保が呟く。

池田はスピードを落とした。見れば、前輪が用水路に落ちた乗用車を、レッカー車が引き上げようとしている。

「脱輪だな」

大久保が呟いた途端、その光景は流れ去ったのだが、どこか幻想的な風景として池田の脳裏に残った。霧の湖畔で、叩きつけるような雨のなか、数台の車がつけた黄色いハザードランプが点滅していた。

西湖地区に入ると、ようやく雨も小降りになった。大久保が検索してくれたところによれば、この界隈は江戸のころから門前町として栄えていたらしい。琵琶湖水運の要衝としても発展していたようで、現在も駅前を中心に立派なアーケードの商店街が延びており、今日はあいにくの雨ながらも、佃煮や漬物などを売る洒落た店には観光客たちの傘がいくつも出入りしている。

この商店街を抜けた先に、今回の被害者である市島民男の自宅はあった。すでに駅前の喧騒はなく、ちらほらと黒塀が残る古い民家が建ち並んでいるところを見ると、以前は立派な屋敷町だったようで、さすがに現在では税金対策か後継者不足か、敷地の一角がコインパーキングになっている家も多いが、その風情は残っている。

市島家もまた、元は広かっただろう敷地がいくつかに分割され、古い屋敷とコインパーキング、そして小さなアパートが建っていた。このアパートの所有者が市島家であることが分かったのは、「市島アパート」という表札があったからだ。

池田はそのコインパーキングに車を停めた。まだ雲は分厚かったが、雨は止んでいる。

「ちょっと回ってみます」

池田はそう大久保に告げると、一人で駐車場を出た。まず、ぐるりと市島家の敷地を回った。もし都内にあれば、目立つお屋敷といった佇まいだが、この辺りだと平均より少し小さいくらいだろうか。

高い塀に囲まれて屋敷内は見えないが、二階の窓にはすべてカーテンが引かれている。爪先立って、格子の門扉から中を覗き込もうとしていると、通りを挟んだ向かいの家の住人が自転車を押して出てきた。

池田は何食わぬ顔をして、自転車に跨ろうとする六十代と思しき女性に声をかけた。

「市島さん、どこかに出かけてらっしゃるんですかね？　何度かチャイム鳴らしてみたんですけど」

幸い、女性は池田を不審に思うこともなく、「あれ、おばあちゃんもおらんの？　ついこないだ、おじいちゃんが亡くならはって、ここ最近、ちょっとバタバタしてるみたいやもんね」と教えてくれる。

「そうなんですよ、それでちょっと伺ったんですけど」

何がそうで何がそれかも分からぬはずだが、女性は気にもせぬ様子で、「うちも最近は、市島さんとはお付き合いなくて。私がお嫁に来たころは、そりゃもう、おじいちゃんとおばあちゃんは上品なご夫婦で、ほんまに色々と世話になってたんやけど。もうここ十年くらいはすっかりおばあちゃんもお年取らはって。……娘さんがおるけど、私ら近所とのお付き合いはないもんなぁ。ちょっと気の強い人やから。私より二つ、三つ、年上やと思うんやけど……、若いころは地元のテレビでレポーターなんかやってたな。まあ、そういう人よ」と、初対面の池田相手に話が止まらなくなる。

今の編集部に新入社員として配属されたとき、デスクの渡辺は池田の顔を見るなり、「お前、使えるよ。お前の顔見て、不審に思うやついないもん」と喜んだ。

「あら、噂をすれば、やわ」

急に口をつぐんだ女性の視線の先に、やはり自転車を押してくる女性の姿があった。

「……あれが市島さんとこの娘さん」

小声で教えてくれた女性が自転車に跨り、こちらへ来る女性に会釈して走っていく。入れ替わりに近づいてきた女性に、池田は躊躇なく声をかけた。

「市島さんでいらっしゃいますか？　もみじ園での事件について少しお話を伺えないでしょうか？」

自転車を止めた女性は一瞬怪訝な顔をしたが、断固拒否という態度でもない。すでに六十半ばだろうが、若いころはさぞ美人だったのだろうと思わせる美貌の残骸のようなものがあり、この残骸というものが実際よりもさらに年を取って見せることもあるのだと池田は初めて知った。

「取材ってこと?」

女性が池田を値踏みする。すかさず池田が差し出した名刺を受け取った女性が、「ああ、おたくの雑誌で、今、東江健一《ひがしえけんいち》の小説、連載してますやろ。あれ、面白いな。やっぱり信長の話は面白いわ」と笑顔を見せる。

「読んでいただいてるんですか?」と池田も微笑んだ。「……あの連載、実は僕が担当してるんですよ」と。

「あら、そうなん? 小説家の原稿を取りに行くって、なんか面白そうなお仕事やね」

「今は直接取りに行くことはなくて、メールで送ってもらったり」

「そうなん? それやと、なんか雰囲気ないな」

「でも、今のお話、東江先生にもお伝えします。喜ばれると思います」

自転車を車庫の奥に停める女性に、池田はさらに声をかけた。

「あの、警察からは何か連絡は入ってるんでしょうか?」

女性が自転車に鍵をかけながら、「まあ、一応ありましたけどね」と、露骨に表情を曇らせる。

「スタッフによる医療ミスと人工呼吸器の故障の両面から捜査が進んでいると聞いてますが」

警察の捜査に不信感を抱いている被害者家族は、池田のようなマスコミにも容易に口を開くことがある。

「まあ要するに、それがなんにも進んでないねん。だって、おかしな話やろ? 呼吸器も故障してない。担当のスタッフさんたちにもミスはない。やのに、お父さんの呼吸だけが止まるって」

「本当にご愁傷様でした」

「もうな、先に裁判の準備も進めてんのよ。訴訟相手がもみじ園になるのか、P社になるのか。まあ、どっちにしろ大きな組織やからね」

彼女の口調は身近な人の死というよりも、ビジネスの展望でも話しているようだった。

「……あの、もしあれやったら、ちょっと玄関に入る？　私もこの荷物置きたいし」

自転車のかごに食材で膨れたレジ袋がある。池田はその重いレジ袋を代わりに持ち、案内された玄関へ入った。

古い屋敷だが、内装の白壁や大理石の玄関ホールはリフォームされているらしかった。下駄箱の上に、伊万里らしい大皿が飾られている。

荷物を台所に運んだらしい彼女が戻り、一方的に話を始めた。その話によれば、事件当日もみじ園から連絡をもらったのが午前六時過ぎ。もみじ園に着いたのが七時ごろ。すでに民男は亡くなっており、医師からは急に容態が悪くなった旨を聞かされたが、その直後、呼吸器のアラームがならなかったとか、そういったスタッフたちの声が耳に入ってきたという。

「虫の知らせってあるんでしょうね。前の日、珍しくお母さんが急にお見舞いに行きたいって言い出して」

彼女の話によれば、今年九十四歳になるという市島民男の妻はまだ体もしっかりしており、事件前日には娘にタクシーを呼ばせ、一人でもみじ園に見舞いに行ったのだという。池田はなんとなく廊下の奥を覗き込んだ。ただ、人がいるような気配はしなかった。

第2章　湖畔の欲望

平日にもかかわらず、館内は焼き立てのバームクーヘンを求める客たちで溢れ返っている。一階売り場にできた長い列は伸びることはあっても縮むことはなく、現在、焼き立てを手にするまで一時間待ちらしい。

二階に併設されたカフェで、その焼き立てのバームクーヘンに生クリームをまぶしながら、佳代は高校からの親友である真麻《まあさ》の話に耳を傾けているのだが、旦那の悪口を言いつつも、同時に二歳になる息子の口にフォークでバームクーヘンを運ぶその手際に感心している。

会えば必ず聞かされる旦那への愚痴が終わると、真麻はさもすっきりしたような面持ちで、

「そっちはどうなん？　なんか変わったことないん？」といつものように訊いてくる。

「ないよ、別に」

佳代もいつものように答えながらも、そうか、自分は今日、例の刑事のことを真麻に話そうと思っていたのだと、今になって気がつく。もちろんそのために真麻の誘いに乗ったわけではは

なかったが、誘われたとき、会えば話すだろうと自然に思った。ただ、こうやってその機会がやってくると、ではあの刑事の何を自分が話そうとしているのか、そもそも真麻にわざわざ話すようなことだろうかと疑問が湧く。

「どうした？　国枝《くにえだ》さんとなんかあったん？」

佳代の妙な沈黙に気づいたのか、真麻が顔を覗き込んでくる。

「ないよ」

「会ってんのは会ってんのやろ？」

「うん。会ってる。今日もこれから会うし」

「ああ、そうなん」

自分で尋ねておきながら、国枝のことを前から気に入っていない真麻に笑顔はない。初めて国枝を紹介したとき、真麻はこう言った。「佳代がいいんならいいけど、あの人、ぜんぜん佳代のこと見てないやん」と。

真麻曰く、印象で言っているのではなく、実際に一緒に食事をしているあいだ、国枝は一度も佳代のことを見なかったというのだ。

佳代に国枝重成《しげなり》を紹介してくれたのは、もみじ園のユニットリーダーの服部だった。あるとき、湖畔のバーベキューに誘われ、たまにはと思って参加すると、そこに国枝もいた。佳代よりも五歳年上で、いかにもアウトドア派で賑やかな服部の友人たちの中にいると、どこか神経質そうで不機嫌そうな雰囲気もあったのだが、それも中学校の数学教諭だと聞けば納得もできる範囲のもので、後日、服部に教えられたところによれば、元々、恋人がいない佳代と国枝をくっつけようとしていたらしく、料理の準備や買い出しなどで何かと二人きりにされる機会も多く、翌週には服部経由で、国枝からデートのようなものを申し込まれていた。

祖母の寿子を亡くして、そう時間も経っていないころで、佳代は気晴らしにでもなれば、とその誘いを受けたのだ。


買ってきたバームクーヘンをシステムキッチンの小さなスペースで半分に切り分けた佳代は、「これ、私が向こうに持って行こか?」とリビングの国枝に尋ねた。

向こうというのは、同じ敷地に建つ国枝の実家である。

ソファに沈み込むようにして録画していたらしいサッカーの試合を見ていた国枝が、「ええわ、あとで俺が持ってく」と面倒くさそうに答える。

「でも、この前も、挨拶せんと帰ってるし」

「ええって。お前の車、駐車場に停めてあんの見てるんやし」

「そやから、挨拶に……」

「ええって。しつこいな」

国枝がテレビのボリュームを上げる。ヨーロッパでの試合らしく、地鳴りのような歓声に思わず佳代は体が竦んだ。

国枝が暮らしているのは彼の両親が敷地内に建てたアパートの一室で、駐車場を挟んだ向かいに大きな実家がある。

佳代が自分たち用のバームクーヘンを皿に取り分けていると、「今日、何時までおんの？」と国枝が訊く。他に言い方もありそうなものだが、彼自身には悪びれた様子もない。

「明日、早番やから八時には帰るつもりやけど、なんで？」

「いや、別に。時間分かった方が、その後の予定とか、いろいろ立てやすいし」

佳代はリビングのテーブルにバームクーヘンと紅茶を運んだ。一瞬たりとも試合から目を離さぬ国枝がバームクーヘンをがっつく。親友の真麻ではないが、この国枝が自分を見てくれていると、佳代自身も感じたことがない。ただ、それが悲しくもないというのが厄介なところで、付き合い始めてしばらく経ったころ、佳代の方から別れ話を切り出したことがあったのだが、その際、国枝から、「なんで？」と真顔で訊かれた。

「だって……、国枝さん、私のことなんか、好きちゃうやろ？」

何も好きだと言ってもらいたくて甘えたわけではない。ただ、単純にそう感じていたからだった。すると国枝がまた、「なんで？」と訊いてくる。なんで、自分が好きじゃないと思うのかと。

そんなことを聞かれても、佳代にも答えは見つからない。

国枝はきょとんとしていた。男と女が付き合うのにそんな気持ちなどいらないのではないかとさえ思ってしまいそうだった。

国枝は、佳代という恋人がいることで、隣に暮らす両親からその手のことでとやかく言われないのが楽らしかった。そしてまた佳代でさえ、職場や友人との付き合いの中で、彼氏がいるという事実は、いろんな意味で楽だったのだ。

結局この日、佳代が国枝のアパートを出たのは七時半ごろだった。先日の追突事故後に修理した車で夜道を走り出した途端、「ああ、結局どっちにも言わへんかったな」と佳代は思った。職場で警察の取り調べを受けたことも。どしゃぶりの日にその担当刑事の車に衝突したことも。真麻にはそのどちらも話すつもりだったし、国枝にも隠す必要はなかった。

あの日、雨が叩きつける車内で、レッカー車が来るのを待つあいだの記憶が佳代にはほとんどない。「業者から折り返し電話待つんで、まだ時間かかるけど」とか「雨がひどいんで、すぐにレッカー車の手配してもらえるかどうか分からんみたい」など、明らかに不機嫌な刑事から声をかけられるたび、普段の佳代ならば、「すいません」と反射的に謝ってしまうのだが、なぜかあのときだけは喉が痛むほど渇いていて、声らしい声が出なかった。

何を言っても返事をしない佳代に、間違いなく刑事は苛立っていた。それでも佳代は何も言えない。緊張というような生やさしい感覚ではなかったはずだ。車をぶつけてしまったことに対する申しわけなさでもなく、もちろん刑事に一目惚れしたというような甘い思いでもない。

敢えて言葉にすれば、ずぶ濡れの自分が丸裸にされて、その場に座らされているような、そんな恥ずかしさからだった。


ナースステーションのテーブルで少し遅い昼食を済ませた佳代が洗面所で歯を磨いていると、

「佳代ちゃん、まだお昼休みあるんやろ、ちょっとお灸やってあげよか」と、やはり歯を磨いていたユニットリーダーの服部に声をかけられた。

「ほんまですか？　ここ二、三日、肩がほんまにひどいんです」

佳代は素直に喜んだ。

元鍼灸師の服部は以前から仕事の空き時間を利用して、佳代たちスタッフに鍼を打ってくれたり、お灸を据えたりしてくれる。

お互いに歯を磨き終わると、いつもの休憩室に向かった。一階の廊下を奥まで進み、左に折れた所にちょっとした休憩スペースがある。廊下が途切れてしまったような中途半端な場所で、特に見晴らしが良いわけでもないので入居者たちからの人気がない反面、佳代たちスタッフにとっては居心地の良い休憩場所になっている。

いつものように慣れた手つきで服部が佳代の肩を揉み、ユニフォームのポロシャツを乱暴に引っ張って肩口を露わにする。

佳代もまた慣れたもので、楽な姿勢でベンチに座り直す。

服部が使うお灸は素人でも簡単に扱えるような粘着テープ付きのものではなく、御切もぐさという古くからあるもので、米粒大に千切ったもぐさをツボに置き、火をつけて熱さが我慢できなくなったところでもみ消す。もちろんお手軽お灸に比べれば火傷の危険はあるが、疲れやコリに効果てきめんである。

「佳代ちゃん、あんた、ここ凝ってるなあ」

いくつか米粒大のお灸を据えられたあと、服部から右の首筋を強く圧された。

「最近マッサージになかなか行けへんから、自分でもお風呂で揉むんやけど」

「こんなん、自分では無理やわ」

言いながら、服部がまたもぐさを置き、そこに線香で火をつけたときだった。ふと視線を感じて佳代が顔を上げると、あの濱中という刑事がなぜか弁当を持って立っていた。

「すいません」

刑事の方でも驚いたらしく、すぐに引き返そうとする。

「あら、お弁当やったら、ここで食べて下さい」と、呼び止めたのは服部で、「……入居相談室、見学の方が使うんで追い出されたんでしょ？」と尋ねる。

今日も午前中から刑事が相談室に籠り、一班のスタッフたちに話を聞いていることは佳代も知っていたし、「何度も何度も同じ質問、ほんまに嫌んなるわ」と彼女たちの愚痴もまた伝わっていた。

「じゃ、ちょっと、ここ、お借りします」

刑事が向かいのベンチに座り、幕の内弁当を食べ始める。

佳代は次第に熱くなるもぐさに顔を歪めた。気づいた服部がさっと指でもぐさを弾くが、その途端にどっと恥ずかしいくらいの汗が出る。

「ああ、そや。お灸の臭いがしたら食欲もなくなりますねえ」

服部の気遣いに刑事は無表情のまま、「いえ、別に」と呟く。

三日まえに佳代は保険会社の担当者からすべての手続きが完了した旨の連絡を受けていた。刑事の車の修理や代車費用は全額ネット保険の特例条項でカバーされ、あとは刑事自身が病院にかかった場合の治療費となるのだが、これは刑事の方で体には異常がないという申し出があり、そちらもすでに解決していると報告を受けている。

翌日、佳代はその担当者に頼んで刑事の連絡先を教えてもらった。個人情報保護のために少し煩雑な手続きになったが、刑事は電話番号を教えてもいいと保険の担当者に告げてくれたらしく、早速かけた佳代は短い会話ながらも今回の事故について一応直接に謝罪することができたのだ。

弁当を頬張っている刑事は、一切佳代に目を向けない。

佳代は思い切って、「今回は本当にすいませんでした」と声をかけた。

ちらっと顔を上げた刑事が、「いえ、もう大丈夫です」と短く答える。

二人のやりとりに首を傾げる服部に、「ちょっと、この前……」と、先に口にしたのは刑事だった。

そして佳代もまた、「はい、ちょっと……」と、そこに付け加える。

服部は今回の取り調べのなかで何かあったのだろうと勘違いしたらしく、「警察の取り調べなんて、私ら初めてやからねえ」と口を挟む。

「あの、そういうのって、効くんですか？」

ふいに刑事が話を変えたのはそのときだった。

「お灸？」

服部が尋ね返せば、珍しそうに御切もぐさの箱を刑事が手に取る。

「肩こりなのか、頭痛がひどくて。あんまりひどいと鎮痛剤飲むんですけど」

刑事がそう言いながら食べ終えた弁当をレジ袋に突っ込み、ペットボトルのお茶を飲んだあと、「……やっぱ、熱いんですか？」と、まっすぐに佳代を見つめてくる。

佳代はさっきまでお灸を据えられていた肩口を慌てて隠した。

「鎮痛剤はあんまりよくないいんやけどねえ。クセになって効かんようになるし、胃も荒れるしな」

横からそう答えた服部がなんのためらいもなく刑事の隣に移動し、「……ちょっとよろしい？　私、元鍼灸師やってん」と、許可も待たずに刑事の肩を揉み始める。刑事の方でも特に嫌がる様子はなく、服部に身を預けている。

「……ほんまや、ガチガチやね。ここ、ちょっと圧しただけでも痛いやろ？」

実際に痛いのか、返事はしないが刑事の顔が歪む。

「……ここに一つお灸を据えただけでも、楽になんねんけど、時間ないでしょ？」

服部に聞かれた刑事もお灸に興味はあるらしく、「時間はあるっちゃあるんですけど……」と言いながらも時間を確認する。

「せやったら、やったげるわ。五分か十分のもんやもん」

服部が取り掛かろうとして、ふとその手を止め、「……せや。先に佳代ちゃんのほう、最後までせんとな」と、こちらのベンチへ戻ってくる。

佳代は慌てて、「私はまた今度でええよ」と断ったのだが、「順番にしといて、最後だけせんなんて、こっちが気になるわ」と、服部は有無を言わせず、佳代のポロシャツの襟首をまた引っ張った。

刑事は一切表情を変えずに、そんな佳代の様子を見ている。

「佳代ちゃんみたいに慣れた人にはな、これくらい小さいもぐさでやるんです。小さいほうがな、やっぱり効くねん。そやけど、刑事さんはお灸初めてみたいやから、大きめのでやったげるわ。大きいのは大きいので、じわじわ効くからな。でもあれやで、本格的に治したいんやったら、やっぱり鍼に通うのが一番なんやけどね」

佳代はもうされるままになり、じっと俯いていた。服部の指が肌の上を押さえていき、探し当てられた患部に置かれたもぐさに火がつく。刑事が自分のどこを見ているのかは分からなかったが、視線は感じた。

「熱いんですか？」

そう尋ねる刑事の声に、また恥ずかしいくらいの汗が額に浮かぶ。

「そりゃ熱いけど、一瞬やで」

答えたのは服部で、「……はい、終わり」と、すぐに佳代の肩の上で燃え尽きたもぐさを指で弾く。

服部はベンチを移動して、刑事のお灸に取り掛かった。半袖シャツの胸ボタンを外し、刑事は肩を出した。火傷の跡だろうか、肩に小さな水ぶくれがあった。その肩に置かれたお灸に線香で火がつけられる。

ふと我に返って、立ち上がろうとした佳代を刑事がじっと見ていた。もう熱が伝わっているのか、その顔が苦しそうに歪んでいた。

○

湖畔の県道沿いにあるチェーンのうどん店は昼どきで混雑していた。カウンター席にはトラック運転手や近所の工場勤務の男たちがずらりと並び、ただでさえ狭い椅子と椅子との間隔がさらに狭い。窓の外に湖でも見えればいいのだが、あいにく通りの向かいには倒産したブライダル会館が廃墟のまま残っている。

圭介が背中を丸めてうどんを啜っていると、横でエビ天にかぶりついた先輩の伊佐美が、

「クチャクチャさせんなって」と、カウンター下で圭介の足を蹴る。

「すいません」

圭介は丼から顔を離した。

「嫁さんとかから、なんも言われへんの？」

二人の会話に気づいた隣の男が七味を取るふりをして少しだけ圭介から離れる。うどんを啜り出した伊佐美の横で、圭介も今度は音を立てずに麺を啜った。

こぼす。
「女たちが相手やからって、丁寧にご質問しとったってしゃーないで」と、伊佐美がボソッと

もみじ園事件の捜査が煮詰まっていた。簡潔に言ってしまえば、施設のスタッフたちは口を揃えて人工呼吸器が故障したのだと言う。だが、その製造元であるP社は故障の形跡などどこにもないと言い張る。

どちらかが嘘で、どちらかが真実である。

しかし圭介には、なぜかその両方が嘘に思える瞬間がある。いや、もちろんそんなことはない。真実がなければ嘘もないし、その逆も然りだ。

「もっと容赦無くやれよ」

苛立ちを抑えるような力で伊佐美の肘が圭介の脇腹に入る。圭介は奥歯を噛んだ。

店を出て、駐車場の車に向かっていると、華子からの電話が鳴った。

「すいません。ちょっと妻からで」

私用電話に出られるような雰囲気ではなかったが、伊佐美も予定日の近い妻からの電話に出るなとは言えぬようで、さっさと助手席に乗り込んでしまう。

「もしもし」

圭介は早口で出た。

「あ、ごめん。留守電に入れようと思てたんやけど……」

「どうした?」

「うん、あのな、無理やと思うけど、今晩みんなで手巻きしよかって言うてて、もし早めに帰れそうやったら圭介も来えへんかなって」

予定日の近い華子は、現在実家で暮らしている。

「無理やわ」

圭介は短く答えた。

電話を切ると、運転席に乗り込み、「すいませんでした」と詫びる。

「ええの？」

窓から爪楊枝を捨てた伊佐美に、「はい」と頷く。

その夜、圭介が帰宅したのは夜の八時まえで、行こうと思えば華子の実家でやっているという手巻き寿司にも間に合ったのだろうが、暗い自宅アパートに電気をつけて食卓に投げ置いたのは、帰り道にコンビニで買ってきたチキン南蛮弁当だった。

先に熱いシャワーを浴びて汗を流した。

乱暴に髪を洗い、硬いスポンジで体を擦りながらも浮かんでくるのはさっきまでいた取調室の様子で、「お前の聞き方が悪いから、この松本さんも答えにくいんちゃうんか！」と、怒鳴った伊佐美が圭介の肩を小突き、腹いせにテーブルを蹴り上げる。

その音に身を縮めているのは、事件当夜、当直だった介護士の松本郁子で、その手は尋常でないほど震えている。

「おら、もう一回ちゃんと聞かせてもらえよ！」

伊佐美が分厚いノートで圭介の頭を叩く。また松本の体がビクッと縮む。

「松本さん、もう一回だけ聞かせて下さい。アラームの音、聞こえたんじゃないですか？」

圭介の言葉に、松本は俯いたまま首を横に振る。

「仮眠室で寝とった看護師さんのほうはね、そういうようなこと言うてたよ」

「そういうようなことって？」

松本が震える声で訊き返してくる。

「そやから、今、言うたでしょ？」

「アラームが聞こえたて、誰が言うたんですか？」

「え？　松本さんもそう聞いたん？　誰かから」

「え？」

「今、そう言うたでしょ？　誰かがアラームが聞こえたって」

「……い、いえ。言うてません。私にはアラームも聞こえてません」

施設スタッフたちに対する取り調べが日に日に厳しくなってしまうのは、片方のP社の証言を崩すことが困難極まるせいだった。P社には専属の弁護士もおり、提出された当該人工呼吸器が故障していないという論証は、圭介のような素人にはもちろん、警察側が立てた専門家をもってしても崩しようのないものに見えた。

「よくジャンボジェット機の四つあるエンジンが同時に故障することはないって言われるじゃ

ないですか。今回、もしこの人工呼吸器に故障があったとすれば、それと同じくらいの確率の故障の連鎖なんですよ」と専門家は言う。そしてその確率は十億分の一らしい。

要するに、機械は故障していないのだ。とすれば、故障したのは人間側だ。施設のスタッフ側に何かしらの過失がなければならなくなるのだ。

圭介が雨音に気づいたのは、浴室を出て冷蔵庫から麦茶を出したときだった。腰にバスタオルを巻いたまま、サッシ戸を開けると、じっとりとした夜気がまだ濡れた肌にまとわりついてくる。

そのサッシ戸を開けたまま、圭介はレンジで温めたチキン南蛮弁当を食べた。わざとクチャクチャと音を立てた。食べているあいだ、なぜかずっとあの女のことを考えていた。どしゃぶりの雨のなか、事故を起こした車の横にずぶ濡れのまま立っていたその顔や、お灸の熱さに歪めたその顔が浮かんでは消えた。車のキーを摑んだのは、食べ終えた弁当をゴミ箱に捨てた直後だった。キーを握りながら、「行くわけないわ」と圭介は苦笑した。苦笑しながらもサンダルを突っかけ、玄関を出た。

車に乗り込み、エンジンをかけたときには、自分はコンビニに行こうとしているのだと思った。ただ、頭のなかに浮かんでいるのは、事故のあと、念のために教えてもらっていた女の住所で、その界隈にある美しい川端の風景だった。

コンビニに向かうつもりで、圭介は車を走らせた。ウエハースの菓子パンと明日の朝メシ用のサンドイッチを買おうと思った。しかし、そのコンビニを車は呆気なく通り過ぎる。

「行くんかい」と、圭介は心中で笑った。

また女の顔が浮かぶ。お灸を始めた圭介をじっと見つめていながら、目が合った途端に逃げるように立ち去る姿だった。

片側一車線の見晴らしの良いバイパスから湖の方へ向かって右折する。途端に街灯が減る。女が暮らす界隈はグロテスクな街並みだった。古くからの畦道が残る一方、乱暴に拡張された町道がまっすぐに伸びている。

真っ暗な中学校の校庭横を走り抜けると、集落に出た。土地勘があるわけではないが、所轄管内なのでまったく知らぬ土地というわけでもない。まっすぐに伸びる水路が月明かりを反射させている。圭介はゆっくりと車を進めた。突き当たりに臨済寺という小さな寺があり、同じ敷地内に公民館が建っている。圭介は公民館の前に車を停めた。エンジンを切った途端、水路の水音と旺盛なカエルの鳴き声が響いた。いつの間にか雨は上がっていた。

女の家は目の前にあった。暗くて表札は見えなかったが、水路にかかる短い橋の向こうに、あの白い軽自動車がある。

圭介は車を降りた。乱暴に閉めたわけでもないのに、ドアの音が静かな集落に響く。集落の家々にまだ明かりはついていたが、人の気配はなかった。水路の水だけが音を立てている。

女の家は二階の一室にだけ明かりがついていた。蛍光灯の明かりにピンク色の派手なカーテンがどこか毒々しい。

圭介は足元の小石を拾った。

あそこがあの女の部屋だとは限らない。と、頭では分かっているのだが、それ以上に、あそこがあの女の部屋だとしか思えない。

圭介は石を放った。

力加減を遠慮したせいで、窓ガラスには当たらずに少し手前の屋根に落ちる。それでもカツンと音だけは響く。

圭介はもう一つ小石を拾った。今度は遠慮せずに放つと、窓ガラスを叩いた。圭介は電柱の陰に身を寄せた。しかしいくら待っても窓の向こうに動きがない。

窓辺に女の影が現れたのは、圭介が三つ目の小石を拾い上げたときだった。あまりにも突然で、電柱に身を隠す暇もなかった。

女の顔は暗くて見えないが、その目がじっとこちらを見下ろしているのは間違いなかった。おそらく向こうには電柱の街灯に照らされた圭介の姿がはっきりと見えているはずだった。圭介はすでに拾っていた三つ目の小石を、女に向かって投げた。

きれいな軌跡を描いた小石が窓ガラスに当たり、カラカラと乾いた音を立てて屋根を転がってくる。

そのあいだ、ガラス窓の向こうで、女は一切動かない。

窓辺から女の影が消え、すぐに一階の明かりがついた。しかしそこからかなり間が空いた。片目の野良猫が圭介を窺うように水路にかかる短い橋を渡っていく。

玄関の外灯がついたのはそのときだった。磨りガラスの玄関扉の向こうに女の影がある。まるで今の猫が女に姿を変えたようだった。ゆっくりと開いた玄関から、女が細く顔を出す。

圭介はその場を動かなかった。

二人のあいだで水路の水が音を立てていた。街灯が照らす水面で、青々とした水草が揺れている。

女は外へ出てきた。ひどく動揺しているようで、そのせいか素足に履いている女物のサンダルが子供用のように小さく見えた。

圭介は女から目を離さなかった。

顔を上げた女が、「何か?」と恐る恐る問うように眉を動かす。

どれくらい見つめ合っていただろうか。

「……言えよ」

圭介はそう言った。

「え?」

「言えよ。会いたかったって」

考えていた言葉ではなかった。自然とそんな言葉が口から出た。女は表情を変えない。また水路を流れる水音だけが高くなる。

「……言えよ」と、圭介は繰り返した。乱暴だったさっきよりも、さらに乱暴な言い方だった。

女は何を言われているのか分かっているくせに、分からないふりをしているようだった。逆に圭介は自分が何を言っているのか分からないくせに分かっているようなふりをした。

圭介が水路にかかる短い橋を渡ろうとすると、女が後ずさった。それでも圭介は渡った。女のまえに立つと、石鹼の匂いがした。

「ちょっと、やめて下さい……」と女が小声で言った。

圭介はかまわずに女の唇に指で触れた。触れるというよりも、親指の腹を唇に押しつけるようにした。

逃れようとする女の首筋をもう片方の手で摑んだ。

「言えよ」

「だから、何を、ですか……」

圭介の親指の下で、女の唇が動く。潰れた唇が卑猥だった。

なぜか片方のサンダルが脱げていた。女は片方だけ素足で立っている。また石鹼の匂いがした。

「会いたかったたって言えよ」

圭介は言葉を嚙み潰すように言った。女が何か答えようとする。

圭介のポケットでスマホが鳴ったのはそのときだった。無視するにはあまりにも大きな呼び出し音だった。表示に義母の名がある。

体はグツグツと熱く煮え立っているのに、頭だけは冷静だった。華子に何かあったのだ。圭介は女の目のまえで電話に出た。

「圭介さん？　ごめんなさい。お仕事中？」

「いえ」

「華ちゃんが急に陣痛始まってな、今な、お父さんの車で病院に向かってんねやけど……、圭介さん、無理やな？　お仕事中やもんな。緊急ってことでもないから……」

さほど慌ててもいない義母の声を聞きながら、圭介は女を見た。女は目のまえでしゃがみ込み、脱げたサンダルを拾い上げようとしている。

「すぐ、行きますよ」と、圭介は女を見下ろしたまま言った。

「ほんま？　なら、華ちゃんも心強いわ。本人は大丈夫やって言うてるんやけど。……せや、華ちゃん、ちょっと圭介さんと話す？　ええの？　……ごめん、圭介さん、華ちゃんが替わらんでもええって」

忙しい義母の声だけが響く。

目のまえの女はなぜかサンダルを履かず、手に持ったまま家へ入っていく。雨に濡れた地面を踏む素足が白い。

圭介は義母の声を聞きながら、女の後ろ姿を見送った。

「……ほんなら、病院で待ってるからな」

通話が切れたのと、女が内鍵をかけたのが同時だった。

欠伸を嚙み殺しながら編集部へ入った池田立哉は、「おはようございます」と誰にともなく声をかけ、ふと気になって廊下を振り返った。やはりいつもより暗く感じる。創業百年になる老舗出版社の老朽化した建物なので仕方ないし、ついこのあいだなど、旧館の階段でホラー映画の撮影が行われたほどで、その際も雰囲気を出すために、「いつものままで」という監督からの指示があったという笑い話もある。

デスクに着いてメールを確認しながらサンドイッチを食べようとすると、背後に置かれたテレビから声がした。見れば、ここ数日、公の場から姿を消していた女性与党議員が久しぶりにテレビカメラのまえに立っている。

この与党議員がある雑誌の対談で、子供を作らないＬＧＢＴの人たちを生産性のない人間と呼んだ。この差別的な発言に世間は憤ったが、拒否反応が大きければ大きいほど、彼女の差別発言を擁護する声も出てくる。

池田はマヨネーズで汚れた指をティッシュで拭くと、手元にあったメモ用紙に太字のマジックペンで、「生産性のない人間」と書いてみた。

実際に自分の手で文字を書いてみると、その言葉の正体がはっきりと見えてくることがあると教えてくれたのは、この出版社に入社したばかりのときに指導してくれた先輩社員だった。

しばらく見つめていると、なにかぼんやりとした影が浮かんでくる。ただ、それは生きた人間のようにも、死んだ人間のようにも見え、さらにじっと見ていると、どこかに囚われている者のようにも見えた。

「薬害の件、どうなってる？　進んでる？」

ふいに声をかけられ、池田は顔を上げた。この件の担当チーフである小林杏奈《こばやしあんな》が立っており、手にしたゲラで机を叩く。

「いえ、すでに壁にぶち当たってます」と、池田は素直に答えた。

雑誌としては、宮森勲が次期日本医師協会の会長に就任するタイミングで過去のスキャンダルをぶつけたい。スキャンダルというのは、もちろん現「アラモス」であり、元「ＭＭＯ」という製薬会社が九〇年代に起こした薬害事件のあらましだ。

「……すでに和解も成立してるんで、元被害者たちの口も固いんですよね」と、池田はため息をついた。

「とはいえ、あれだけ世間を騒がした事件で、ある意味、その事件の構造もはっきりしているものが最終的に起訴されなかったってのは、やっぱり裏に何かあったのよ」と、小林がやはり手にしたゲラで机を叩く。

「どこからのタレコミなんですかね？」

「さあ。それが分かれば早いんだろうけど。とにかく、宮森の就任を考えれば、記事としてタイミングも悪くないんだよね。とりあえずこの人に当たってみてくれる？　当時の話をしてもらえるかもしれないから」

差し出されたメモには「河井勇人《かわいはやと》　西湖署ＯＢ」とあり、スマホの番号が書かれてあった。すでに小林は立ち去っている。

池田のスマホには、この小林のことが「小林アンアン」と登録されている。杏奈と入力しようとして、「あ」と入れたところ、なぜか「アンアン」と出てしまい、そのまま登録してしまった。もちろんすぐに訂正できたのだが、乗っていたタクシーがちょうど目的地に着き、入社以来三年のあいだ、そのままになっている。

早速、もらったメモの番号にかけようとすると、「西湖署？」と、今度は渡辺デスクの声がした。振り返ると、いつの間にか背後に立っている。

「……西湖署って、例の薬害の件のやつか？」

「はい」

「また行くのか？　滋賀に」

「たぶん、そうなると思います」

そのまま立ち去ろうとした渡辺がふと立ち止まり、「あ、そうだ。例の医療ミスだか、人工呼吸器の故障だかの事件。あれ、もうちょっと粘ってみるか？」と、まるで自分に問うように尋ねてくる。

「でも、今んとこ、特に動きないですし、どっちにしろ原因もそんなにキャッチーじゃないからボツにするって話じゃなかったですか」

言い返した池田に、「まあ、そうだな」と、渡辺も素直に引き下がる。

「もうちょっと当たってもいいですけど。どうせ同じ琵琶湖周辺ですし」

池田の声が届いたのかどうか、すでに渡辺の背中はファイル棚の向こうだった。


西湖署のOBから指定された場所は、この界隈でチェーン展開しているという近江ちゃんぽんの郊外店だった。

店に入ると美味そうな魚介系ダシの香りが漂うが、さすがに京都からレンタカーでこちらに向かう途中、やはりチェーン店のうどん屋で大盛りのカレーうどんを食べた直後だけに食欲は湧かない。

池田が店内を見渡すと、広い駐車場を望む窓際の席でその近江ちゃんぽんを啜っている男が目配せしてくる。老練の刑事だった雰囲気はこれまでにも会ってきた元刑事たち同様で、池田が前に立つと、ちゃんぽんを啜りながらも鋭い眼光で睨みつけてくる。

池田は自己紹介して席に着いた。注文を取りにきた店員に、目立たぬように同じちゃんぽんを頼む。

「人間だけやなくて、組織っちゅうもんもトラウマに苦しめられることがあんねんで。人間は病院に行けるけど、組織丸ごと診てくれる病院なんてないからな」

店員がテーブルを離れると、河井がふいにそう言った。池田は意味が分からず、「え?」と頓狂な声を出した。

「世話になった人からの紹介やから、当時のことで知ってることはなんでも話してやるけど、珍しくもなんともない話やで。どこにでもある、そんな話や」

河井が山盛りの野菜の中から太い麵を箸で引っ張り出し、旺盛に啜り上げる。まだ熱そうな汁が、よく磨かれたテーブルに散る。

その後、河井が語った話は、本人が言う通り、どこかで聞いたことがあるような、そう珍しくもない内容でありながら、聞いている池田を想像以上に沈痛な思いにさせた。

当時、所轄だった西湖署では、署を挙げての懸命な捜査が行われた。投薬された被害者たちの義憤を一身に背負っての正義の捜査だった。実際、製薬会社MMOと宮森勲医師を立件できる十分な証拠も手にしていたという。しかし、とつぜん、それがある方面からの抗いがたい圧力によって妨害されたのだという。

圧力をかけてきたのはMMOとの関係が深かった西木田一郎《にしきだいちろう》という政治家だった。当然その名前が表に出てくることはなく、現在ではこの西木田一郎の地盤を継いだ長男、西木田孝臣《たかおみ》が、政府与党内でも多大な影響力を及ぼしている。

「当時は俺も血の気が多かったからな。担当の部署は違うたけど、当時の署内の様子はよう覚えてる。いや、忘れられへんねんな。……あの薬害事件を担当しとった刑事ら、立件できんことが決まったとき、大声で泣いとったわ。よっぽど悔しかったんやろ。大の男たちが人目も憚らずに声上げて泣いとったんやからな」

人目も憚らずに泣いたという男たちの声が、なぜか池田の耳にもはっきりと聞こえた。

手元ではちゃんぽんが冷めていた。河井が何杯目かの水を一気飲みする。

「……不正がしたくて警察に入って来る者なんて一人もおらへん。その逆やで。不正だけは許せんと思ってる正義感の強い奴らだけが入って来んのが、警察や」

河井の口から飛んだ唾がスープだけが残った丼に入る。

「……そやのに。誰かがそんな思いをひねり潰すねん。……あの事件以来やわ、うちの署の雰囲気がすっかり変わってもうたんは。さっきも言うたやろ。人間だけやなくて、やっぱり組織にもトラウマってあんねんな。もう、どうにもならへんかった。人間と同じや。もう、どうにもならへん。トラウマが原因で人間が罪を犯すことがあるやろ。それと同じで、組織が犯罪者になることだってあんねん」

自分でも少し熱くなりすぎたと思ったのか、河井がふと息をつく。

「……それにな、先に言うとくけど、あんな昔のこと、今さらほじくり返したって無駄やで。一旦消されたもんが、今になってまた出てくるなんてことは絶対にない」

河井はそこまで言うと、割り箸を折ろうとした。しかし持ち方が悪かったのか、箸はなかなか折れなかった。

池田は一瞬、編集部にタレコミをしたのは、この河井ではないかと思った。いや、河井でなくとも、西湖署の関係者ではないかと。

遠くで唸り声が聞こえたかと思った次の瞬間、応援を求めるブザーが鳴った。

ナースステーションで書類整理をしていた佳代は、まず人声とは思えぬ唸り声に身が竦み、続いたブザーに思わず小さな悲鳴を上げた。

「なんやろ？」

横で立ち上がったユニットリーダーの服部の顔からも血の気が引く。認知症の患者も多い施設では、騒ぎのない日のほうが少ないが、さすがの服部も直感的に異常事態だと感じ取ったようだった。獣のような唸り声はさらに高くなっている。

「桑原《くわはら》さん！　動かないで！」

次に聞こえてきたのは、聞き覚えのある介護スタッフの声だった。そこでやっと佳代たちも廊下へ飛び出た。

廊下の奥から血塗れの患者が歩いてくる。血に染まったパジャマ姿のその男は二〇六号室の桑原茂雄《しげお》で、認知症はあるが日常生活は介助なしで送っていた。年齢のわりに立派な体軀のせいか、人というよりも狩人に追われる熊に見える。

よく見れば、その両手で押さえた右耳から血が噴き出していた。

次の瞬間、桑原の背後から飛びかかった小柄な男性介護士が羽交い締めにした。また桑原の口から到底人間のものとは思えない咆哮が漏れる。桑原は男性介護士を振り払おうとする。そこへ服部や他のスタッフたちが駆け寄った。みんなで必死に桑原の手足を押さえる。

「鋏で耳を切ろうとしたみたいなんです！」

顔を血で汚した担当スタッフが叫ぶ。

「桑原さん、落ち着いて！　落ち着いて！」

服部が大声でなだめるが、桑原はさらに暴れる。いつの間にか、その右足を押さえていた自分に、佳代はそのときになって初めて気づいた。てっきり自分は離れた場所から眺めているのだと思い込んでいたのに、必死に桑原の足に抱きついていた。

騒ぎに集まってきた他の男性スタッフや医師たちに取り押さえられ、桑原の息も上がった。まるで仕留めた熊を運ぶように、男たちが桑原を引きずっていく。

佳代は腰を抜かしたように廊下にしゃがみ込んだ。横ではやはり呼吸を乱した服部が、「他の皆さんに落ち着くように言って回って。なんでもないからって伝えて回って」と、切れ切れの息で指示を出す。

ここ最近、施設内に不穏な空気が漂っていた。

もちろん原因は市島民男の事件で、施設の代表電話には真相を明らかにしろという抗議電話がひっきりなしにかかり、入居者の親族たちからの突き上げも日増しに強くなっている。そんな外部の苛立ちを象徴するように、警察による取り調べも厳しさを増しており、特に市島民男の担当であった一班スタッフたちが日に日に疲弊しているのは誰の目にも明らかだった。

この疲弊が施設内のスタッフはもちろん入居者たちにも伝染している。最近では、以前にはほとんど見られなかった入居者同士の小競り合いや諍いが各班で問題になっている。

市島を担当していた一班のスタッフなどは連日のように警察署に呼び出され、三時間、日によっては五時間もの取り調べを受けているらしく、看護師の一人がついに過労で倒れると、さすがに病院側も重い腰を上げ、先日になってやっと警察に抗議したという。

看護師たちスタッフは徹頭徹尾アラーム音は聞いていないと、その主張を変えておらず、その結果、現在では取り調べの矛先が当直だった本間佐知子と松本郁子の介護士二人に向かっている。

本来、介護士は医療行為には関与しない。ましてや市島民男の異変に気づいた午前五時ごろとなれば、すでに目を覚ましている入居者たちも多く、事件当日の朝も夜尿症のある入居者たちの処置等々で、二人の介護士はいつものようにナースステーションを出て、各居室を回り始めていたはずで、たとえアラームが鳴っていたとしても、仮眠室で寝ていた看護師たちよりも、気がつく可能性は低いと思われる。しかしそんな二人の介護士を警察はこのところ連日のように取り調べているのだ。

その日、佳代はそのうちの一人、松本郁子と帰りが一緒になった。車で駐車場を出ると、敷地内にあるバス停に松本が立っており、レイクモールに行くという彼女を車で送ろうと申し出たのだ。

「いやー、助かるわ。この時間、バス混んでて、絶対座れへんし」

助手席の松本がホッとしたように息をつく。

「いつも車やのに、どうしたんですか?」と、佳代は訊いた。

「今日、うちの人が使う用あって。いやー、でも、ほんま助かるわ」と、喜色を浮かべて助手席に乗り込んできたときにはいつものように饒舌だった松本が、とつぜんその表情を曇らせ、込み上げてくるらしい涙を拭い出したのは、車が湖沿いの県道を走り出したときだった。

「ごめんなー。なんか急に涙が止まらんようになったわー」

佳代はなんと声をかけてよいのか分からず、「松本さん? どうしたん?」と繰り返した。

「ごめん、ごめんごめん。なんでもないねん。でも、もう、ほんまに私、疲れてしもて」

「仕事?」

「ちゃうよ。警察での取り調べ」

「みんなが言うてるように厳しいん?」

佳代は一瞬浮かびかけた濱中刑事の顔を、すぐに掻き消した。

「明日もまた、朝から警察署に行かなあかんねん。うちなんか、気ぃ強いほうやから。あんな若い刑事にいくら脅されても、なんてことないねん。うちのお父さんのほうがよっぽど物言いは乱暴やしな。でも、ほんまに腹の立つこと言うてくんねん。『似たような仕事してても、あんたら介護士と看護師じゃ、世の中の見る目も給料も全然ちゃうもんなー』とか言うんやで。『看護師さんたちから聞いたけど、あの人ら、陰であんたらのこと、相当バカにしてるみたいやね。ほんまに使えん人間ばっかり集まってるて。そんなこと言うてたわ』って。そんなん嘘やって分かってるで。でも、そんな話、延々何時間も聞かされてると、なんか悔しゅうなってくるやんか。なんで、こんなに一生懸命働いてるうちらが、そんな風にバカにされなあかんねんて思うやんか。施設の入居者の人らかて、よう考えたらそうやんか。うちが何を言うても聞かんのに、看護師さんがちょっと言うたら、薬もすぐに飲むしな」

また込み上げてきたらしい涙を、松本は「ごめんな、ごめん」と繰り返しながらハンカチで強く押さえる。

佳代は強くハンドルを握った。何か意識的にやっていないと、濱中という刑事の顔が浮かんできそうだった。

あの夜以来、佳代はただ、彼のことを思い出さないように暮らしている。通勤途中も、仕事中も、買い物をしながら、シャワーを浴びながら、ベッドで眠ろうとするとき、そして夢のなかでも、ちょっとでも油断すれば彼の顔や声が蘇ってくる。蘇ろうとすると、佳代は即座に目を閉じる。あれは現実ではなかったのだと思うようにする。あの夜のことを思い出したら、きっと面倒なことになる。忘れようと、自分に言い聞かせる。あれは現実のことではなかったのだと。

レイクモールの入り口で降ろすときには、松本も少し落ち着いていた。じっと泣き言を聞いてくれた佳代に礼を言い、「今夜のおかずはもう、お惣菜やわ」と笑いながら明るいモールのなかへ向かう。

松本が自宅でも義理の父親の介護をしていることを、佳代がふと思い出したのは彼女と別れた直後だった。

レイクモールからの帰り道、佳代は父の正和が静江と暮らす家に寄った。近々、豊田家の墓のある区域で地籍調査が行われるらしく、その資料を正和に手渡すためだった。静江からは上がって夕飯を一緒にと誘われたが、佳代はなんとなく遠慮した。その代わりにと、彼女がおでんの入ったタッパーを持たせてくれた。

その夜、佳代は食事を済ませると、しばらくテレビを見た。お笑い芸人のトーク番組で笑ったり、次に始まったクイズ番組での解答に感心したりと自分では楽しんでいるつもりだったのが、翌日が早番だとふと思い出し、慌てて風呂に入ろうとしたときには、たった今まで自分が何に笑い、どんなクイズの解答に感心したのかさえ思い出せなくなっていた。

風呂上がり、火照った体を冷ましながら二階の自室で最近気に入っているボディオイルを塗った。甘い香りが部屋に広がり、次第に眠気が襲ってくる。

コツン、と窓が鳴ったのはそのときだった。

小さな鏡台の鏡に映る自分の顔が、一瞬にして引き攣った。佳代は身じろぎもしなかった。

かなり時間が経ってから、また、コツン、と音が立った。

あの夜と同じだった。あの夜、佳代は特に警戒もせずに窓の外を覗いた。すると、街灯の下にあの刑事がいた。すぐに蘇ってきたのは、土砂降りのなか、狭い車内で過ごしたときの感覚だった。緊張で汗が止まらず、その汗に車内の湿った空気が混じる。二人の体温で、車内の窓ガラスは白く曇っていた。

また、コツンと音が立つ。

あの夜、街灯の下に立つ刑事を見て、あそこに降りていっちゃいけないと佳代は直感的に思った。関わっちゃいけないと。しかしそう思った次の瞬間、事件のことで何か聞きに来たのだと思い直した。そう思った瞬間、ほっとした。ならば降りていける。会いにいけると。

あの夜、激しく体が震え出したのは、刑事の車が走り去ったあとだった。玄関先で電話を終えた刑事が自分の車へ戻り、走り去って行く気配を、佳代は暗い玄関にじっと立って聞いていた。完全に音が聞こえなくなると、なぜか電気もつけずに台所へ向かい、石甕の水を飲んだ。ひどく喉が渇いていた。耳にはまだ、「会いたかったって言えよ」という刑事の声が残っていた。石甕の水をもう一杯飲もうとした瞬間、立っていられないほど膝が震え出し、その場に蹲《うずくま》った。震える体が古い床板を軋ませた。

今、自分があの刑事に何をされたのか。

それを考えようとした途端に怖くなり、以来、佳代は考えることをやめたのだ。

鏡台の鏡に映った自分の顔を、佳代はまだじっと見つめていた。今になって、さっき自分が笑っていた芸人のネタやクイズの解答が思い出される。

また、コツンと窓が鳴った。

佳代は、もう行かない、と心中で呟いた。ただ、言葉とは裏腹に、体が勝手に立ち上がり、きっちりと引いているカーテンに手が伸びる。少しだけ引いた隙間から外が見えた。しかし街灯の下には刑事の姿はなく、アスファルトがオレンジ色に丸く照らされている。

佳代は思わず刑事の姿を探した。水路の伸びる路地を見た。そのときまたガラス窓をコツンと何かが叩いた。すっと動いたのは黒いカメムシだった。カメムシはしばらく窓枠を這い、そのままどこかへ飛んで行く。佳代はごくっと唾を飲み込んだ。


松本郁子が交通事故に遭ったという連絡がもみじ園に入ってきたのは、その翌日、佳代が入居者たちの昼食介助を済ませ、やっと自分たちの昼食を取ろうとしていたときだった。

「佳代ちゃん、一班の松本さんが交通事故に遭うたんやって！」

更衣室に駆け込んできた服部の声はひどく焦っており、コンビニへ買い出しに行こうと着替えていた佳代はなんの反応も示せずに絶句した。服部はそれだけ言うと、一階のナースステーションの方へまた駆け出していく。思わず佳代もそのあとを追った。レイクモールの前で降ろしたとき、「今夜のおかずはもう、お惣菜やわ」と笑っていた松本の顔が浮かんだ。

ナースステーションには心配した多くのスタッフや入居者が集まっていた。どこからかの電話を受けている事務員が、会話をそのまま声にしてみんなに伝えてくれる。

「……事故を起こしたんは西湖警察署を出てすぐのとこなんですね？　ええ。ああ、知ってます。駅に向かう途中の、ファミリーレストランのある大きな交差点やね？　松本さんが信号無視？　トレーラーに、横から突っ込んだ？」

事務員の言葉に集まった人たちから一斉に重い声が漏れる。佳代は横にいる服部の腕を思わず摑んだ。

「……松本さんは病院に運ばれてるんやね？　西湖中央？　ええ、知ってます。ご家族にも連絡いってるんやね？　そんで、松本さんは？　どうなん？　いや、詳しいことが分からんのは分かるけど、それでも少しくらいは情報ないの？」

切迫した事務員を、そこにいる誰もが祈るような目で見つめている。

「……事故の直後は意識あったんやね？　今、集中治療室に入っとるんやね？　こっちからも誰か向かわせなあかんね」

そのとき、そばにいた入居者の一人が、「あ、ほら」と、声を漏らした。見れば、ナースステーションの向かいにあるレクリエーション室のテレビで、松本が起こしたらしい事故について地元テレビ局が第一報を報じていた。誰からともなくレクリエーション室のテレビの前に向かった。映像には大型トレーラーの腹部に突っ込むようにして大破した松本の赤い軽自動車が映っていた。その様子から、松本が無事だとはとても思えなかった。トレーラーに対して、松本の軽自動車はあまりに非力に見えた。

テレビでは松本の車がスピードを出したまま信号を無視して交差点に突入したと伝えている。

「明日もまた、朝から警察署に行かなあかんねん」

昨日、そう言っていた松本を佳代は思い出していた。悔しいと泣いていた彼女の声が蘇った。

黒真珠のような我が子の目を、圭介は覗き込んでいた。くまのプーさんの絵柄が描かれた布団の上で、ウッ、ウーンと言葉にならぬ声を出しながら、その柔らかい手足を動かす娘、詩《うた》の体から、なんとも言えぬ甘い匂いがする。

「パパやで、パ、パ。……パパ」

真っ直ぐに向けられる娘の黒目には一切の曇りがない。恐ろしいほど澄んだこの色を、圭介は昔から知っているような気がする。

「圭介さん、食べたら、また仕事に戻るんやろ?」

台所から華子の母親の声がして、圭介は娘の短い指を揉みながら、「はい、戻ります」と返した。

退院後も華子はここ実家で過ごしている。圭介が留守がちなためだった。

「たぶん、今夜は泊まりやと思います」

圭介は詩の頭に鼻を擦りつけて匂いを嗅ぐと、抱き上げたい思いを断ち切るようにダイニングへ戻った。

「大丈夫なん?」

食卓についてコーヒーを飲もうとすると、二階から降りてきた華子が訊いてくる。

「何が?」と圭介は首を捻った。

「なんか知らんけど、Yahoo!ニュースとかに出てるで」

「ああ」と、圭介は短く答えた。

「仕事の話、あんまりしたくないんやろうけど、ネットには西湖署の不祥事やって出てるよ。取り調べの帰り道で、介護士さんが交通事故起こさはったんやろ? なんか警察の調べ方が厳しすぎるみたいなことが書かれてたけど、パパの担当ちゃうよね?」

ふと耳に届いた「パパ」という呼び名に、圭介はカップを持つ手を止めた。詩が生まれて以来、自分では「パパ」と口にする。ただ、妻の華子から「パパ」と呼ばれるのは初めてだった。

「ねえって、パパの担当ちゃうよね?」

改めて聞かれ、「ちゃうよ」と圭介は嘘をついた。もし、いつものように「圭介の担当ちゃうよね?」と問われていたら、本当のことを答えたような気がした。

幸い、松本郁子は一命を取り留めていた。全く減速せずに信号無視して交差点に突っ込んだわりに、肋骨の骨折とガラス片による創傷だけで済んだのは、衝突したトレーラーが右折待機中で、小さな軽自動車の運転席がたまたま荷台の下にある隙間にすっぽりとはまったかららしかった。

第一報の直後、署内の各部署はすぐに動いた。上層部への説明、記者発表等のタイミングなどの対応が決まると、早急に会見が開かれ、その日の松本郁子に対する取り調べが午前九時半から十一時までの一時間半だったこと、その際、なんら法に反する取り調べ行為のなかったことなどが刑事部長から記者クラブに伝えられた。

ただ、夕方の地元のニュース番組に匿名で出演したもみじ園の別のスタッフが、取り調べの際に嘘の供述を強要されそうな雰囲気があったと答えたせいで、一気にマスコミや視聴者からの批判が噴き出し、明日の朝、改めて西湖署で記者会見が開かれることが決まっている。

本来なら、担当刑事である圭介が帰宅するなど考えられない状況なのだが、なぜか竹脇部長から、「しばらく戻れなくなるから、今夜のうちにちょっと家族の顔でも見てこい」と、伊佐美ともども、半ば強制的に帰宅を命じられていた。

「家族の顔を見てこいってのは、要するに、『お前ら、ここで上の言う通りに動かんと、お前らの家族もみんな、路頭に迷うで』ってことやからな。お前なんか可愛い娘生まれたばっかりやもんな」

署を出る際、伊佐美はそんな風に自嘲していた。

今朝の松本郁子への取り調べが、普段よりも厳しかったのは間違いない。松本の単独犯という自白供述のシナリオはすでに出来つつあったし、そのシナリオ通りに誘導尋問を繰り返しているうちに、少なくとも圭介もまた、この嘘を信じようとしていた。

松本郁子の方でも、もしかすると、すでにこの嘘を認める以外にこの取調室を出られないのではないかと気づき始めていたはずだ。

あなたは、看護師と介護士の待遇に対する差別に積年の恨みがあったのだ。

そう、私、松本郁子は、同じ仕事をしても同じように評価をしてくれない施設側に、強い恨みを抱いていました。

だからあなたは、看護師たちが同時に仮眠を取っているという絶好のチャンスを見逃さなかった。

そう、私、松本郁子は、いつか積年の悔しさを晴らしたかった。

そこであなたは実行した。市島民男の人工呼吸器を故意に止め、その場に留まってアラームや予備アラームが鳴るたびに停止させ、誰にも気づかれずに完全に人工呼吸器を止めてしまった。

そう、私、松本郁子は、故意に人工呼吸器を止めました。そして、面倒な仕事はいつも私たち介護士に回すくせに、自分たちだけ楽をしようとする仮眠中の看護師たちのせいにしようと企てました。でも、悪いのは私ではありません。悪いのは、怠慢な看護師たちで、同じようにいくら改善を訴えても話を聞いてくれなかった施設側なのです。

このシナリオを完成させたのは伊佐美だが、大まかなプロットを作ったのは担当の検察官だった。何しろ、P社は呼吸器の故障を認めず、施設のスタッフたちはアラームが鳴らなかったと言い張る。

どちらも真実だと思うから、糸が絡み合うのだと検察官や伊佐美は考えている。じゃなくて、どちらも嘘だと思えばいいと。目の前にいるのは、二人の正直者ではなく、二人の嘘つきだと。ならば、二人のうち、弱そうな嘘つきの方を罰しようと。

華子の実家から署に戻ると、部長による聞き取り調査があった。伊佐美と口裏を合わせるような問答のあいだずっと圭介は小便を我慢していた。終わるとすぐに便所に駆け込んだ。蛍光灯が一つ切れた便所は薄暗かった。

便器の前に立った途端、伊佐美も入ってきた。ずっと一緒だったので、さすがに伊佐美もうんざりしたような顔をするが、それでもぴったりと体を寄せるように横の便器に立つ。

「お疲れ様でした」と圭介は挨拶した。

「今どき、警察は誘導尋問なんかせえへんなんて思てる人間が、この国におるか?」

ファスナーを下ろしながら伊佐美が鼻で笑う。

「……部長らは、あんなに心配してるけど、俺に言わせりゃ、今どき警察がちょっと強引な尋問したところで、『はあ、またか』ってな程度で、マスコミも世間も一週間もしたら、みんな忘れてまうと思うけどな。このまえ嫁と一緒に見に行った映画も、検察が冤罪事件を作り出すみたいな話やったし、冤罪事件なんて、次から次に明るみに出るわりに、その都度、次から次に忘れられてんのやし、みんな、もう頭のどっかで、仕方ないって思ってるんやないか。もう、不正捜査でも冤罪でもなんでもええから、ちょっとでも疑わしい人間は、ポイポイと刑務所に入れたってくれって、その方が安心やわって、みんな、心のどっかでそう思うてるような気ぃするわ」

圭介は便器を離れた。しかし、「……なあ、お前も、そう思わへん?」と、伊佐美の声が追ってくる。

「あ、……はい」

「なんや、その『あ、……はい』て」

「すいません」

「たとえばこうや」

小便を終えた伊佐美が、こちらを向いてファスナーを上げる。

「……人殺しかもしれん奴と、そいつを拷問して自白させようとする刑事やったら、ほとんどの人は俺ら刑事の味方やろな、今の時代」

圭介は伊佐美が手を洗うのを、その場で待った。

「……ここで肝心なんは、人殺しじゃなくて、人殺しかもしれんってことやで。ちょっとでも疑われたら、そいつの人生は終わり。ゾッとするけどな。でも、やっぱり、もう、いろいろと世の中、狂ってんのやろな？　さすがに俺も、あのトランプがアメリカの大統領になったんは笑たけど」

長い時間をかけて手を洗った伊佐美が、指を弾いて飛沫を飛ばす。

「……まあ、要するに何が言いたいか言うと、世界がそうなんやから、西湖署の、俺ら如きの刑事がどんな悪さしたところで、誰が気にすんねんて話や」

伊佐美が濡れたままの手で、圭介の肩を押して便所を出ていく。圭介はなんとなくその場に残り、洗ったばかりの手をもう一度洗った。

ああ見えて、さすがの伊佐美も聞き取りが終わった直後には、少しだけ声を震わせていた。

幸い一命は取り留めたが、松本郁子が肋骨を折る重傷だったことは間違いないのだ。

今朝の取り調べで、松本郁子を恫喝したか？

いえ、していません。

今朝の取り調べで、机を叩いたり、椅子を蹴ったり、書類を壁に投げつけるなどの威嚇行為があったか？

いえ、ありません。

取り調べ中の録画は意図的に編集されていないか？

まったくされておりません。

少し震えた声で、伊佐美はそう答えた。そしておそらく松本郁子は、退院後、これとは逆の証言をする。

圭介はまた手を洗った。今度は石鹼をつける。

真実と嘘。検察官や伊佐美が言うように、どちらかが正しいと思おうとするから身動きできなくなるのだ。嘘と嘘。そう、どちらも嘘つきにしてしまえばいい。嘘つきを痛めつけたところで、良心の呵責を覚える必要はない。

翌朝、県警本部長までが出席した記者会見は、予想通り記者側からの厳しい質問で紛糾した。

マイクに向かった本部課長の言葉は、前日の圭介と伊佐美からの聞き取り調査を元に綿密に計算されたもので、松本郁子が起こした事故については心からのお見舞いを申し上げるが、事故当日に本署員たちが行った取り調べ行為が事故の重大な原因であるとは思えないとした。

記者側からは取り調べ内容の詳細を問われたが、県警側は捜査中であることを理由に発言を控えた。その後、県警側が時間通りに会見を打ち切ると、記者側から怒号が飛んだ。その様子は全国放送のニュースやワイドショーで流れた。

この会見から三日のあいだ、圭介は署に泊まり込むことになった。やっと一時帰宅を許されたのは、四日目の夕方だった。

『今夜、帰れそうやわ』と、圭介はメールで華子に知らせた。

『大丈夫なん？』

すぐに届いた返信に、『大丈夫』とだけ返信した。

圭介たちが署に拘束されていたのは、個別取材から守るためという建前もあったが、実際には県警本部長まで会見に引っ張り出し、その頭を下げさせたことへの懲罰の意味合いが濃かった。これだけ事件が全国に知れ渡ってしまえば、まさか迷宮入りさせるわけにもいかない。どんなことをしてでも犯人を見つけ出せ。結局は、この一言に行き着く。

まっすぐに華子の実家へ向かうつもりが、ふとハンドルを握る手から力が抜けたのは湖沿いの県道を走っているときで、圭介は反射的にハンドルを切り、水門の脇から伸びる湖岸への小道に車を入れた。

すでに日は落ちており、ヘッドライトに湖岸の葦原が浮かぶ。水際ぎりぎりに車を止めて窓を開けると、湿った風が車内を吹き抜けた。一つため息をつく。なぜか急に気分が苛立ってくる。スマホでエロ動画でも見て自慰でもして帰ろうかと思った瞬間、あの女の顔が浮かんだ。浮かんでみると、この三日、署に軟禁されているあいだも、ずっとあの女のことを考えていたような気がした。

圭介は、「おい」と呟いた。自分の声が車内に籠る。今度は窓から顔を出し、「おい！」と湖に怒鳴った。誰に向けたものなのか、自分でも分からなかったが、自分の大声が湖面に響くと、少し気分が落ち着いた。

頭に浮かんでくるのは、ここで方向転換させた車がこれから向かう道の風景であり、その先にある川端の水路が巡るあの集落だった。ただ、女の家の窓にまた小石をぶつけても、もう女は出てこない。ならばと玄関をこじ開け、狭い階段を土足で上がっていく自分の姿がはっきりとイメージできた。あの女は、必ず部屋にいる。緑色のカーペットの上で腰を抜かしたように、じっとこっちを見上げている。

そして、女は絶対に抵抗しない。

「立てよ」

古い蛍光灯の下、女の肌は薄い。その静脈が浮き出るほどに薄い。

圭介は車から湖岸に降りた。風が足元の葦原を揺らす。スマホで女の番号にかけるまで、ほとんど躊躇もなかった。かなり長く呼び出し音が続き、留守電の音声が流れる。圭介はいったん切ると、間も置かずにかけ直した。ブツッとさっきとは違う音がしたのは、呼び出し音が五回鳴ったあとだった。しかし、向こうからの声はない。また風が足元の葦原を揺らす。

「もしもし」と圭介は声をかけた。

聞こえているはずなのに、女からの反応はない。

「今、湖におる」と圭介は言った。

そのまま、女からの返事を待たず、「……このまえ、あんたの車に、カマ掘られたとこのすぐ近くや」と続けた。

向こうの送話口で何かが擦れる音がした。

「切るなよ」と圭介は言った。

通話は切れない。

「……そこに水門があんの、知ってるやろ？　その先の水際に、今、車停めてる。……あんたが来るまで待ってる。……それだけや」

圭介は電話を切った。

湖岸から県道はさほど離れていない。走り去っていく車のテールライトが、まるで灯台のようだった。正直、女が来るとは思えなかった。ただ、女が来るまで、この湖岸で待ち続ける自分の姿は容易に想像できた。

○

刑事からの電話を切ると、佳代は用もないのに台所へ降りた。何度か点滅して点いた蛍光灯が石甕の水を照らす。ピクルスを作るためにレイクモールで買っておいたガラス瓶を出し、野菜を取り出す。フランスの老舗ブランドのガラス瓶らしいのだが、最近気に入って少しずつ買い揃えている。

瓶の高さに合わせて胡瓜や人参や大根を切り始めると、たった今かかってきた刑事からの電話などなかったように思える。

「……その先の水際に、今、車停めてる。……あんたが来るまで待ってる」

こんな人をバカにした誘い方で、女が会いにくるとでも思っているのだろうか。

……あほや。

佳代は包丁を置いた。明日からは久しぶりの三連休だった。明日は琵琶湖畔に建つリゾートホテルを一泊で予約している。ちゃんと台所のカレンダーにも記してある。

このリゾートホテルにエステコース付きのレディースプランがあると教えてくれたのは親友の真麻だった。彼女の旦那が大阪出張の夜にキャバクラに行ったことが発覚し、そのお詫びとして宿泊券をねだったことがあるらしかった。リゾートホテルには天然温泉もあるという。明日は午前中に家の掃除を済ませ、午後からはそのホテルに行く。一泊旅行用に化粧水などの小分け作業も終わっている。

ピクルス用に拍子木切りにした野菜が、まな板に思いのほか大量に積み上がっていた。佳代は一つ息をつくと、人参、胡瓜、大根と、色合いを考えながら野菜をガラス瓶に詰めていった。自分が今、とても安心していることに、佳代はふと気づく。たった今、暴力的な男からの電話を受けたばかりだというのに、自分はちゃんと落ち着いている。色鮮やかな野菜がそう思わせてくれる。

以前、レイクモールの書店で立ち読みした啓発本にこんな文章があった。

人の上に立つ素養がある人間なんて一握りである。大半の人間は誰かに従うことで安心する。何をすべきか指し示してくれる大きな存在の下で生きることを望んでいる。

読んだときは別になんとも思わなかった。なのになぜ今になって思い出すのか分からない。

佳代は野菜を瓶詰めし、ピクルス液で浸した。手を洗い、瓶を冷蔵庫に入れる。佳代は二階に駆け上がった。刑事の元になど行くわけがないと思いながら、行くか行かないかを決めるのは自分ではないような気もしてくる。まるで二人の自分が同時にそこにいるようだった。一人は急く。一人は怯える。一人は着替える。一人は座り込もうとする。そこにふと刑事の声が割り込んでくる。彼はただ、「来い」と言う。

佳代は着替えて家を出た。車に乗り込み、エンジンをかける。

あんた、ほんまに行く気？　じゃ、やめる？　ほんま？　大丈夫やって、だってあの人、れっきとした刑事さんやで。何か怖いことあるん？　それにもう、いるわけない。

そや。そやな。

駅前の大通りを抜け、湖沿いの県道に入ると、急に交通量が減る。松林の向こうに広がる夜の湖だけが、じっとそこを動かない。前を走っていた軽トラックが右折して県道を離れると、遠くに水門が見えた。そのガードレールに男が腰かけている。まさか県道まで出てきているとは思わなかったので、思わず佳代はスピードを上げた。車が男の前を走り抜ける。ヘッドライトに浮かんだ顔は、間違いなくあの刑事だった。

すぐに大きなカーブを曲がると、ルームミラーから男と水門が消えた。佳代はブレーキを踏み、車を路肩に停めた。痛いほど胸が脈打っていた。飲み込もうとする唾がなかなか喉を落ちていかない。

他に走ってくる車はなかった。動くものといえば、すぐそこにある湖の水面で揺れる月明かりだけだった。

佳代はブレーキペダルから足を離した。車がゆっくりと進み出し、大きくハンドルを切る。そのままUターンする。まるで歩くようなスピードだった。ヘッドライトの先にガードレールに腰かけている男の姿がまた見える。男が立ち上がったのはそのときで、こちらに合図を送るでもなく、それでも佳代の車を先導するように水門脇の道に入っていく。

佳代はただその背中を追った。未舗装の道でタイヤが大きく跳ね、そのたびにヘッドライトに照らされた男の影が先へ伸びる。男の背中はすぐそこだった。強いヘッドライトが、薄いワイシャツ一枚の背中をまるで破るように照らしている。

湖岸に男の車がこちら向きに停めてあった。ヘッドライトの中、男が立ち止まる。佳代は慌ててブレーキを踏んだ。

眩しそうに男が振り返り、佳代はライトとエンジンを切った。その瞬間、男の姿が暗闇にすっと消えた。その輪郭だけを残した男は、ただじっと立っている。佳代に降りてこいと指示するでも、こちらの車に乗り込んでくるでもない。

佳代はただ待った。ずいぶん長い時間だった。自分が焦らされているのか、自分が相手を焦らしてしまっているのか分からず、混乱した。混乱すればするほど申しわけなくなった。

次の瞬間、男がゆっくりと自分の車に向かう。佳代は見捨てられたような恐怖で、思わず車を降りた。しかし、外へ出た途端、ここが夜の暗い湖岸であることを思い知る。腐った魚の臭いがする。虫の声が高く、葦原を揺らす風は生あたたかい。

男の車のヘッドライトが点いたのはそのときだった。さっきの男のワイシャツと同じように、今度は自分の服が破られるように白く照らされていた。そのとき、ヘッドライトがパッシングされた。苛立っているようにも、何か言葉をかけてくれたようにも感じるが、また沈黙だけが残る。

佳代はこの緊張に耐えらず、逃れるようにその場に蹲った。それ以外、自分にできることがなかった。自分の足が踏んだ枯れ葉が乾いた音を立てる。葦原を揺らす波音だけがある。

そうやってどれくらい声もかけられずに、光の中に置き去りにされていただろうか。微かなヘッドライトの揺れに気づいた佳代が恐る恐る顔を上げたときには、土の冷たさで体が冷え始めていた。

ライトが眩しく、最初ははっきりとは見えなかった。だが、徐々に目が慣れてくると、運転席の刑事がこちらを見たまま自慰にふけっているのが分かった。佳代はあまりの恥ずかしさに逃げ出そうとするのだが、腰が抜けたように動かない。佳代は火照った顔を両手で覆った。

車のタイヤが枯れ枝を踏む音を立てたのは、それからしばらくしたときだった。顔を上げなくても、車が動き出したことは分かった。車は蹲ったままの佳代を避けてゆっくりと進んでいく。まるで猛獣が食い尽くした獲物の死骸を避けて立ち去るような、そんな緩慢な動き方だった。

刑事の車が県道に出てしまうまで、佳代は顔を上げることさえできなかった。一人きりで残されると、暗い湖岸の葦原の風景が身震いするほど恐ろしかった。

第3章　YouTubeの短い動画

　高層階のホテルの窓からは琵琶湖が一望できた。客室には淹れたばかりの紅茶の香りが漂っている。たった一泊のことだが、明日の昼まで続くこのホテルでの時間が、佳代にはまるで永遠のように感じられる。

　今日のために、佳代はわざわざお気に入りの茶葉を買い、それに似合うロイヤルコペンハーゲンのカップも持参した。

　たかがカップ一つのことだが、ホテルに備えつけのものではなく、気に入ったものを使うだけで、満たされた気分になる。

　佳代は湖の景色を目に焼きつけると、薔薇が一輪置かれたベッドにゆっくりと横になった。なった途端、さっきまでエステルームで受けていた心地良いマッサージの感覚が蘇り、厚手のバスローブを羽織った体が柔らかいベッドに沈み込んでいく。

　目を閉じれば、このベッドが青空を映す湖面のように思え、沈んでいく自分の体はそこに映る白い雲になる。

今日、このホテルにチェックインして以来、佳代は何も考えないと決めていた。少しでも気を抜けば、いろんな情景や思いが浮かんでくるが、無理にでも押し殺し、ただただ優しいマッサージや甘いボディオイルの香りに身を任せる。

感覚を集中させていくと、腕や素足を滑らせる清潔なリネンの感触でさえ、まるで香のように自分の体に染み込んでくる。清潔なシーツは佳代のイメージの中、どこまでも広がっていく。佳代はシーツを掴み、自分の体に引き寄せる。引き寄せても引き寄せても、シーツは湖の波紋のようにどこまでも広がっていく。

白い雲の映る湖面が、ふいに葦原に変わる。沈み込むベッドの感触が、夜露に濡れた落ち葉になる。

目を閉じると、まぶたの裏にヘッドライトの熱を感じる。

どういうつもりですか？

佳代は、運転席で自慰にふける刑事に、昨夜はかけられなかった声をかけてみる。

何か言ってください。

私は勇気を出して、ここまで来たんです。なのに……。

一言でいいから、何か……。なんでもいいんです。なんでもいいから言ってください。

言ってくれたら……、なんでもします。ここで……、私、なんでもしますから……。

懇願する自分の声が高まっていく。自分の声なのに、湿ったその声を佳代はこれまで聞いたことがない。

本気で懇願しているのに、嘘をついているようだった。嘘をついているのに、自分の本心としか思えなかった。

ベッドに横になっていると、十階の窓からは空しか見えない。空は徐々に紅く染まり始めている。

佳代は大きな枕を抱えて俯せになると、暗くて見えなかった刑事の顔を思い浮かべながら、バスローブの中へ右手を差し入れた。

イメージの中、車のドアが開き、刑事が降りてこようとする。ゆっくりと降ろされた革靴が枯れ草を踏む。嫌味なほどよく磨かれた革靴から、佳代は思わず目を逸らす。

俯いた佳代の前に、刑事の影が伸びてくる。影でさえ、自分の体に触れると佳代は恐ろしくなる。

「なんて言うてほしい」

落ちてきた刑事の言葉に、佳代は何も答えられない。

言ってほしい言葉などない。ただ何を言われてもいい。

「なあ、幸せやろ?」

佳代には意味が分からない。

「……そうやって、俺の前で身動きできんようになって。……そこがあんたの居場所や。あんたがこの世で一番幸せ感じられる場所や」

オイルマッサージで火照っていた体に、また熱が戻り始める。

佳代は大きな枕を強く抱いた。枕に移った自分の匂いを嗅ぐ。

さっき佳代がサロンで選んだオイルは、ミネラルの多いハンガリーの温泉水を配合したものだった。驚くほど肌に伸び、独特な香りはオレンジとミモザをミックスしたものらしかった。

どれくらい枕を抱いていたのか、ふと寝返りを打つと、窓の外は見事な夕焼けで、たなびく薄雲が薄桃色に染まっている。

仰向けになった佳代は、軽くシャワーを浴びようと思う。ただ、ベッドに沈み込んだ体が心地よくて、もう指一本動かす気になれない。

自分でも予期せぬタイミングで、笑いがこみ上げてきたのはそのときだった。

鼻の奥でクククッと鳴り出した振動が、喉から腹に落ち、全身に伝わっていく。

私って、こんなに強い女やった?

声に出すと、さらに笑えて言葉にならない。

佳代はまた大きな枕を抱き、今度は太ももで強く挟み込んだ。

私、絶対にちょっとおかしいと思われてるわ。じゃないと、あんなこと、ようせんわ。

急に来いと言われて、湖に向かう自分の姿。ヘッドライトの中、落ち葉にまみれて座り込む自分の姿。そんな女を見つめながら、運転席で自慰にふける男。

考えれば考えるほど、自分はいったい何をやっているのだろうかと笑いが込み上げ、その反面、あの瞬間、間違いなく感じた興奮も蘇ってくる。

不思議な感覚だった。

あの刑事の言いなりなのに、すべてが自分の思い通りのようだった。突然呼び出され、何の謝罪も優しさもなく、その場に打ち捨てられた。

自分にはなんの選択権もなかったはずなのに、すべてを自分が選んでいたような気がする。しかしそう思うと、すっと体が冷えた。佳代は慌てて考え方を変えた。

あの人に強制されたのではない。あの人は強制などしない。私は自らあそこに行ったのだ。私は自らあの人の前に蹲ったのだ。

佳代はゆっくりとベッドから体を起こした。無理に傾けていた首筋の痺れが背筋から腰に落ちてくる。

窓の外、美しい夕空が湖面では別の顔を見せていた。赤く染まった湖面に、佳代は息を呑んだ。

○

水を求める小鳥の羽が湖面を叩き、どこまでも波紋が広がっていく。対岸の山々から、ゆっくりと昇り始めた朝日に、榛の木や赤芽柳の木々が目を覚ますようにその枝や葉を揺らす。早朝の湖には音がない。朝焼けの色だけがある。

ナイロン製のウェーディングパンツを穿いた圭介は、釣竿を手にゆっくりと葦原に足を踏み入れた。ナイロンを通して、早朝の湖水の冷たさが染みてくる。湖岸の樹々はすっかり色づき、中にはその葉を全て落とした裸木もある。

松本郁子が起こした交通事故後に続いた一連の騒動から三週間が過ぎていた。圭介はほぼ一ヶ月ぶりの休暇で、今朝は午前五時前に娘の詩の泣き声で目が覚め、そのまま起き出して湖にやってきていた。

「もう少し寝てたらええのに」

詩を寝かしつけながら華子は眠そうな声を出した。

葦原を抜けた圭介は、両足を安定させると釣竿を大きく振った。湖面に小気味よい糸の音が響く。徐々に朝霧も晴れてくる。圭介は釣り糸の動きに神経を集中させた。張った糸を見つめていると、いつもと同じように頭が空っぽになってくる。世界にはこの湖しかなく、この湖には自分しかいない。そんな子供じみたイメージに、身震いするような充足感がある。

「ブレーキも踏まずに交差点に突っ込むって、言うてみたら自殺みたいなもんやで」

昨日の捜査会議で、竹脇部長がふと漏らした言葉だった。圭介が療養中である松本郁子の容態を説明した直後だった。一瞬、室内にどろっとした空気が流れた。会議室が一瞬にして、地下にある汗臭い仮眠室に変わったようだった。松本郁子はやはり犯人であり、その罪から逃れようと自殺を図ろうとした。暗黙のうちに、今、それが会議で決まったのだ。

「そしたら、引き続き頼むで」

竹脇の短い言葉で会議は終わった。竹脇たちが出ていくと、残された捜査員たちも姿勢を崩す。やはり誰もが息苦しさを感じていたのか、窓際にいた一人が窓を開けた。立ち上がった伊佐美が背伸びをしながら、「松本郁子、いつ頃から取り調べ再開できそうや？」と訊いてくる。

「担当医師からの正式な回答はありませんが、立ち話として、病室で行われる短いものであれば、あと一週間もすれば、認めないわけにはいかへんやろなということでした」と圭介は答えた。

「部長が言うた通りやろな。ブレーキも踏まずに赤信号の交差点に突っ込むって、自殺でもしようと思わんとできひんで」

伊佐美の言葉に部屋にいる誰もが耳を欹《そばだ》てている。そして次の言葉を待っている。

「……松本郁子、自殺しようとしたんやろな？　……自分がやってもうたことに、今になって罪の意識感じて耐えられへんようになったんや」

伊佐美の言葉に視線を上げる者はいなかった。そして、小さな会議室にはもう開ける窓もない。

○

池田は遅いランチから戻ると、パソコン画面の写真を改めて見つめた。

写真は旧琵琶湖ホテルの特別展示室に飾られていたものを、池田がスマホで撮ってきたものだった。写っているのは古い晩餐会の様子で、医療法人渋井会の渋井宗吾会長、第八銀行頭取の段田信彦、そして京大教授の市島民男がそれぞれの夫人を伴い、豪華なシャンデリアの下に集っている。

ふと視線を感じて、池田は振り返った。いつの間にか小林が背後から写真を見ていた。

「みんな口が堅くて……」と、池田は素直に弱音を吐いた。

小林は何も言わず、じっと写真を見ている。

「……当時から筋書きははっきりと見えてるんですよ。製薬会社ＭＭＯの子飼いである宮森勲医師による臨床試験結果の改竄および重大な副作用の隠蔽。ＭＭＯはこの血液製剤で膨大な利益を上げていますし、そこから相当な金が宮森医師にも流れてる。そこまで分かっているのに立件は見送られた。先日、紹介してもらった西湖署ＯＢの河井さんの話からも、当時、西木田一郎という有力な政治家が裏で動いたのは間違いない。今の西木田政調会長の父親で、もちろん今の西木田孝臣議員サイドから当時のことが何か出てこないかと探ってるんですけど、政治家って代替わりすると、それまでの悪事はそれこそ秘書たちがあの世まで自分たちで抱え込んで隠してしまうのか、跡形もなくなるんですよ」

実際、小林に報告した通りだった。一年ほどまえに西木田議員のパワハラにより辞職した元秘書にコンタクトを取ったのだが、彼の口から出てくるのは自分が受けた暴力の話だけで、先代である西木田一郎に関してはほとんど知識もなかった。

「この写真は？」

一通り池田の報告を受けた小林が、パソコンの写真を指差す。

「ああ、これ。旧琵琶湖ホテルってとこの展示室に飾られてた写真なんですけど、ちょっとした偶然があって。ここに写ってるのが渋井会の会長、渋井宗吾って男なんです。MMOの子飼いだった宮森勲医師が勤務していたのがこの渋井会系の研究施設なんですよ」

「ちょっとした偶然って？」

「今、別件で、琵琶湖にあるもみじ園って施設で起きた医療ミス事件も追ってるんですけど、その所轄が西湖署なんですよ。で、その事件の被害者がここに写ってる市島民男」

池田は順番に写真の男たちを指し示した。

「もしかして、二つの事件に何か繋がりがありそうなの？」

「いや、ないでしょ。二つとも西湖署管内で起きた事件ではあるけど、かたや二十年もまえだし、まあ、どちらも医療界の事件だから、地元の巨大組織である渋井会関係者が出てくる確率も高いでしょうし」

実際、池田はそう思っている。

内線電話がかかったのはそのときだった。出ると、市島さゆりという人から電話が入っているという。先日、とつぜんの取材に応えてくれた市島民男の娘だった。現在、池田が連載を担当している東江健一の時代小説が面白いと話してくれた顔が浮かんでくる。

電話を切り替えると、挨拶もそこそこに改めて取材を受けたいと彼女が言う。なんでも遅々として進まぬ警察の捜査に不信感を抱いているらしい。池田はスケジュールを調整して、出来るだけ早く出向くことを約束した。

「池田さん、お紅茶のお代わり持ってきましょか?」

マドレーヌの空包みを丸める市島さゆりに勧められ、池田はICレコーダーを切りながら、

「すいません、じゃあ、ご馳走になります」と素直に甘えた。

一時間ほどのインタビューだったが、さゆりは警察への不信感を一通り話し終えると、あとは贔屓にしているという若い歌舞伎役者の話に終始した。池田のいる週刊誌の先週号の表紙がその役者だったのだ。

要するに、さゆりが東京の週刊誌記者である池田をわざわざ呼びつけたのは、今回の事件がこのまま世間の関心を失ってしまうのを恐れたせいらしかった。

録音機をバッグにしまうと、池田はトイレを借りた。廊下に出ると、奥に建て増しされた部分があるせいか、妙な造りになっており、廊下の先がとつぜん中庭になる。

「その奥やから」

さゆりの声に返事をしながら、なぜか中庭に引きつけられた。広くはないが手入れの行き届いた庭で真っ赤な彼岸花が咲いている。池田がトイレのドアを開けようとしたときだった。その花壇にすっと人影が伸びた。覗き込むと、白髪の老婦人が別段驚くでもなくこちらを見ている。亡くなった市島民男の妻らしかった。とすれば、すでに九十歳を超えるはずだが、姿勢もよく、立派な白髪も豊かで気品がある。

「お邪魔してます。ちょっとおトイレを借りて……」

池田が声をかけた。

「ご不浄なら、そのドアを」と夫人が教えてくれる。

「ああ、これですか?」

池田はわざと迷っていたふりをした。

「増築してから母屋との境がちょっと分かりにくいもんなあ」

とても柔らかな関西弁だった。その調子に誘われるように、池田はトイレを離れ、中庭の方へ向かった。

夫人が拒む様子も見せないので、沓脱ぎにあったサンダルを借りて中庭へ降り、「旦那さまの件、誠にご愁傷様でした。なんと申し上げたらよいか」と慇懃に挨拶した。

一瞬、戸惑ったようだが、「ご丁寧に」と、老夫人も頭を下げる。そのお辞儀の仕方になんとも品がある。

「きれいな彼岸花ですね。たしかこうやって咲くのは、一年に一週間くらいじゃなかったですか?」

「ちょうどそれが今やわ」

老夫人がやさしく花びらに触れる。少し震えた指の振動が赤い花びらに伝わっていく。

「毒のある花やからな、お庭には合わへんって叱られるんやけど。若いころにお父さんと暮らしとった家の近くに彼岸花が咲く丘があってね」

西日の当たる中庭で、老夫人の白髪がキラキラと輝いている。

「彼岸花が咲く丘ですか。きれいでしょうね」

「丘が真っ赤に染まってな、そりゃきれいで、怖いくらいやったわ」

「どちらにいらしたんですか？」

「終戦前のことやからね、中国におりました」

「中国？」

池田はふと旧琵琶湖ホテルの特別展示室に飾ってあった写真を思い出した。考えてみれば、あの中で若い市島民男の隣に座っていたのがこの老夫人である。

「中国はどちらだったんですか？」

なんとなくそう尋ねた。

「昔の満州ですわ」

彼岸花で真っ赤に染まるというその丘を思い出すように、老夫人が目の前の花にまた手を伸ばす。

「市島さん、京大の教授になるまえは満州にいらしたんですか」

言いながら、また古い写真が浮かんだ。戦後、全国的に広がった渋井会も、元は会長の渋井宗吾が満州で開いた病院が祖であり、戦後第八銀行の頭取となった段田信彦もまた、戦前、大蔵省から満州中央銀行に出向していたことが今になって繋がる。なるほど、三人は旧満州で知り合っていたのだ。

「あら、ここにいたん？」

ふいに聞こえた声に振り返ると、さゆりが不機嫌そうな顔で立っていた。不機嫌な目つきは池田にではなく、母に向かっており、「お母さん、庭に出るんやったらカーディガンかなんか羽織っといてくださいよ」と顔をしかめる。

「あの、もしお時間があれば、お母さまにも、民男さんのお人柄のことなど、お話をうかがえれば助かるんですが」

池田は思わず声をかけた。目のまえの老夫人には、離れがたい何かがあった。

「お母さん、こちらな、東京の記者さん。どないする？　お話しする？」

さゆりがやはり面倒臭そうに尋ねる。

「少しだけで構いませんので」と、池田も口を挟んだ。

結果、少しだけならと、被害者の妻である市島松江《まつえ》への取材が決まった。案内されたのは中庭をのぞむ松江の部屋だった。茶室とまでは言わないが、凛とした部屋だった。書棚も文机も古風なものながら、とても大事に使われてきたことが分かる。床の間に飾られた一輪挿しも、松江自身が生けるのか、まだみずみずしい小菊の花で、普段、花瓶の花など気にしたこともない池田でさえ、つい目を奪われる。

「とつぜんの申し出にもかかわらず、ありがとうございます」

録音の可否を確認したあと、池田は礼を言った。

「さっき終戦前は旧満州にお住まいだったとおっしゃってましたけど、どの辺りになるんですか？」

　池田の問いに、「昔の新京。今の長春やね」と松江が教えてくれる。

「長春ですか？」

「中国は行かはったことある？」

「上海と、あと香港には学生のころに」

「ああ、あっちはあったかい所やからねえ。中国も東北部の方は、もう今の季節、寒いんちゃうかなあ。何しろ、冬になったら零下二十度になるところやからねえ」

「零下二十度？　想像もできないな」

　思わず池田は唸った。

「お父さんと一緒になってからは、ハルビンに暮らしてましたから、冬はもっと厳しかったわ」

　池田はスマホでグーグルマップを手元で開き、「……長春とハルビンだと、三百キロくらいだから、東京―名古屋よりちょっと短いくらいですね」と伝えた。

「へえ、そんなもんやったんやねえ。昔は、特急電車でも半日ぐらいかかるような気してたけどなぁ」

「今だと、高速鉄道で一時間もあれば着くみたいですよ」

　マップには正確な経路情報もある。

「一時間？　せやろなあ」

「じゃあ、ご結婚されてからハルビンに移られたんですね」

「お父さんと初めて会うたんが、ハルビンやったわ。もう無くなったんやろうなー、あのホテルも」

気のせいか、松江の頰が少し赤らんだように見える。

「なんていうホテルですか？」

「『ヤマトホテル』いうてね、ハルビン駅の駅前にあったんやけど」

「ヤマトホテル？　……いや、まだありますよ」

池田はマップにその名前を見つけた。検索してみると、クラシックホテルとして未だに人気があるらしい。画像検索で出てきたホテルの外観を見ながら、「かっこいいホテルですね。当時のアールヌーボー建築のまんま残ってますよ」と教えた。

「そうですか。まだ残ってますか。あそこの仏蘭西料理屋さんでな、お父さんと初めて会うてん」

「いつごろのお話ですか？」

「昭和十六年。まだ秋口でな、ほんまに気持ちのええ日やったわ。ハルビンはほら、ロシア風のきれいな街やろ。街路樹が紅葉してたてな。石畳に積もった落ち葉なんか、ほんまにヨーロッパにでも来たみたいやったわ」

松江が情感たっぷりに話すせいか、行ったこともないハルビンの秋の様子が池田にもはっきりと伝わってくる。

「……お父さんが、まだ数えで二十五歳、私は十九歳。懐かしいな」

「お見合いですか?」

「そう、お父さん、えらい緊張しはってたな」

不思議な感覚だった。お見合いに緊張していたという二十五歳の青年が、先日、百歳の被害者として亡くなったのだ。

池田は病室で人工呼吸器に繋がれている老人の様子から目をそむけるように、ハルビンにあるという格式高いクラシックホテルの仏蘭西料理店で、緊張し合う若い二人を想像した。レストランのテーブルには白いクロスがかけられ、大きな窓からは暖かい秋の日が差し込んでいる。もしかすると、当時、石畳の街路ではまだ馬が引く荷車が走っていたかもしれない。美しい毛並みの馬と、紅葉した街路樹がよく似合う。

「当時は、そんなに若くしてお見合いしてたんですね」

知識としてはあったが、なんとなく話を繋ぐように池田は尋ねた。

「正式なお見合いとちゃうのよ。私に兄がおってな。当時、満州の建国大学の学生で、お父さんとは親友やったからね」

穏やかな声質なのか、それともその優しい口調のせいか、松江の話を聞いていると、まるで子供のころに読んだ昔話や童話の世界に迷い込むように、七十年以上もまえのハルビンに自分が立っているような気がした。きっと松江自身が今ではなく、その世界から話をしているからに違いなかった。

池田は松江の瞳を覗き込んだ。そこに映っているものを見ようとするのだが、なぜか見ようとすると濁ってしまう。

○

朝、圭介が目を覚ますと、すでに義母が来ていた。義母が用意してくれた朝食はフランスパンとエッグベネディクト風の卵料理と大きなボウルにたっぷりの大根サラダで、圭介は紅茶で流し込むようにあっという間に平らげた。

「ほんま、健康な人が食べてるとこ見てんのは気持ちええな」

圭介が使ったケチャップに、義母がふたをする。

「お義父さん、調子でも悪いんですか？」と圭介は訊いた。

「マコ兄ちゃんが、ここ最近ずっと調子悪そうなんやって」

義母の代わりに、洗い物をしていた華子が、義母らと同居している長男の名前を出す。

「なんか、ずっと胃が痛いらしくてな、食卓でも、ちょっとなんか口に入れたら、『もういらん』て不味そうな顔して席立つねん。同じ鍋つついてんねんから、残された方も気ぃ悪いわ」

「義兄さんもそんなに食欲ないんやったら、体が持たへんでしょ？」

圭介が追従を言うと、「それが、万里子《まりこ》さんがおらん時にはよう食べるねん。まあ、私でも、あんないつも機嫌悪い人の前やと食欲も出ぇへんわ」と、この話題の本筋であるらしい長男の嫁の名前が出てくる。華子の話によれば、義母が詩の子守にかこつけて、こうやって毎日のようにやってくるのは、この嫁への当てつけもあるらしい。

時計を見ると、そろそろ出勤時間だった。途端に気が重くなり、圭介は飲み干そうとしたオレンジジュースのグラスを置くと、ベビーベッドで寝ている詩を抱き上げ、その髪の匂いを時間ギリギリまで嗅いだ。


レイクモール一階にあるスーパーの陳列棚には、瑞々しいレタスが積み上げられていた。明るい照明のせいか、並べられた野菜はどれも清潔で、当然のことだが売り場には土の匂いが一切しない。

夕方の繁忙時間までまだ間があるとはいえ、店内には客の姿も多く、特売品コーナーでは客同士のカゴがぶつかり合っている。そんな客のなか、茄子の袋を手に取った松本郁子がしばらく吟味してから棚に戻す。松本のカゴはすでに商品でいっぱいだが、その背後にピタリとついて尾行している圭介のカゴにはまだ何も入っていない。

肋骨を折るという大怪我をした松本だったが、幸い、経過も良く、先週の初めに退院した。来月にはもみじ園に仕事復帰することも決まっている。園としても、重要参考人として警察からの取り調べが続いているとはいえ、無実を主張している従業員の復帰の意思を無下にするわけにもいかず、従前の待遇で迎えるという。

ただ、当初は松本に同情的だった施設側や同僚たちも、さすがに警察がここまで彼女に固執するのは、やはり何か彼女に疚しいところがあり、噂通り、このまえの事故は彼女が自殺を図ったものではないかと、最近では徐々に距離を置く者も増えていると聞く。

松本は吟味してから戻した茄子の袋を、結局もう一度手に取り、カゴに入れた。

もちろん松本は自分を尾行する圭介の存在に気づいている。気づいているどころか、この手の尾行は一度や二度ではないし、さっきも圭介はわざと松本の真横に立ち、彼女が手にした豚のバラ肉の値段を覗き込んだ。

その都度、松本は苛立つ。無言のままだが、その髪の毛の一本一本までが苛立っているのが分かる。

初めてこのような露骨な尾行をした際、やはりこのスーパーでぴったりと張りついてくる圭介に、松本は、「いい加減にして下さい！」と、何度もその甲高い声を荒らげた。しかし圭介はいくら怒鳴られても、松本のそばを離れなかった。逆にさらに近づいた。騒ぎに近づいてきた店員には、あっさりと刑事であることを告げた。途端に松本の立場はなくなる。以来、彼女はすっかり諦めてしまっている。彼女の目はすでに死んでしまっている。

惣菜コーナーへ向かう松本の背中をぼんやりと見つめていた圭介は、とつぜん肩を小突かれ振り向いた。いつからいたのか、後ろに立っていたのは伊佐美で、同じように松本を見送りながら、「ああいう目、見ると、俺ゾクゾクするわ」と笑う。

「目？」

あまりの偶然に圭介は驚いた。

「松本の目やんか。もう完全に諦めてるやろ」と、伊佐美がふざけて自分の両目を寄せてみせ、

「……人間て、なんかを諦めたとき、ああいう目になるな。あれ、もうすぐに落ちるで」と呟く。

いくつか惣菜をカゴに入れた松本がレジの列に並ぶ。

「あの」と、圭介は伊佐美に声をかけた。

「なんや？」

「はい……松本ですが、もうまともに取り調べを受けられる精神状態やないと思います。」

圭介は伊佐美の顔色を窺ったが、そこに変化はない。

「お前、アホか？　そやったら、なんやねん。そんなん、みんなもう分かってるわ」

言いながら、伊佐美が圭介の頭を叩く。

圭介は自分でも何を伝えたかったのか分からなくなる。弱そうな嘘つきとして彼女が選ばれたことを薄々感づいていたくせに、今になって彼女を許してやってくれとでも頼むつもりだったのか。

これは冤罪ではない。彼女が市島民男を故意に殺したのだ。彼女は介護士の待遇に不満を持っていた。いつか病院側にその恨みを晴らしたかった。呟けば呟くほど、彼女が犯人に思えてくる。

モール内で圭介が豊田佳代を見かけたのは、買い物を終えた松本を駐車場まで尾行したあとだった。このまま自宅へ戻る松本は追わず、伊佐美の指示で今日はここで解散となった。

圭介がモール内に戻ったのはトイレのためだった。男子トイレを探して長い通路を歩き出すと、シャレたデザインの和食食材店で買い物をしている佳代の姿があった。しばらく商品を眺めると店を出て、今度は隣のフルーツゼリー専門店へ入っていく。特に目的があって来ているような感じではなかった。

圭介は少し離れた場所からショーケースを覗き込む佳代を隠し撮りした。距離はあったが、うまい具合に店内の照明が顔に差す。

次に佳代が向かったのはフロアの一番奥にあるカフェを併設した書店だった。レジで何かを注文した女は雑誌売り場から料理本を一冊手に取ると、空いていたカウンターのスツールの席に落ち着いた。

圭介はまたスマホを向けた。佳代を撮ろうとしたのだが、一つ離れた席に座っている男が彼女を盗み見ていた。男は中年のビジネスマンで、手元のパソコンをいじるふりをしながら露骨に佳代を値踏みしている。佳代は、そんな男にも、もちろん圭介にも気づくことなく、カップに砂糖を入れ、スプーンを回して料理本を捲る。

圭介は近くにあったベンチに腰かけると、今撮った画像を佳代に送った。佳代はすぐに着信に気づき、テーブルに置かれたスマホを手に取る。誰からのメールか分かったとき、佳代がどんな顔をするのか圭介は期待したが、表情に変化はない。ただ、メールの画像を開いたらしい瞬間、その首が竦んだ。

届いた画像がどういう意味を持つのか考え、佳代は混乱しているようだった。画像に写る自分の姿と店内の様子を見比べ、また首を竦ませる。

圭介は徐《おもむろ》に立ち上がった。佳代の視線が圭介を捉え、しばらく見つめたあと、手元の画像に戻る。しかしそれから再び視線が上がることがない。

圭介はじっとその場に立っていた。

佳代がふたたび顔を上げたのは、背後のテーブル席から高校生のグループが立ち上がったときだった。男子学生が大きなスポーツバッグを佳代の肩に当て、平謝りして店を出ていく。

佳代はじっとこちらを見ていた。圭介は無表情のまま、顎をしゃくった。自分について来いとでも言うように歩き出した。

しかし佳代は動かない。圭介はまた顎をしゃくり、佳代が立ち上がるのを待ってからまた歩き出した。映画の上映開始時刻が迫っているらしく、さっきの高校生のグループが圭介の傍を駆け抜けていく。

圭介は振り返った。佳代はかなりの距離を保ったままだが、ちゃんとついてきている。

平日でモール内はさほど混雑していない。映画館へ駆けていく高校生たちの声がまだ遠くから聞こえている。圭介は通路を右に折れた。折れた先がちょっとした休憩所だった。白壁に湖を描いたポップな壁画が飾られている。

その奥をまた右に折れると、トイレがあった。圭介はトイレの前で足を止めた。明るい休憩所とは打って変わり、トイレのまえは病院のように殺風景な廊下だった。こちらの白壁にはモール内の店舗の求人広告が貼ってある。

その角から佳代が現れたのはそのときだった。

一瞬、圭介を見て立ち止まったが、圭介が目で合図を送ると、背後を気にしながらも壁沿いに近づいてくる。客を探す店内放送が流れていた。

「先ほどバラエティショップ・フォーティーで、帽子をお買い上げになったお客様、お伝えしたいことがございますので売り場までお越し下さい」

二度繰り返したあと、放送が元のクラシック音楽に戻る。

圭介は佳代の目の前に立った。甘い髪の匂いがする。

「なんで、ついてくんねん」

圭介はそう呟いた。佳代は返事をしない。

「なあ、なんでついてきたん?」

圭介は軽く佳代の肩を小突いた。一瞬ふらついた佳代に、「なあ、なんでついてきたんやって?」と迫った。

佳代が深く俯こうとする。その顎を圭介は摑んだ。

「言えって」

圭介は女の唇を親指で潰した。唇を乱暴に指の腹で擦る。薄桃色の口紅が少し崩れる。

「……これ、なんや?　なんやって!」

耳元で声を押し殺すと、「……口、です」と小声で佳代が答える。

「やろ?　口あるんやったら、ちゃんと答えられるやんか。……なあ、なんでついてきたんやって？」

圭介はさらに顎を強く摑み、その目を覗き込んだ。顔は逸らそうと動かしても、なぜか目だけは動かない。その黒目にはっきりと圭介の顔が映っている。

足音がしたのはそのときだった。とっさに圭介は女から体を離して、足音のほうへ背中をむけた。しかし次の瞬間、「え？」という聞き覚えのある声がする。

男子トイレに入ろうとした圭介は足を止めた。振り返るまえ、すでに視界の端に華子の姿があった。

誰よりも先に動いたのは佳代だった。まるで体に絡みついた蜘蛛の巣から逃れるように手足をばたつかせて立ち去っていく。

「ちょ、ちょっと」

とっさに呼びかけた華子の声にも佳代は足を止めない。

「ちょっと……」

華子の声が今度はこちらに向かう。「……何してんの？」と。

「何が？」

圭介の口からとっさに出たのはそんな言葉だった。

「何が、って……」

「ああ、今の女？　ちょっと頭おかしいねん、あれ。まえに担当の事件で事情聴取したことあって。今、ちょっと絡まれてたんやって。助かったわ、声かけてくれて」

嘘が何かと噛み合ったような手応えがあった。あとはもうスラスラと口から嘘が出た。出ればば出るほど、実際、あの女がおかしいのだと思えてくる。

○

ホームセンターのタイヤ交換コーナーで、佳代が予約していた旨を伝え、申込書にサインした。

「あの、代理の者なんですけど、ここは私の名前でいいんでしょうか?」

尋ねた佳代に、申込書の所有者欄に書かれた国枝の名前を見ながら、「奥様ですか?」と係員が訊いてくる。

「いいえ、違います」と佳代は応えた。

「彼女さんですかね?」

「はい」

「じゃあ、ここはお客様のお名前で大丈夫です。今日はお客様が運転して帰られるんですよね?」

車と鍵はすでに整備工場のスタッフに預けてあった。申し込みを済ませた佳代は自動販売機で紙コップの紅茶を買うと、誰もいない待合所のベンチに座った。窓の外、国枝の車が早速整備工場内に運ばれていく。混み合う休日には、この広場にたこ焼きやクレープの屋台などが並ぶのだが、平日の今日はどの屋台にも青いビニールシートがかけてある。

佳代は国枝にメールを送った。

『今、タイヤ交換やってもらってます。言うてたポイントも貯まるみたい』

すぐに返信がきた。

『ポイント貯まるのは知ってる。期間中やと、倍になるはずやけど』

短い文面からも、急かすような国枝のいつもの声がする。

『確認してみる』

『このあと、うち来るんやろ?』

『買い物してからやから、少し遅くなると思う』

返事はなかった。

この数週間、佳代は国枝とまともに会っていない。メールのやりとりだけはしていたが、スタッフが辞めて急に仕事になったとか、夕方から父と会う予定があるとか、そんな嘘で、別に誘われてもいない週末の予定を断っていた。それが先日、珍しく国枝からメールがあった。自分の車のタイヤ交換に行ってくれないかと言う。なんでも何かにぶつけて、側面が小さく欠けたらしい。今のところ走行に問題はないが、高速で走るとバーストの恐れがあるからとスタンドで交換を勧められたという。なんで自分で行かないのかと思ったが、佳代は断るのが面倒で、行くと伝えた。

タイヤ交換を終えた車で、国枝の家へ戻ると、学校行事があるという話だったくせに国枝は部屋にいた。ほぼ二週間ぶりだが、佳代を迎える国枝の様子に変わりはなく、いつものようにテレビでゲームを続けている。

「いつ車、取りにきたん？」

国枝に訊かれ、「五時すぎ。おったん？」と佳代は尋ねる。だが、国枝からの返事はない。

佳代は台所で夕食の準備を始めた。米を研いでいると、ゲームに戻ったはずの国枝が、リビングと寝室を行ったり来たりし、ときどき腹を立てたように寝室のドアを乱暴に閉める。国枝が佳代をベッドに誘うときの合図だった。

佳代は気づかぬふりをした。

しかし今度は寝室の壁を蹴る。その音に佳代は諦めた。

「ごはん、先に作りたいんやけど。今日、これから夜勤やから」

佳代は寝室には入らず、ドアを開けたまま廊下から声をかけた。国枝はスマホをいじりながら、「まだ腹減ってない」と、佳代がベッドに入ってくるのを待っている。

「ベッド来て欲しいんやったら、ちゃんとそう言うたらええやん」

普段と違う佳代の態度に、国枝がひどく戸惑っている。これまでなら、国枝の機嫌が悪くなるのが嫌で、佳代は素直にベッドに入っていた。

「ちゃうの？」と佳代は訊いた。

「何が？」

ほとんど喧嘩腰で国枝が口を尖らせる。

「何がって、ちゃうの？」と佳代は言い返した。まるで自分が自分ではないようだった。自分にこんな強さがあったなんてと我ながら驚く。国枝は怒りで目を白黒させている。

「……私、あんたのこと、一度も好きやなんて思ったことないわ」

口にした途端、清々した。

「……なんであんたが私と付き合うてんのかも分からへん。そもそも分かりたいとも思ってなかったわ」

興奮しているわけでもないのに止まらなくなる。国枝が立ち上がったのはそのときだった。乱暴に腕を引っ張られ、無理やりベッドに倒そうとする。自分でも不思議だったが、佳代はまったく恐怖を感じなかった。ただただ、目のまえの男が情けなかった。

「痛いて！　放して！」

佳代は邪険に国枝の手を払った。廊下に逃れると、国枝が這うように追ってくる。次の瞬間、肩を摑まれ、殴られるかと思った。国枝が拳を握りしめていた。

「……あんた、男としていっこも魅力ないわ」

自然とそんな言葉が口から出た。目を血走らせた国枝が佳代の肩を突き飛ばしたのが先だったか、佳代が国枝の腕を乱暴に払ったのが先だったか、二人の体が急に離れ、佳代は背中を壁にぶつけた。国枝が寝室へ戻ろうとする。佳代はその腕を摑もうとしたが、国枝は振り払った。そして叩きつけるようにドアを閉めた。

「……アホくさ」

気がつけば、佳代はそう呟いていた。曲がりなりにも恋人だった男に対して、その言葉以上の気持ちも、以下の気持ちも湧かなかった。

佳代はバッグを持ち、玄関を出た。車に乗ろうとすると、「豊田さん」と母屋から声がした。見れば、国枝の母が、「帰らはるの?」と窓から顔を覗かせている。

「すいません、ご挨拶もせず」と佳代は謝った。

「そんなん、ええけど。それより、ここしばらく来てなかったみたいやね。……車があんまり停まってなかったみたいやから。バスで来てたん?」

国枝の母が佳代の車の中を覗き込もうと首を伸ばす。車内に見られたくないものがあるわけでもなかったが、佳代はなんとなく彼女の視線を遮るように立ち位置を変えた。

「いえ、しばらく仕事が忙しくて」

「ああ、そやったの。……シゲくんに聞いても何も言わへんから、おばさん、ちょっと心配してたてん」

「すいません」

この大人しそうな母親に対しても、国枝はいつも横柄な口を利いた。

「ほんなら、私」と、佳代はバッグを持ち直した。

「ああ、そやね。悪かったな、引き止めて」

佳代は車に乗り込んだ。エンジンをかけ、ゆっくりと敷地を出る。国枝の母の視線がいつまでも背中にべったりと張りついていた。

もみじ園に到着すると、駐車場に同僚の小野梓の姿があった。まさか待っていたわけでもないのだろうが、佳代の車を見つけると駆け寄ってくる。

「どうした?」

佳代は窓を開けた。

「先に停めて下さい」

梓が駐車スペースを指差す。本当に佳代の到着を待っていたのかもしれない。駐車した車から佳代が降りると、「佳代さんに、ちょっと見てもらいたいもんがあって」と、梓がスマホを差し出す。

「なんや、また彼氏の動画の新作?」

佳代は呆れた。ユーチューバーらしい彼氏の動画なら、これまでにも何度も見せられている。

「また洗濯バサミで体摘んだりするやつちゃうやろな」

佳代は笑ったのだが、梓の表情が硬い。

「……何?　なんかあったん?」

「いろんな動画見てるうちに偶然見つけたんですけど、服部さんとかうちのスタッフに言うまえに、ちょっと佳代さんに見てもらって意見聞こう思うて。なんか気味悪いんです」

「いやや、気味悪いの」

差し出されたスマホを佳代は思わず遠ざけた。

「ちゃいますって。そういう気味の悪さじゃなくて。とにかくちょっと見て下さいって」

梓が強引にスマホを突き出してくる。佳代は体を仰け反《ぞ》らせ、その小さな画面に目を向けた。

映っているのは見慣れたもみじ園の外観だった。たった今、佳代が車で上がってきた道を、カメラもゆっくりと上がってくる。歩きながら撮影しているらしいが、正面玄関へは入らずに駐車場のほうへ回ったカメラは、そのままスタッフ通用口にも入らずに、建物の裏側へ回っていく。もみじ園の裏はどこまでも田畑が広がる。

「何、これ？　梓ちゃんが撮ったん？」と佳代は訊いた。

「ちゃいます。ええから、もうちょっと見てて下さい」

梓が、揺れないように両手でスマホを持つ。

もみじ園の裏側に回ったカメラは、しばらく固定されたまま、緑色のネットフェンス越しに見える田畑だけを映す。改めて見ると、夕方なのか朝なのか、まだかなり薄暗い。次の瞬間、ゆっくりと動き出したカメラが捉えるのは非常口だ。内側から言えば、一階廊下の奥にあり、普段から開放されている。カメラはその非常口から施設内に入り、一番手前のドアのまえで止まる。

映像はそれだけだった。

「何、これ？」と、佳代は訊いた。

「え？　よく見て下さいよ！　だって、これ、一〇八号室のまえで止まってるんですよ。市島民男さんの部屋のまえですよ！」

　とつぜん梓が興奮して鼻の穴を広げる。そう言われて、「あっ」と、佳代はやっと声が漏れた。漏れた瞬間、急に気味悪くなる。

　梓によれば、自分が調べられる範囲では他に関連動画は見つからなかったらしい。誰がいつ撮影したのかも不明で、投稿されたのは十日ほどまえ、特にタイトルもついておらず、動画の説明文もないため、本来なら検索にも引っかからないらしいのだが、同じ地区で撮影されたものだったからか、なぜか梓の彼氏がやっているチャンネルの関連動画に入っていた。とはいえ、見る者はほとんどおらず、再生回数はまだ三十一回しかない。

「この三十一回のうち、二十回くらいは私です」と梓が教えてくれる。

「……どう思います？」と続けて梓に訊かれ、「どうって……」と佳代は口ごもった。

「警察に言ったほうがいいですよね？」

「え？　警察？」

「だって、犯人が撮影したかも……」

「ちょ、ちょっと待ってよ」と佳代は慌てた。

　もちろんそういう映像だと言われればそう見えるが、逆に、見舞い客が面白半分で撮影し、特に通行禁止になっているわけでもない非常口から入ってきただけと言えないこともない。

「彼にも見せようかと思ったんやけど、見せたら絶対に面白がって、すぐ自分のチャンネルに上げるじゃないですか。それでヘンに騒ぎになって、警察が彼んとこに来たりしたら、ちょっと面倒やし。まあ、いろいろやんちゃしてるし」

佳代は、「もう一回見せて」と動画を再生してもらった。今度は犯人目線で見てしまったせいか、薄暗い靄のなかをゆっくりと施設に近づいてくるその動画から、緊迫感が伝わってくる。ただ、これがいつ撮影されたものかも分からない。もちろん市島民男のいる病室へ入っていくわけでもない。

「ねえ、佳代さん、どうしよう」

改めて梓に訊かれ、佳代は、「私にも分からへんよ。梓ちゃんが警察に言うたほうがええと思うんやったら言えばええし」と突き放した。

「言うたら言うたで、また取り調べやろなぁ。まあ、それはええけど、そこから彼のチャンネルとか調べられたら嫌やわ」

悩む梓の背中を押して、佳代は仕事へ向かった。

○

まだ終電には間に合いそうだったが、まっすぐに一人暮らしの部屋に帰る気になれず、池田は新大久保から歌舞伎町に出ていた。

ちょっとした祝いに、どこかで一杯飲んで帰りたい気分だった。

今日は「コリアンタウンの変貌」という短い記事が回ってきての取材だったが、いくつか流行りの飲食店を回っていると、以前会った西湖署ＯＢの河井から連絡があり、薬害事件が起きた当時の捜査資料が手に入るかもしれないという嬉しい知らせを受けた。河井の話によれば、まだその量については期待しないでほしいということだったが、かなり信頼できるルートではあるらしかった。

酔客たちで賑わう歌舞伎町の通りを歩いていると、バッティングセンターの軽快な打撃音が聞こえてきた。歓楽街の空に強い照明で浮かび上がる緑色のネットが、池田の目にはとても健康的に見えた。

景気づけにいっちょやってみるかと、池田は意気揚々とバッティングセンターに入ったのだが、１から９まであるブースはすでに使用中で、待合室には順番待ちの長い列ができていた。

並んでまでやりたいわけでもなく、池田はなんとなくネットに指をかけ、目のまえのブースを覗き込んだ。打っているのは、肉感的な女だった。太っているというのではなく、いわゆるグラマラスな体型で、球が放たれるたびにバットを大振りするので、さらに体の線が際立つ。女はかなり酔っているのか、空振りするたびに自分で大笑いしている。実際、ボールのスピードとバットの動きが哀れなほど合っていない。見れば、脱ぎ捨てられたハイヒールがホームベースの横に転がっていた。

また大振りした女を見て、池田もさすがに笑い声を漏らした。振り返った女が、「何よ！」と池田を睨みつけてくる。その睨んだ目もフラフラしており、池田は、「ほら、次の球、くるよ」と教えてやった。しかし女は池田を睨みつけたまま、中に入ってこいと手招きする。一応、バットを杖代わりに立っているが、その足元も心もとなく、ボールが当たりそうで危なっかしい。また女が手招きする。池田はちらっと周囲を確かめてからネットをくぐった。

「あたしにだけ、変化球投げてくんのよ、この店の機械」

池田がブースに入るなり、女が訴えてくる。

「全部直球だよ」と池田は笑った。

「直球？」

「酔ってるねえ。大丈夫？」

そのとき、また直球が投げ込まれ、ネットで鈍い音を立てた。

「……そっちに立ってたら危ないって」

池田が腕を引こうとすると、「あんた、監督？」と、女が訳の分からぬことを言う。

「監督じゃないよ、代打だよ」と池田は冗談で返した。

代打の意味は分かったらしく、「え？　あんた、代打なの？」と、「じゃあ、はい」と、女がしおらしくバットを渡してくる。また球が投げ込まれ、ネットで鈍い音を立てる。

池田は女をバッターボックスから出すと、ネット裏のパイプ椅子に座らせた。ボックスに戻り、バットを構える。しかし張り切って構えた途端、残り玉が０になり、投球機の赤いランプが消えた。

「打ったぁ？」

背後から女の声がした。振り返ると、ネットの向こうの歌舞伎町の夜空にボールの行方を捜している。隣のボックスで快音が響いたのはまさにそのときで、ボールがぐんぐんと伸び、夜空の手前でネットに当たった。

「わ——！　すごい、すごい、すごい！」

酔った女が勘違いしているのならいいかと、池田もガッツポーズをしてみせた。

その後、池田は二ゲームほど一人で打った。ブースを出て、自動販売機で買った水を飲ませると、女も少しだけ酔いがさめたようだった。通りへ出たところで、池田はずっと持ってやっていたハイヒールを女に履かせた。「履くと、転んじゃうんだって」と、女は抵抗したが、ストッキングで歩かせるには、夜のアスファルトは冷たすぎる。

屈んだ池田の背中に、女が全体重を預けてくる。池田はそれに耐えながら、女の足を靴に突っ込む。かなり奇異な光景だが、深夜の歌舞伎町では目を向けてくる者もいない。

「ホームラン王！　次、どこ行く？」

立ち上がった池田の背中に、女がおぶさろうとする。池田は脱げかけた女のコートをきちんと着せ、「ホテル行こうよ」と誘った。

女は行くとも行かないとも言わなかったが、池田が肩を抱いて歩き出すと、その足をまえに出した。一つ目の角を曲がるとすぐにラブホテルの入り口があった。狭い通路を走ってきた黒いワゴン車が池田たちをゆっくりと追い抜いて、ホテルのまえに停車する。

デリヘルの送迎だろうと気にもせず、その隙間を抜け、玄関へ入ろうとしたときだった。ワゴン車のスライドドアが開き、とつぜん肩口を引かれたと思うと、まさに声を上げる間もなく、車内に引き込まれた。

口を塞ぐ手がタバコ臭かった。逃げ出そうとバタつかせた手足が何人もの腕で押さえつけられる。目のまえでスライドドアが閉まり、車が急発進する。スモークガラスの向こうに残された女が、ただ呆気にとられたように車を見送っていた。

何か分厚い袋を頭に被せられたのはそのときだった。そのざらついた布地が顔を撫でた途端、池田は初めて恐怖を感じた。

車が歌舞伎町の路地を抜け、大きな通りを走り出したのが分かる。車内にどれくらいの人間が乗っているのか分からないが、話し声はなく、ただタバコの臭いだけがする。池田はシートに座ったまま、乱暴に頭を押さえつけられていた。後ろ手にされた両手は縛られてはいないが、何人かにがっちりと押さえられている。

池田は何も抵抗しないと決めた。抵抗できると思えなかった。ただ、そう決めてしまうと、少しだけ呼吸が楽になった。そして気がつけば、「大丈夫、大丈夫」と無意識に繰り返していた。

車が停まったのは、走り出してまだ十分も経たぬときだった。これまでの信号のような停まり方ではなく、車内の男たちにも動きがある。

池田は思わず体を硬くした。スライドドアが開く。「大丈夫、大丈夫」と池田は繰り返した。

男たちが車を降りる。その振動で車体が大きく揺れる。ふいに腕を引かれ、池田は車の外へ引きずり出された。一瞬のことだった。

「これ以上、今取材してる件に首を突っ込むな。いいか、次は死ぬぞ」

はっきりとそう聞こえた。次の瞬間、抱え上げられたのが先だったか、頭の袋を剝がされたのが先だったか、思わずバタつかせた体が、ふっと浮いた。そしてそのまま落下した。

落ちながら、街灯が見えた。街灯に照らされた街路樹が見えた。濡れた石垣が見え、男たちが立っている小さな橋が見えた。

鼻と口から水が大量に入り込んだのと、自分が川に落とされたのだと分かったのが同時だった。池田はもがいた。もがいた足が川底を蹴り、体の重心が取れた。

幸い体はすぐに川面に浮かんだ。思い切り息を吸い込んだ途端、激しい咳に襲われた。池田は必死に水を掻いた。石垣がすぐそこだった。

「誰かが落ちたぞ」

頭上で誰かの声がした。見上げると、橋に男たちの姿はすでになかった。

○

提出した経費精算に不備があると言われ、圭介は領収書を並べて電卓を叩いていた。どこをどう間違ったのか、請求金額と溜まっていた領収書の合計額が五千円近くも違う。やっているうちに約束の時間になった。気づいていたが、気が重い。

横で、同じように壁時計を見上げた伊佐美が、「行こう」と立ち上がる。

圭介は途中まで計算した領収書の束を、乱暴にデスクの引き出しに突っ込んだ。廊下へ出ると、待ち構えていた伊佐美が、「ええか？」と必要以上に顔を寄せてくる。

「……ここまでやっといて、やっぱり松本郁子はシロでありましたなんて話にはできひんからな。そうなったら、取り調べの後に交通事故を起こさせた責任を誰かがとらなあかん。もちろん、そんなもん誰も取りたない。そやから、上はもう、松本郁子犯人説で揃てる。ええか？もう任意の取り調べの域なんか、とっくに超えてんねん。今のやる気ない国選弁護人のうちにカタつけてまえ。もう後戻りはできひんで」

一階に降りて行くと、いつものように夫に付き添われた松本郁子の姿があった。退院後、すでに三度目の取り調べで、付き添いの夫も慣れたものらしく、その手には受付横の自動販売機で買った紙コップのコーヒーがある。その夫が文句の一つでも言うつもりなのか、睨みつけるような目で圭介たちを迎える。

「奥さんにどれくらいお話を伺うか決まってませんので、終わり次第、連絡させてもらいます。なので、旦那さんは一旦お帰り下さい。このまえみたいに駐車場で待たれるのは困ります」

圭介が追い払うように告げると、夫は出鼻をくじかれたように、「はあ」と頭を下げ、ちらっと妻を窺う。松本郁子はもう夫を見ようともしない。

圭介は改めて松本を見つめた。小柄な女性で、目のまえに立っていても、まだベンチに座っているように見える。

圭介はその場で目を閉じた。閉じた途端、これまでこの女性と過ごしてきた狭い取調室の光景が浮かんでくる。

「やっぱり、あんたがやったんやで。もう、あんた以外の者は、みんなそう思てるわ」

自分はまた今日も松本の頭を小突くだろうか。台本通り、横から伊佐美に止められて、やはり台本通りに、今度は机を蹴り上げるだろうか。

圭介は松本の目をしっかりと見たいと思う。伊佐美が言う、何かを諦めた人間の目というものをはっきりと見たいと思う。それなのに、松本は頭を小突いても、机を蹴り上げても、頭を上げてくれない。

だから圭介も苛立ってくる。

なあ、あんたが大事にしてるもんってなんや？　パチンコばっかりして、週に三日も働かん夫との生活か？　その夫の父親が垂れ流す糞尿の始末に追われる毎日か？　それとも、そんな生活しながらも、唯一笑みがこぼれる職場での仲間たちとの時間か？　そんなもん、どうでもええやろ？

圭介は松本の髪を引っ掴む。慌てたふりをして伊佐美が止めに入る。無理やり顔を上げさせられた松本の目は、伊佐美が言う通り、もう何かを諦めている。

「……松本さん、やっぱり、あんたがやったんやで。あんたは、もう全部終わりにしたかったんやろ？　こんな人生、あんたが望んでた人生とちゃうもんな？　あんたはもっと違った人生を歩めてたはずや。もっと幸せな人生を送ってもよかったはずの人や。松本さんはそれだけの努力をしてきたで。……そやから、松本さん、もう楽になったらええやんか。……なんも、あんただけ、こんなに気張ることないって。いくら気張っても、これまで誰も褒めてもくれへんかったやろ。松本さん、あんたは精一杯やってきはったわ。ほんまにようやってきはった。ほんまに立派な人や」

翌朝、琵琶湖一帯は雨になった。

西湖署の窓から見える湖面も強い雨に打たれ、濃い霧が漂っている。圭介は誰もいないフロアを見渡すと、窓辺に寄って窓を開けた。

湿った風が乾ききったフロアに流れ込んでくる。今、手にしている書類を提出してしまえば、とりあえず今日一日は自由になる。

部長の席に書類を置くと、圭介は洗面所で顔を洗った。冷たい水で一気に徹夜明けの眠気が吹き飛ぶ。帰宅してすぐにでも布団に潜り込みたかったが、ふとどこかへ行ってみたくなる。

とりあえず、今日一日だけは自由や。

そう思うと、ついさっきまで格闘していた供述調書の文章や、取調室での松本の言葉が霧のように晴れていく。

行こう。今日だけは自由や。

圭介は改めてそう呟くと、駆け出すような気持ちで署を出た。その後、圭介が向かったのは大阪だった。自分でもどの時点で大阪行きを決めたのかはっきりとしなかったが、途中、高速のパーキングエリアで朝からがっつりと三百グラムのステーキを食べ、併設されたスターバックスのテラス席でのんびりとコーヒーを飲んでいるときには、なんばグランド花月でお笑いを見ている自分の姿をすでに想像していた。

実際、劇場のある難波界隈に来ると、気持ちが浮き立った。まだ午前中だったが、アーケード街は観光客たちで溢れ、たこ焼き屋や二十四時間営業の居酒屋には短い列までできている。

圭介は普段テレビでバラエティ番組を見ることはない。忙しいというのが第一の理由だが、若いころからテレビよりも、こうやってなんばグランド花月などの劇場に来るのが好きだった。ただ、これまで一度も誰かと来たことがない。華子でさえ、一度も誘ったことがない。

高校受験に失敗したとき、サッカー部を引退したとき、祖母が亡くなったとき、圭介はなぜか一人でこの劇場に来た。ここに来てチケットを買い、漫才に笑い、コテコテの新喜劇に手のひらが熱くなるまで拍手を送る。

ただ、それだけで気持ちが軽くなった。

誰とも来たことがないどころか、考えてみれば、この趣味を誰にも話したことがない。話さないと決めているわけではないが、話したいと思ったことがない。

幸い、次の回に二階席のチケットが取れた。まだ開演までに一時間以上ある。圭介は賑わった通りへ出て、今日の出演者名が書かれた看板の前に立った。好きな漫才師の名前が並んでいる。新喜劇の役者たちの名前を見ているだけでも、彼らのギャグが浮かび、顔がニヤケてしまう。

「圭介って、ほんま笑いのセンスないもんな」

小さいころからよく言われた。子供のころはコンプレックスでもあった。自分が何か冗談を言うと、その場の空気がすっと冷えることを自分でも知っていた。だからつい口が重くなった。もちろん考えすぎなのだろうし、「おもんない」と、ストレートにからかわれるだけ、ちゃんと仲間たちにも受け入れられていたのだろうが、だからこそ、おもろい同級生たちが羨ましかった。ああなれたらとずっと憧れていた。

「おもろいやつに憧れるなんて真顔で言うから、お前はいっこもおもろないねん」

昔、誰かにそう笑われたことを思い出しながら、圭介はアーケード街を歩き出した。開演までどうやって時間を潰そうかと考えるだけでも満ち足りてくる。ドラッグストアのスタッフが大声で客を呼び込んでいる。店頭に展示されたサーフボードのような健康器具に乗った中国人の親子が楽しげに笑っている。

町の雑踏というのは不思議なもので、歩き出した途端、自分もまたその一部になる。一部になれば、雑踏が実は静かなのだと気づく。賑わったお昼どきのアーケード街も、早朝の湖も変わらない。

圭介は混み合ったアーケード街に仁王立ちした。

「市島民男さんの人工呼吸器を止めたのは私、松本郁子です。私たち介護士に対する病院側の処遇の悪さに、長年恨みを持っていました。たとえ裁判で否認しても、それは私の真意ではありません」

自白した供述調書を読み上げる自分の声が、圭介の耳にはっきりと蘇ってくる。あとは松本が調書にサインをすれば終わりだった。そして松本はするはずだった。しかし最後の最後になって、松本が拒否した。

「私はアラーム音を聞いてへん。聞いてへん！」

あとはもうどんなに脅しても宥めても、二度と心を開かなかった。

「今さら、そんな嘘が通用するもんか！」と怒鳴りながら、なぜか圭介はホッとしていた。

「なんとかしろよ！」と、横で慌てた伊佐美に胸ぐらを摑まれながらも、なぜかホッとしていた。とにかく今日のところは、これで終われるのだ。

圭介は賑わった難波のアーケード街の雑踏をゆっくりと見渡した。

「お前、いっこもおもろないねん」

そう呟いてみると、少しだけ気分が軽くなる。圭介はその場で釣竿を振る真似をした。雑踏の中、伸びていく糸を目で追う。圭介の奇妙な行動に、目を向ける通行人もいる。釣り糸が伸びた先、たこ焼き屋のまえに立っていた学生の一人が、圭介の釣り糸に自分の服が釣り上げられるふりをしてくれた。

「また一からやり直しやで。松本が自白するまで、おまえの仕事は終わらへんからな」

今朝、先に帰った伊佐美の言葉が蘇る。圭介は糸を巻く真似をした。しかし、たこ焼き屋のまえの学生は、もうこちらを見ていなかった。

「そういえば聞いた？　再来週、警察庁長官とか警視総監とかいう、とにかく偉い人が東京から視察に来るらしいで。そんで、ここにも来るんやって」

ナースステーションで入居者のカルテを整理している佳代の耳に、そんな話が聞こえてくる。

「ここにも来んの？　せっかく入居者の人らも、ちょっと落ち着いてきたのにな。またザワザワするかもな」

「うちのお父さんが言うてたけど、警察の方でも今回の事件は本腰入れて捜査するっていう意思表示なんやって」

「西湖署の人ら、相当、上からしぼられてるって聞くもんな」

「そりゃそやろ。あれだけ厳しい取り調べした松本さんが結局無実で、その上、今じゃ社会派の弁護士さんたちが手弁当で集まって、松本さんの取り調べに違法性があったって、裁判起こすんやろ。松本さん、ほんま可哀想やったけど、良かったわ。そういう弁護士さんら出てきてくれて」

「昨日の夕方もテレビで特集組まれてたやろ？　西湖署、最大の不祥事やって。見た？」

「私、日勤やったから録画してる」

佳代は二人の話に耳を欹てながらも、カルテの整理を続けた。警察の最高幹部が東京から来ることも、松本郁子が弁護士たちと裁判の準備を進めていることも初耳だった。ただ、最近テレビや雑誌で、西湖署の違法捜査がスキャンダラスに伝えられ、西湖署に対する世間の風当たりが強くなっていることは知っている。

「あの、その視察って、いつごろの予定ですか？」

出て行こうとした看護師たちに佳代は思わず声をかけた。

「さあ、日程はもう決まってるみたいやけど、警備に支障が出るからとかで、まだこっちには知らされてないみたいよ」

看護師が早口で教えてくれる。入れ替わりに入ってきたのが同じ班の梓だった。

「ねえ、梓ちゃん、例の動画のこと、どうした？」と、部屋には他に誰もいなかったが、佳代は小声で尋ねた。

梓は一瞬首を傾げたが、すぐに思い出し、「まだ誰にも言うてませんよ。改めて見たら、単にお見舞いの人が撮影しただけにも見えるし、私以外には誰も見る人がおらんのか、あれ以来、再生回数も増えてないし」とやはり小声で答える。

そしてさらに声を落としたかと思うと、「……それより、佳代さんやから言うけど、私の彼氏と一緒にYouTubeやってた一人が、このまえ盗難車の部品の転売とかで捕まったみたいなんですよね。もちろん私の彼氏は無関係なんですけど。そやから、ああいう動画のことで、警察と絡むのもちょっとやめといたほうがええと思うて」と表情を暗くする。

佳代はすでに梓から例の動画を送ってもらっていた。自宅で何度か再生してみたが、やはり見舞い客が面白半分に撮ったようにしか見えなかった。

佳代はカルテの整理を終えると、「じゃ、お先に失礼するね」と梓に挨拶し、更衣室へ向かった。更衣室の洗面台で薄化粧する。

裏口から駐車場へ出ると、中学生くらいの女の子が立っていた。面会入口を間違えたのだろうかと声をかけたのだが、振り向いた女の子を見て驚いた。

「三葉ちゃん？」

いつもお灸をしてくれるユニットリーダー服部の孫娘だったのだ。ただ、最後に見たのがまだランドセルを背負っている頃で、栗色の髪が伸びたその姿に佳代も半信半疑になる。

「三葉ちゃんやんな？」

佳代が顔を覗き込むと、「はい」と三葉が頷く。

「いやー、久しぶりやなあ。私のこと、覚えてる？　おばあちゃんに会いに来たん？　いやー、それにしても可愛くなったなあ。どっかのアイドルみたいやんか」

懐かしさもあり、一方的に佳代は喋った。三葉も佳代のことは覚えているようで、「どうもお久しぶりです」と大人びた挨拶をする。

「三葉ちゃん、何年生になったん？」

「中二です」

「いやー、ほんまに可愛らしくなって。あ、そや。なんや雑誌のモデルさんやったんやろ？　おばあちゃんが言うてたわ。東京から来たカメラマンの人に、レイクモールで声かけられたんやって」

「そんなん、もう昔ですよ。小六のとき」

そう言いながらも、やはり自慢ではあるらしく、その長い栗色の髪をさっと掻き上げるところなど一端のモデルのようで、佳代は微笑ましくなる。

「……今はもう、そういう活動してないですから」

「活動？」

意味が分からず、佳代が訊き返すと、「そういう単発のモデルみたいなことはもうやらないんです。今は本格的にデビューする準備っていうか」と教えてくれる。

「本格的にって？　芸能人？」と佳代は訊いた。

「まあ。今、通信教育で大阪の芸能事務所の研修コース入ってて」

「そうなん？　すごいな。そしたら三葉ちゃんがテレビで歌歌うん？」

「まあ」

佳代の素人じみた質問に三葉が呆れたようだった。

話を変えて尋ねてみれば、やはり三葉は服部と待ち合わせをしているようで、これから二人で進学塾の入塾相談会に向かうという。

「服部さん、今呼んできてあげるわ。誰かに捕まってるんかもしれんし」

佳代は急ぎ足で施設へ戻った。スタッフルームに向かっていると、ちょうど巡回を終えたらしい服部が歩いてくる。

「外で三葉ちゃん、待ってますよ」と佳代は声をかけた。

「もう来てた？　竹本《たけもと》さんがもどさはって、ちょっとバタバタしててん」

なぜか服部がひどく驚き、手にしたファイルを落としそうになる。

「そやそや今日や、忘れてたわ」

どこか空々しかったが、「久しぶりに会うたからびっくりしたわ。可愛らしくなってて」と佳代は話を変えた。

「なんかしらんけど、学校でも男の子らに人気あるみたいで、調子に乗っててんねん。私にはもうファンがおるなんて」

顔は顰《しか》めていたが、服部は嬉しそうだった。

「三葉ちゃん、芸能人になるって」

佳代がふと思い出して尋ねると、服部も応援はしているようで、「そやねん。そんな簡単なもんちゃうと思うんやけどな」と心配顔になる。

「可愛いもん。なれるんちゃいます？」

「そやろか。でも、ほんまは勉強の方、頑張って欲しいんやけどね」

着替え始めた服部に挨拶して、佳代は先に出た。ふたたび駐車場に行くと、そこに三葉の姿はなかった。

佳代は車に乗り込むと、一度深呼吸してから例の動画を見た。カメラは丘に建つもみじ園へゆっくりと近づいてくる。

○

デスクに積み上げられた書類の山から、圭介は別のファイルを取り出した。空調の調子がおかしいのか、刑事課内は黴《かび》と汗の臭いがする。

「また、やらされてんのか？」

ふいにかけられた声に振り返ると、また上に呼び出されたらしい部長の竹脇が額の汗を拭いながら立っている。

「……これ、松本郁子のファイルやろ？　もう提出し終えた書類ちゃうんか？」

被疑者供述調書、任意提出書、領置調書、実況見分調書、答申書、参考人供述調書、押収品目録……。実際、デスクに積まれているのはすべて圭介が何日も何時間もかけて埋めていった書類だった。その一冊をパラパラと捲った竹脇が、結局そのまま放り返してくる。

「……伊佐美の指示でやらされてんのか？」

圭介は一瞬迷いながらも、答えを濁した。

「……まあ、ええわ。あいつがやれて言うてるんやったらやってみたらええ。とにかくなんでもええから、今後の捜査方針の道筋になるようなもんを、今度の長官の視察までに見つけて上に報告できひんと、ほんまに西湖署は終わりやで」

口にすると苛立ってくるのか、竹脇が舌打ちをする。

「……にしてもこの部屋臭いな。おい、窓でも開けたらどうや！」

竹脇の声に、窓際にいた刑事たちが慌てて窓を開けて回る。ただ、開いた窓から風が吹き込むわけでもなく、署内の濁った空気はピクリとも動かない。

「あの」

入り口から生活安全課の婦警が入ってきたのはそのときで、「……今、受付に、もみじ園の事件のことで話があるって方が見えてるんですが」と誰にともなく告げる。

まず反応したのは、その婦警の背後からたまたま部屋に戻ってきた伊佐美で、「誰や？」と声をかける。

「もみじ園の介護士さんらしいんですけど、とにかく担当の方を呼んでほしいと」

伊佐美が首を傾げながら視線を向けてくるが、圭介にも心当たりはない。

「とりあえず行ってみたらええやんか」

竹脇が急かすように言うが、今さらのタレコミにあまり期待できないのは伊佐美も同じ気持ちらしく、「お前、行ってこい……」と、一旦圭介に押しつけそうになり、「……いや、ええわ。とりあえず俺も行くわ」と、渋々部屋を出ていく。圭介もその後を追う。

築年数の古い署は、階段が石造りになっており、触れた大理石の手すりがひんやりとしている。階段を下りた一階が署の受付になっている。交通課のカウンターは工事関係の申請書を出しにきた業者の人たちでざわついているが、その先はガランとしており、自動販売機の横に女が一人立っていた。

圭介の足が止まったのは、そのときだった。足を止めた圭介に気づかず、伊佐美は階段を一段飛ばしで下りていく。窓の外を見ていた女が、圭介たちに気づく。

やはり、あの女、佳代だった。

圭介も階段を駆け下りた。咄嗟に伊佐美より先に行かなければと思った。しかし運悪く階段を上がってきた婦警とぶつかりそうになる。

先に下りた伊佐美はすでに佳代の前に立とうとしている。

「伊佐美さん！」

圭介は思わず声をかけた。伊佐美は振り返りはしたが、気にすることもなく佳代に声をかける。

「もみじ園の方ですよね？　何かお話があるとか？」

圭介は二人の間に走り込んだ。ぶつかりそうになった圭介を、伊佐美が露骨に押し退ける。

「……何かお話があるとか？」

繰り返した伊佐美に佳代が小さく頷き、圭介に目を向ける。

「……どういったお話ですか？」

圭介を無視して伊佐美が質問を続ける。佳代はじっと圭介を見ている。

「ああ、そうか。事情聴取んときはこいつがお話を伺ったんですかね？」

佳代の視線に伊佐美も気づいたようで、「……同じく事件を担当しております、伊佐美と言います」と自己紹介する。

「あの、見ていただきたいものがあって」

佳代がそう話し始めた途端、受付で道路使用の申請を出していた業者の作業員が、タイミング悪く圭介たちの間に割り込んで自動販売機の前に立つ。

圭介たちはなぜかその作業員が無糖の紅茶を買うのを待った。一度入れた百円玉が返却口に戻り、作業員は首を傾げながら入れ直す。

男が自動販売機を離れてやっと、「え？　すいません。……今、なんて？」と伊佐美が訊いた。

佳代は慌ててバッグからスマホを出したが、操作に手間取り、さらに指が震え出す。やっとこちらに向けられた画面に映っていたのは、丘に建つもみじ園にカメラが近づいていく動画だった。

カメラはそのまま裏側に回り、非常口から中へ入ったところで終わる。

「たまたま他の YouTube を見ていて見つけたんです。市島さんの事件とは関係ないとは思うんですけど、ちょうどこの動画が終わる場所が、市島さんがいらした一〇八号室のまえだったので……」

佳代の説明を聞きながら、圭介は膝が崩れ落ちるほど安堵した。佳代の姿を見た瞬間、彼女が自分とのことを何か話しに来たのではないかと無意識に警戒していた。

伊佐美と一緒に、一分弱の動画を二度続けて見てみたが、犯人が事件直前に撮ったというよりは、見舞い客が遊び半分で撮ったようにしか見えない。

「ほんでも、まあ、一応調べてみる価値はあるかもな」

伊佐美の言葉に、佳代が何やらメモ用紙を渡す。見れば、動画のＵＲＬが手書きされている。

「……じゃ、俺が上に戻って、この動画、みんなに見せてみるわ。おまえは、こちらの方からもうちょっと詳しい話聞かせてもらえ」とメモを受け取った伊佐美が階段を駆け上がっていく。

二人になると、圭介は改めて佳代を見た。

佳代は俯いたまま、顔を上げようとしない。

「なんで、急に来んねん？」と圭介は小声で叱責した。

「すいません。でも、事件に関係あるかもしれへんって思って」

「そんでも、メールなり、先に俺に連絡したらええやろ」

話しているうちに圭介も落ち着いてくる。ついて来るようにと佳代の肩を押し、二階へ上がった。

廊下に並んだ取調室はどこも空室だった。一番奥の部屋に佳代を入れ、ドアを閉める。

「あんな動画が事件に関係あるなんて、本気で思ってないやろ？」

閉めるなり圭介は言った。佳代は何か反論しようとしたが、すぐに口を閉じる。

「……まあ、ええわ。そこに座れ」と圭介は乱暴に言った。

動かぬ佳代の背中を押し、無理やり座らせる。そのまえに回り込んで自分も座ると、小さなテーブルの上に体を乗り出し、俯く佳代の顔を覗き込む。そしてそのまま黙り込んだ。

どれくらいそうしていただろうか、無遠慮な視線に耐えられなくなったらしい佳代が、「何か、……何か言って下さい」と小声で抗議する。

それでも圭介は口を開かなかった。

「……私は勇気を出して、ここまで来たんです」

佳代の声はひどく震えている。

「じゃあ、聞くけど、なんて言うて欲しい？」

圭介はゆっくりと尋ねた。混乱したらしい佳代が、「え？」と口にしたまま絶句する。

「ちゃうやろ？　俺になんか言うて欲しいんじゃなくて、あんたが俺に何か言いたいことあるんやろ？」

圭介には佳代の混乱が手に取るように分かる。

「……俺に言いたいことがあるな？　それを言いに来たんやろ？」

「どうして、……どうしていつも、そんなひどい言い方するんですか？」

「ちゃうよ。そんなん、あんたは言いにきたわけない。あの動画が、俺たちの捜査の助けになると思って来てくれたんやろ？」

その言葉で、少しだけ佳代の肩から緊張が抜ける。

圭介は佳代の胸元に手を伸ばし、シャツの第二ボタンを外した。胸元だけが口のように開き、白い肌が露わになる。佳代は唇を強く噛むが、抵抗はしない。

「……いい気持ちやろ？」と圭介は訊いた。

「……こうやって、俺の前で身動きできひんようになって。湖に呼び出したときもちゃんと来たもんな？　……ここがあんたの居場所や」

もう一つボタンを外す。一番上のボタンが閉まったままなので、乳房がいよいよ窮屈そうに見える。

「レイクモールで会った方は奥さんですか？」

佳代は開いた胸元を手で押さえるが、ボタンを嵌めようとはしない。

「奥さんやったら、なんや？」

「だったら、もうこういうの、やめて下さい」

「やめろってヘンやろ。あんたが来んかったらええだけの話やで。湖にも、ここにも」

とつぜん佳代が立ち上がり、ボタンを嵌めようとする。手首にかけたままのバッグが大きく揺れ、なかなかボタンを摑めない。

「そのまま、動くな」と圭介は命じた。

佳代も素直に動きを止める。

圭介はスマホを出すと、カメラのレンズを佳代に向けた。佳代はもう何が行われているのか判断もつかぬようで、胸元を開けたまま呆然としている。

圭介はその姿を写真に収めた。乾いたシャッター音に、ふと我に返ったような佳代がバッグで胸元を隠して部屋を出ていこうとする。

圭介はその腕を摑み、乱暴にキスをした。とても長いキスだった。

第4章　満州の丹頂鶴

「秋野《あきの》さん、ちょっとだけ我慢して下さいね。……ごめんごめん、痛いな？」

佳代は寝たきりの患者を抱きかかえて半身を起こした。佳代の首に回された秋野昌子《まさこ》の両腕は細く、その冷たい皮膚がうなじを滑る。

「ごめんな。こんな遅い時間に。でも、もうちょっとやからね。シーツ替えたら気持ちええもんな」

ベッドの逆側から、ユニットリーダーの服部が手際よく汚れたシーツを抜き取る。本来シーツは患者の体を右に左にと寝返りを打たせて交換するのだが、この秋野だけは佳代が抱きかかえる方法を取る。単純に秋野がそれを望んでおり、シーツ交換だと分かると、自らその細い両腕を佳代に向けてくるのだ。

佳代は身を屈め、秋野の薄い背中に腕を回す。秋野は自分のすべてを投げ出すように、佳代に身を預ける。その重さには、まるで小さな子供が塀の上から親の腕の中に飛びついてくるような全幅の信頼感がある。

佳代はこの仕事に就いて、身を任せるという言葉の意味を、頭ではなく、体ではっきりと理解した。身を任せるには覚悟がいる。相手を信じる覚悟がいる。相手を受け入れる覚悟がいる。もちろん相手というのは佳代たちのようなスタッフだけではない。この施設に入居してきた老人たちは佳代たちスタッフに対するのと同じように、自らの死をも受け入れる覚悟をし、この施設の真の入居者となっていく。

シーツ交換を終え、秋野の髪をブラシで梳《と》かしてから佳代は部屋の電気を消した。短い休憩時間となり、佳代は持参した生姜茶をカップに注ぎ、真っ暗な窓の外を眺めた。ぽつんと点いた街灯が、ガランとした駐車場のアスファルトに描かれたPの字を照らしている。メールの着信音がしたのはそのときだった。すでに夜の十一時を回っている。

『いつ会える?』

圭介からのメールだった。佳代はすぐにスマホをポケットに戻した。西湖署に行って以来のメールだった。

あれからすでに三日も経つ。忘れようと生姜茶を飲んだ。しかし飲んでいるうちに、例の動画の件かもしれないと思い直す。

結局、佳代は返信した。今日が朝五時までの夜勤であること、昼過ぎであれば西湖署に行けると。

返ってきたのは、ならば朝の五時過ぎに以前呼び出した湖岸で待っているというメールだった。

佳代はもう返信しなかった。代わりにまたいつもの空想をした。

まだ幼かったころ、祖母が教えてくれた天狗の話だった。あるとき、村の少女が神かくしに遭う。村人たちが必死に捜索するも少女は見つからない。そのころ、少女は森の中で目を覚ます。すでにとっぷりと日の暮れた森の中、少女は、走る誰かの腕に抱えられている。とても太い腕で、包み込まれるように柔らかい。しかし、暗くてその顔は見えない。

「あんたは誰？」

少女が尋ねると、ふと動きが止まった。

「わしは天狗じゃ」

そう言って、また森の中を走り出す。天狗に連れ去られる少女は佳代だった。佳代はこのあと自分がどうなるか、天狗に何をされるのか知っている。いや、何をされるかは分からないくせに、それをされることを知っていた。

天狗は走る。景色も見えぬほどの速さで森の中を走っていく。おこぼれにあずかろうと、狼たちがあとを追ってくる。

「ほんまはな、天狗さんいうんは怪物でも化け物でもないねん」

ふいに祖母の声が蘇る。

「……修験道の山伏さんがな、厳しい修行の果てに、恐ろしい顔にならはっただけやねん。なんも怖いことないねん。そやから、佳代ちゃんは安心して寝たらええ」

幼い佳代は目を開けた。佳代の小さなおなかを祖母の手が優しくさすっている。

「私、怖い天狗さんがええねん！　私は、怖い天狗さんに連れてってほしいねん！」

一瞬、自分の声が響いたようで、佳代は口を押さえた。幸い、休憩室に自分の声は残っていないが、思わず廊下に出て様子を窺った。


行くわけがない、行くわけがないと心のなかで呟きながら到着した湖岸は、濃い朝霧に覆われていた。対岸の山の峰がうっすらと色づき、湖面の霧を照らしている。

停まっている車に、圭介の姿はなかった。佳代は車を停めると、そのまま運転席から出なかった。夜勤明けの甘い眠気と疲労感があった。それでもこんなところに来ている自分のことは、もう考えまいと思った。

ふいにノックされ、佳代は顔を上げた。どこにいたのか、圭介が立っている。やはり彼も夜勤明けなのか、その頰には無精髭が生えている。圭介は助手席に乗り込んできた。狭い車内だと、彼の汗の臭いがする。

「目、閉じろ」

少し疲れたような声だった。佳代もまた甘い疲労感から抗いもせずに目を閉じた。ふいに汗の臭いが強くなり、次の瞬間、目元に何かが巻かれた。絹のような冷たい感触だった。完全に視界を奪われると、汗の臭いだけが残った。不思議と恐怖感はない。

「なんでもやれるな？」

耳元でそう囁かれ、佳代は頷いた。自分が何に頷いているのか、もう考えなかった。代わりに、妙な言葉が心に浮かぶ。

なんでも言う通りにします。なんでも言う通りにします。

心のなかでそう繰り返すと、なぜか体が軽くなった。

「脱げ」

次に聞こえた刑事の言葉に、佳代は驚かなかった。素直にボタンを外し、下着を取る。心は落ち着いているのに、なぜか汗が噴き出す。

動画の撮影ボタンが押された音がしたのはそのときだった。一瞬、体がこわばったが、目隠しをしたままであればいいような気がした。ただ、やはり汗だけが出る。首筋、肩、乳房と、レンズが向けられているのがはっきりと解る。そしてそこだけが熱くなる。

「今、動画で撮影してる」

圭介の言葉に、佳代は頷いた。

「……その目隠し、取れ」

言われた瞬間、体が小さく痙攣した。これまでに感じたことのない恐怖感だった。佳代は次の言葉を待った。それ以外に何もできなかった。しかし、いくら待っても圭介は声をかけてくれない。嫌ならやめろ、と解放してもくれなければ、乱暴に剝ぎ取ろうともしない。ただ無言で、それを決めるのはお前だ、と迫ってくる。

「……もう覚悟決めろよ」

どれくらい時間が経ったのか、やっと聞こえた圭介の声に、佳代は目隠しの中で目を開けた。生地の向こうが明るい。また少し日が昇ったらしかった。この目隠しを取るということが何を意味するのか。考えようとしただけで、佳代は体が震えた。

「……俺のこと、信じられへんか？」

刑事の言葉に、佳代は首を横に振る。

「……そやったらできるやろ？　おまえはもう俺の物や。その髪の毛一本から足の爪まで。そやったら、もう覚悟決めろよ」

佳代は覚悟という言葉の意味を考えた。浮かんでくるのは、この動画を見るもみじ園の同僚たちの顔だった。高校時代の友人たちの顔だった。そして何より父親やご近所さんたちの顔だった。

今、私は目隠しを取れ、と言われているのではない。今、私は覚悟を決めろと言われているのだ。これまでの生活を全部捨てろと。

今までのお前の人生、お前が抱えているものを全部捨てろ。お前の人生、お前の抱えているものを全部、俺に預けろと。

覚悟の意味が分かってくればくるほど、なぜか全身がぞくぞくした。まるで自分がまだ目も開いていない子猫になり、誰かの舌で全身を舐められているようだった。

佳代は目隠しに手をかけた。汗ばんだ腋が露わになり、寒気がした。

本当にこれをとったら終わりだ……。一生、この人の言いなりになるしかない。

そう思った瞬間、体の芯が果物のように熟したのが分かった。目隠しが落ちる。フロントガラスの向こうに明るんだ対岸の山々があった。

「おまえの名前は？」

まだぼんやりとした視界のなかに圭介の声がする。佳代は思わず胸を隠そうとした。すぐに、その手が剝がされる。

「……おまえの名前は？」

圭介がまたゆっくりと繰り返す。

「豊田、佳代、です」

佳代は自分の名前を口にした。

口にした途端、自分が真っ白になった。感情という感情がなくなったようだった。感情もないくせに、性的には興奮していた。恥ずかしいほどの興奮だった。もちろん頭では分かっている。絶対に後悔すると。この動画はもう消せないのだと。ただ、それが分かっているくせに、何かから解放されたようだった。人生を終わらせた。そう思ったとき、恐ろしさの反面、自分がどこかでそれを望んでいたような気がしてならなかった。

言われた通りに、住所を告げた。そして言われた通りに、カメラの前で、恥ずかしいほどに濡れた性器に自分の指を這わせた。

自分の名前を口にしながら自慰をする。そんな動画が彼の元に残ると思うだけで、佳代の体は恐怖と、そしてほんの少しだけの悦びで震えた。

自分のすべてを彼に委ねる。

自分の尊厳や人生のすべてを彼に委ねる。

そう思うだけで、佳代はとても強く抱きしめられているような気がしてくる。

実際には指一本触れてもらえないのに、それでも身動きできないほど強く抱かれているような気がしてくる。

そしてこの悦びが、今だけのことであり、家へ帰されれば、恐ろしいほどの後悔に打ちひしがれるのは分かっている。しかしそれでも佳代は向けられたカメラの前で、名前を口にするのをやめられない。淫乱な女のように、自ら性器を露わにし、「許してください。こんな女になってしまって、許してください」と謝罪、懇願することがやめられない。

対岸の山肌が凍えた動物がうずくまっているように見える。

散々弄ぶと、圭介は佳代を木陰へと連れていく。投げ捨てられるように転がされた土の上は冷たく、佳代は身震いする。

乱暴に服を脱ぎ捨てた圭介が覆いかぶさってくる。

背中に小枝が刺さる。乳房を押しつぶす圭介の胸は熱い。

「こんな女になってしまって、申しわけありません。許してください。許してください」

佳代が謝罪すればするほど、圭介の性器は硬くなる。

「恥ずかしくないんか？　男の前でそんな顔して」

「惨めちゃうんか？　こんな格好させられて」

「お前、最低やな」

「お前なんて、淫乱すぎて人間以下やで」

擦れ合う互いの性器や、腰骨や、太ももが、まるで体液のように溶けていく。

「これからお前のことは、ぜんぶ俺が決める。お前は俺に抱かれることだけ考えとけ。それだけのために生きろ」

○

「大きな怪我がなかったからよかった、で済む問題じゃないですからね！」

数日ぶりの編集部に入るなり、甲高い小林の怒鳴り声を池田は聞いた。会話の内容から今回の自分のことを渡辺デスクに意見しているのはすぐに分かる。

「いや、分かってるよ。だから、今後のことは本人に聞いてさ」と渡辺の声もする。

「だから聞く必要ないでしょ！　取材を始めたばかりで、まだ何も分かってない段階で、池田くん、ヤクザか何かに車で拉致されて、神田川に落とされてんですよ。よっぽど情報網の広い黒幕がいるに決まってるじゃないですか！　打ち所が悪かったら死んでたかもしれないじゃないですか！　社員の命がかかってるんですよ！　即刻、あの薬害事件から手を引くべきだし、とにかくまずは池田くんを担当から外して下さい！」

池田は編集部に入ったはいいが所在無く、隠れるようにして自分のデスクに着いた。幸い、川に落とされたときの擦り傷は完全に治っている。この擦り傷も通行人に助けられながら、川から這い上がろうとしたときにできたもので、川に落とされたことに関しては濡れただけで無傷だと言っていい。

川から上がると、誰かが連絡してくれたらしい救急車で運ばれて、会社にも連絡が行き、大騒ぎとなった。すぐに駆けつけてくれた渡辺デスクから、「しばらく休め」と言われ、素直に休んで初の出勤日が今日だった。

小林の抗議を聞きながらも、池田はメールを開いた。小林の心配は心から嬉しいのだが、実は記者になって初めてと言っていいほど、担当している事件に興味が湧いていた。

何者かから川に落とされるというドラマティックな出来事のせいももちろんあるが、何よりもその翌朝に西湖署のＯＢである河井から送られてきた薬害事件当時の捜査資料に思いがけないことが書かれてあったのだ。

休んでいたこの数日のあいだ、池田はこの資料について独自に調査していた。今日はその報告もあっての、予定より一日早い出社だった。

小林と渡辺の話し合いが終わりかけたところで、池田は資料を持って二人の元へ向かった。まさかいるとは思っていなかったらしく二人は驚いたが、池田は二人が口を開くまえに、「あのぉ、中国に行かせてもらえませんか？　旧満州なんですけど」と資料を差し出した。

あまりに唐突だったこともあり、渡辺は反射的に資料を受け取り、ふと我に返ったように、「おまえ、もう大丈夫なのかよ？」と、改めて池田を見る。

「はい。もう大丈夫です」

池田が軽く返すと、「大丈夫って、大丈夫なわけないじゃない」と、横から小林が口を挟んでくるが、彼女も根っからの記者らしく、池田が差し出した資料にも同時に目を向けている。

「……薬害事件当時の西湖署の捜査資料の一部です。蛍光ペンを引いてるところを見てほしいんですけど」

池田は一方的に話を始めた。

「ちょっと。池田くんはもうこの事件から外れていいって」と言いながらも、小林は資料を読もうと顔を近づける。

捜査資料には次のようなことが書かれてある。当時、西湖署の捜査本部では、宮森勲と製薬会社MMOのあいだで交わされた通信や会議議事録の詳細まで手に入れていた。血液製剤が患者に甚大な副作用をもたらすことを分かっていながら、明らかに両者が故意に治験を中止しなかったという確固たる証拠だった。

しかし関係者への一斉聴取の直前になり、いわゆる政府筋から本庁を経由する案件として立件中止の指示が出る。

立件を中止させた張本人は、当時厚生大臣を務めていた西木田一郎である。西木田一郎はMMOから多額の献金を受けていた。

「要するに、これまでおそらくそうだったのだろうという事件の背景が、この当時の資料の存在で、やはり真実だったと証明できるわけです」

池田はそう言うと、さらに続けた。

「……で、この数日、休みをもらっているあいだに、当時、この血液製剤に強い副作用があることを知りながら臨床での使用を推進させた宮森勲医師の背後関係を調べていたんですが、この宮森勲というのは旧満州の生まれで、彼の父親が戦後引き上げてきたあとに開業した渋井会病院の立ち上げに関わっているんですよ」

「親子二代で渋井会病院の医師。別に珍しくないんじゃない？」

小林が口を挟んでくる。

「そうなんですけど、もう一人の登場人物、西木田一郎という代議士のことも調べてみたんですが、この人、段田信彦という男の息子なんですよ」

「段田？　誰だよ、それ」

今度は渡辺が急かす。

「段田信彦というのは、旧長州藩士・段田四郎の孫で、戦前、大蔵官僚から満州中央銀行に出向してまして、終戦後は引き上げてきたあと、第八銀行で頭取まで務めた経済人なんですが、名字が違うのは、西木田が母方の姓を名乗っているからなんです」

「離婚したのか？」

「違います」

「となると、父親の段田姓を名乗ると、政治家としては何か不都合が出てくるってことよね？」と今度は小林が資料を手に取る。

「中国の、旧満州に飛べば、その不都合の正体が分かるのか？」

渡辺がまた急かす。

「いや、まだはっきりとは」と池田は正直に答えた。

「……ただ、今回の関係者たちが、みんな旧満州のどこかで繋がってるのは間違いないんです」

「そんな憶測だけじゃ、出張費は出ないよ」

渡辺が小林の手から資料を奪う。

「はい、もちろんそれは分かってます。だから僕もこの休みのあいだに、宮森勲とその父親、渋井会の会長、そして段田信彦、西木田一郎親子の過去に何か繋がるものはないかと必死に調べてみたんですけど、これが見事と言っていいほど、戦前の記録がないんです。これだけの経歴の人なのに、どの資料にも輝かしい戦後の活躍しか出てこない。そこで、途方に暮れていたときに、ふと思い出したんですよ。……前にも話しましたが、以前、旧琵琶湖ホテルの特別展示室で見た写真です。晩餐会の写真で、段田信彦、渋井会の会長、そして、別の事件ですが、もみじ園で亡くなった市島民男がその奥さんたちと一緒に写っていた。そこで市島民男の方を調べてみたんです。そうしたら、ちょっと気になるものが出てきたんですよ。政治家でもなく、医療法人の代表や経済人でもなく、戦後、京都大学の研究室に入った市島民男に関しては、その過去が消されずに残っていたんだと思います」

池田はずっと手にしたままだった最後の資料を二人に出した。そこに書かれた三つの数字を見た二人が、「え？」と声を漏らす。

機体が大きく揺れ、池田は肩から落ちかけた毛布を引き上げた。狭い座席で座り直し、また眠りに戻ろうとしたとき、機体がガクンと跳ねた。三時間ほどのフライトを終えた飛行機は、ハルビン太平国際空港に着陸した。まだ午後五時すぎだったが、窓の外はすでに暗く、滑走路のライトが星のように流れていく。

ターミナルは思ったよりもこぢんまりとしていた。機体が完全に停止すると、窓の外に着膨れした若い空港職員たちが立っており、ふざけて互いの尻を蹴り合っている。ガイドブックによれば、この時期でも夜は零下になるという。見れば、ふざけあう職員たちの息もすでに白い。

入国審査と税関を通って外へ出ると、凍えるほどではなかったが、首元が冷えた。ターミナル前はバスやタクシーが列を成しているわけでもなく、どちらかといえば小さなフェリー乗り場のような雰囲気で、すでに真っ暗なこともあり、自分が大陸に降り立ったというよりも、海をまえにしているようだった。

通りの向かいに停まっていた小豆色のバンから降りてきたのが、今回通訳兼ドライバーをお願いした蔣《ショウ》という男性らしく、車をそっちまで回すから待っていろとジェスチャーで示す。

回ってきた車の助手席に乗り込み、挨拶をした。蔣の日本語は流暢で、聞けば、十年以上名古屋の会社で働いていたという。あまり口数の多いタイプでないらしく、すぐに車内は静かになった。平凡な高速道路の風景だったが、それでも池田は異国の景色を眺めた。政治的なスローガンらしき巨大な看板が、少し大げさなほど明るく照らし出されていたりする。

渋滞もなくハルビン市街に入ると、林立するマンション群が目についた。どれもすでに完成しているようだが、極端に窓明りが少ないところをみると、投資目的の物件が多いのかもしれない。

「熊谷《くまがい》教授との約束までまだ時間がありますが、先にホテルにチェックインしますか？」

蔣に訊かれ、池田は時間を確かめた。歴史学者の熊谷依子《よりこ》教授とのアポイントメントは、彼女が出席するというシンポジウムの懇談会のあとに設定されている。

「……熊谷教授がいる大学とホテルがちょっと離れてるんですよ。先にホテルへ行ってもいいですが、チェックインしてすぐにまた出発するようになりますけど」

蔣の話によれば、このまま直接大学の方へ向かい、ハルビン一の繁華街であるキタイスカヤ通りで食事にしたらどうかと言う。

池田はその案に賛成した。では何が食べたいかと訊かれ、「なんでもいいです」と答えると、ならば名物のロシア料理だろうとなった。

車がキタイスカヤ通りに近づくと、雰囲気が一変した。渋滞した車列を縫うように、観光客が群れをなして歩いている。まるでアミューズメント施設に入ったみたいだった。道行く人たちが手にしているのは、サンザシの飴や串焼きなどらしい。

このキタイスカヤ通りというのは、一九〇〇年代初頭、帝政ロシアがその骨格を作った商業地域で、現在でも当時の建築物が数多く残っているとガイドブックにも書かれていた。

車を降りた池田は、ポプラに似た美しい街路樹を見上げながら、「すごい人出ですね」と蔣に声をかけた。「週末になると、もっとすごいですよ」と教えてくれる。

通りは、いわゆる芋洗い状態なのだが、それでもみんな各々の目当てには目ざとく、ハルビン名物だというアイスクリーム屋があれば、人波をかき分けていく流れが出来る。

「なんか、美人、多くないですか？」と池田は尋ねた。率直な感想だった。

「中国の地域別美人ランキングで、ハルビンは毎年一位なんですよ」

ハルビン生まれらしい蔣がちょっと自慢げに教えてくれる。

池田はすれ違う女性たちを目で追った。白い頰が寒さで少し赤らみ、真冬には零下二十度になるという厳しい冬を知っているせいか、その瞳は少しだけ冷たそうに見える。

蔣が連れて行ってくれたのは、ガイドブックにも載っている有名なロシアレストランだった。夕食にはまだ少し早く、幸い、そう待たずに席に案内された。大きなシャンデリアが吊られた店内はロマノフ王朝風の作りで、白壁や天井を格調高く彩る金の装飾と、客の子供たちが走り回る賑やかなフロアが不釣り合いで、なんとも牧歌的な雰囲気がある。

初対面の中年男と二人きりの食事だったが、池田は不思議と楽しめた。このあと熊谷教授から聞かされることになる話に対して、改めて心の準備が整うようだった。

レストランを出て、熊谷教授が現在共同研究を行なっているという龍江大学に向かっていると、冷たい雨が降り出した。到着した大学の正門はすでに施錠されており、警備室から連絡を入れてもらった。

「3号棟まではここから距離ありますよ。帰りに返してもらえばいいですから」と、親切な警備員がビニール傘を貸してくれる。すでに雨は本降りで、傘を差した指が濡れ、千切れるように冷たかった。

3号棟に駆け込むと、棟内の蛍光灯でさえ温かく感じられた。池田は濡れて冷え切った指先に息をかけた。二階の小さな教授室で熊谷教授が待っていた。何度かスカイプで話をしているので知ってはいたが、実物はさらに大学の教授というより近所のお弁当屋のおばさんといった雰囲気が強い。

熊谷に、夕食は済ませたかと訊かれ、キタイスカヤ通りでロシア料理を食べてきたと池田が告げると、「じゃ、悪いんだけど、これ、食べながら話をさせて」と、彼女は肉まんを電子レンジに入れた。

「懇談会がビュッフェだって聞いてたから、そこで食べるつもりだったんだけど、いろんな人に挨拶ばっかりさせられてるうちに何も食べられなくて」

片手に肉まん、もう片方で熊谷はパソコンを操作する。

「そこに座って。パソコンの画面、そっちに向けるから」

池田は小さな椅子に腰を下ろした。

「あ、そうだ。そこの紅茶、勝手に飲んでね」

電熱器の上にまだ湯気を立てているガラスポットがある。喉が渇いていた池田は遠慮なく、横にあった紙コップに紅茶を注いだ。

パソコン画面に流れ始めた映像は粗い画質ながら、当時のフィルム映像をある程度加工処理したものらしく、画像、音声ともにクリアだった。

池田は熱い紅茶を一口飲み、映像に身を乗り出した。まず流れ始めたのは、最近ロシアで発見されたというハバロフスク裁判の記録映像だった。ハバロフスク裁判とは、旧日本軍第七三一部隊が、戦時中ここハルビンで行なった人体実験に関する軍事裁判である。

映っているのは、当時、細菌製造課課長だった軍医少佐による軍事裁判での証言映像らしかった。目の細い角刈りの男で、映像のなか、男は神経症のような瞬きを繰り返す。

（あなたは人体実験に参加しましたか？）

というロシア語の質問のあと、この軍医少佐が証言する。

「はい、二回参加しました。安達《アンダー》演習場に参加いたしました。炭疽菌の試験でありまして、昭和十八年の末であったと思います。この場合には約十名の人間が実験場に連れて来られておりました。それからこの人間に対して傷を負わせるために破片弾を装置いたしまして、これを遠方から電気でもって爆破をいたしました。この結果、試験に供せられた人間の一部は負傷いたしました。その後、報告によりまして、これらの傷を受けた人間は炭疽にかかり、のち死亡したということを聞きました」

（全員ですか？）

「傷を受けた人間が全部であります」

軍医少佐の口調に乱れはない。とはいえ、自身の生死がかかる裁判の場である。その声に乱れがなければないほど、切迫した人間の生の声となって池田の耳に届く。

ここで一旦画像が乱れた。フィルムを継ぎ合わせたような映像がしばらく続いたあと、熊谷がボリュームを上げ、「次の被告人が、市島民男の名前を出します」と教えてくれる。

池田はまた一口紅茶を飲んだ。

証言を始めたのは、丸眼鏡をかけた坊主頭の男だった。軍医少佐という肩書きはさきほどの者と同じだったが、七三一部隊での任務内容が違うという。

(あなたはどのような人体実験に関わっていたのですか?)

「はい。私たちが参加しておりました実験は、梅毒の研究であります。性病の蔓延は陸軍内部でも深刻な問題でありました。梅毒に対する治療法を見つける。それが私どもに与えられておりました任務であります」

(あなたが責任者だったのですか?)

「いえ、私は同課の課長である市島民男の下で働いておりました」

(その市島民男は現在どこにいますか?)

「すでに日本に帰国しているはずでありますが、その後の消息は存じません」

(続けてください)

「はい、続けます。梅毒の研究手順でありますが、当初は、女性の丸太を連れて来まして……、部隊では実験に供される人間のことを丸太と呼んでおりました。その女性の丸太に注射で梅毒を感染させていたのでありますが、のちに梅毒に罹った者と強制的に性行為をさせるという方法に変わっていきました。私どもはその行為を同じ部屋で見学するわけでありますが、白衣に白いマスクをして参加することになっておりました。丸太が性病に感染しますと、病気の進行状況を丹念に記録いたします。性器等の変形だけではなく、重篤になってまいりますと、生体実験を行いまして、梅毒が内臓器官に及ぼす影響を検査しておりました」

男は淡々と証言した。その目には生気がなかった。生まれながらに備わっていないようにも、どこかで失われたようにも見える。

映像は次の被告人のものに移っていく。池田はただ映像に見入った。一瞬、フィルムの映像が乱れ、画面が真っ黒になった。その画面に長く自分の顔が映っていた。

もしも旧琵琶湖ホテルの特別展示室で、あの一枚の写真を目にしていなければ、今回池田が追っている薬害事件に、市島民男という男の名前が関わってくることはなかったはずだ。次期日本医師協会の会長となる宮森勲、製薬会社ＭＭＯ、渋井会病院。そしてこの三者が犯した罪を公権力で隠蔽した代議士の西木田一郎。これら事件の登場人物がどのような形で繋がっていたのかを池田が知ることはなかった。

もみじ園事件の被害者である市島民男は七三一部隊の生き残りだった。とすれば、市島民男と旧満州で繋がる渋井会病院の創業者、そして西木田一郎の実父である段田信彦もまた、何らかの形で七三一部隊と関わっていた可能性は高くなる。

薬害事件の際、彼らが必死になって隠蔽しようとしたのは、血液製剤がもたらす副作用だけではなく、彼らが七三一部隊の生き残りであった事実でもあるのだ。

東京の小林からスマホに連絡が入ったのは、ホテルで迎えた翌朝だった。

ついさっき、市島民男の娘である市島さゆりから連絡があった。なんでも松江という、あの上品な老夫人が何か話があるらしく、もしまた近くにくることがあれば、ぜひ寄ってほしいと言ってきたという。

「事件に関係することですかね？」と、池田は聞いた。

「さあ、そんな切迫した感じじゃなかったけどね。もし時間があれば、いつでもみたいな。相変わらず池田くん取材相手に好かれるなって思ったけど、一応、忘れないうちに報告しとこうと思って」

小林の声を聞きながら、池田は窓から大都会ハルビンの街並みを眺めた。改めて思えば、ここで松江や市島民男たちは暮らしていたのだ。

○

留置場の硬い床で膝を抱え込んでいる佳代の耳から、足音が遠ざかっていく。

てっきり取り調べに呼ばれるのだと思っていたが、午前中からずっと待ち続けていた担当官は下着など必要な物があれば購入することができるという説明をしただけだ。

佳代は拍子抜けしながらも、下着とタオルを買う。支給された洗面道具にもタオルはついていたが、体の全てを一枚のタオルで拭うのには抵抗がある。

佳代はもみじ園の仮眠室で寝返りを打った。またいつもの空想が始まっていた。クリーム色の壁が眼前にあり、ペンキが乾いて鱗状に浮いている。爪で剝がしてみる。クリーム色の鱗が面白いように壁から剝がれ落ちた。

Imiuleという投稿サイトを知ったのは、官能小説やネットのブログの中に、自分と同じような性癖の人間を必死に探そうとしている時期だった。

ただ、倒錯した行為を描く官能小説をいくら読んでも、緊縛の美しさを語るブログを眺めても、そこに自分はいなかった。

もっと最低な、もっと汚れた、もっと過激な何かを求めている誰かを見つけたかった。そしてきっとそれが自分の姿に違いなかった。

気がつけば、家ではもちろん、勤務中の休憩時間にまでスマホで探していることがあった。

そんなとき、Imiuleという投稿サイトを知った。Twitterやインスタグラムと同類のものらしかったが、性表現に対する規制が緩く、世界中の人が、サイトの中でその手の卑猥な画像や動画を上げていた。

そこに【無限】というハンドルネームで投稿をしている人がいた。

自身が飼っている、蜜と名付けた女性の飼育日記であり、日々のプレイを記録した画像や動画が投稿されていた。

佳代が最初に目にしたのは、こんな投稿だった。

蜜が完全に堕ちたｗ　いよいよ晒してほしいらしい。個人情報も全部晒して、人生終了させたいらしい。もうタトゥーも入れさせてるし、一般社会に戻れんのは確実やからな。人間辞めて、俺の玩具として一生終えたいんか？　て聞いたら、はいって泣いて喜んどったｗ

ここに書かれていることの、どこまでが現実で、どこからが虚構なのか、佳代には判断がつかなかった。

本当に、こんな無様な願望を抱く女がこの世界に存在し、そんな女の願望に応えてやる男がいるのか。

佳代には、その答えが日によって違った。こんな頭のおかしい人たちが実在するはずがない、と思う日もある。ただ、実際に晒された画像には白い尻を突き出した女の顔がはっきりと映っている。

とすれば、彼らは存在する。でなければ、こんなリアルな画像や言葉が出てくるはずがないと思い直す。きっとこの湖沿いの通りと繋がったどこかの町で、彼らは今も自分たちの願望に汚れているのだ、と。

気がつけば、佳代はこの【無限】の投稿を、過去にまで遡って読み漁っていた。

まさに虜となり、新しい投稿があるのを今日か明日かと、息を凝らして待つまでになった。

蜜と名付けられた女は、佳代自身だった。蜜が懇願する言葉もまた、佳代自身の言葉だったのだ。

佳代の重ねた手首を、圭介がもったいをつけるようにスカーフで縛っていく。

圭介の指に引かれて、シルクのスカーフが肌の上を滑るだけで、佳代は濃い花の匂いを嗅いだようになる。

もっと強く縛って下さい。

お願いします。

投稿サイトの中で、蜜は恥ずかしいほど貪欲に懇願する。

何かに触れる喜びを、私から奪って下さい。あなたに触れられるだけの体にして下さい。

圭介の前にひざまずき、佳代は目を閉じる。

圭介の手のひらが、佳代の目を覆う。まるで太陽を直接見てしまったように瞼の裏が熱くなる。

目隠しをして下さい。

お願いします。

蜜は身悶えるように頼む。

私から美しいものを見る喜びを奪って下さい。恥ずかしい自分の姿だけを見続けさせて下さい。

圭介につけられた革製のアイマスクから、強い革の臭いがする。

視界を奪われた瞬間、見えなかった湖が見える。夏の湖面は、これまでずっと湖の畔で暮らしてきた佳代でさえ、見たことがないほど輝いている。

唯一、自由だった口をとつぜん圭介の手のひらに塞がれる。

佳代は慌てて呼吸する。しかしいくら吸っても、圭介の指の間から漏れてくる空気は少ない。次第に苦しくなる。苦しくなるのに、また蜜の声が蘇ってくる。

口を塞いで下さい。

私が何も言えないように。あなたの言葉だけを聞いていられるように。

お前、ほんまにもうどうしようもないな。最低やわ。ここまでして気持ちよくなりたいんか？　ほんならもっと正直になれや。もっともっと壊れろや！

もう【無限】の声なのか、圭介の声なのか、どうでもよくなる。佳代はまるで蜜の隣で同じように自由を奪われた女となり、もっと束縛して下さい、もっと自由を奪って下さい、なんでもします、なんでもします、と懇願する。

蜜の目は絶望している。その絶望した目に佳代は嫉妬する。まだ絶望という快楽を知らない自分が、とても怠惰な生き物のように思えてしまう。

自分がどういう女なんか、ちゃんと自分の口で言うてみ。

口を塞いでいた手が離され、佳代は窒息寸前で生き返る。激しく肩を揺らして呼吸する。

今、聞こえたのが、圭介の声だったのか、【無限】の声だったのか分からない。

ここで呼吸を乱しているのが、自分なのか、蜜なのかも分からない。


個人情報も全部晒して、人生終わらせたいんやろ。人生終わるてどんな感じやろな。ちょっと想像してみいな。日々快楽だけや。仕事も生活も責任も義務もなんもない。ただ快楽だけ。そんなん、もう生きてる価値ないで。アダルトショップに並んどる玩具と一緒や。そんなん、もう人間やないで。でも、そうなりたいんやもんな。もうそれでええんやもんな。それがお前の幸せなんやもんな。自由を奪われた自分の姿を見て欲しいんやもんな。


幸せという言葉に、佳代は急に身構える。

そんなわけがない、と思う。

こんな汚れた願望が幸せなわけがないと。ただ、そう抗おうとすればするほど、刑務所で人生を奪われている自分の姿が……、とても幸せそうに浮かんでくる。


空想のなかで、再び担当官の足音が近づいてくる。留置場の佳代は思わず立ち上がる。

待ちきれずに柵の隙間に顔を押し当てると、二人の担当官とともに伊佐美という刑事が廊下を歩いてくるのが見えた。

佳代はその背後に圭介の姿がないことに落胆する。

「柵から離れて」

檻の前に立った担当官に命じられ、佳代は慌てて部屋の中央に退いた。

「これから取調室に向かいます」

監房に入ってきた若い担当官に手錠と腰縄をされ、廊下へ出る。

もう一人の担当官と一緒に待っていた伊佐美が、「少しは眠れました？　またちょっと長なるよ」と声をかけてくるが、佳代はうまく答えられない。

背中を押されて連れて行かれたのは、狭い取調室だった。狭いが磨りガラスの窓もあって室内は明るい。白壁にはこの近辺の古い地図が貼ってある。

「ここ、座って」

担当官が腰縄を外すと、伊佐美が椅子を引いてくれる。

佳代は言われるままに腰かける。

「……今日はな、豊田さんのご要望通り、濱中に取り調べを担当させます。そやから、事件のことを自首してきた日みたいにちゃんともう一遍話してや」

伊佐美の言葉が終わる前にドアが開き、圭介が入ってくる。

ひどく疲れた表情のせいで、逆に目だけがギラギラして見える。

佳代はゴクリと唾を飲み込む。

伊佐美が、特に圭介に声をかけることもなく部屋を出ていく。留置場の担当官たちも伊佐美に続く。

部屋に二人きりになると、圭介は持参したファイルを叩きつけるようにデスクに置く。そして乱暴に椅子を引いて、自らも座る。

「これから取り調べを始めます。証言内容は裁判で不利に……」

無表情でそこまで言った圭介がとつぜん言葉を切り、まっすぐに佳代の目を覗き込んでくる。

佳代はすぐに目を逸らそうとするが、「見てろ」と命じられる。

圭介に見られていると思うと体が強張った。早く何か言ってほしかった。何か言ってもらえれば、自分はもうなんでもすると思う。

圭介が笑い出す。

「誰も思いもせんやろな。まさか、今、俺もお前もムラムラしてるなんて、な?」

圭介がファイルをパタンと閉じ、顔を寄せてくる。

「……お前、ほんまに興奮してるやろ?　その表情見たらすぐ分かるわ。すぐにでもヤってもらいたいんやな?」

こんな公の場所で聞かされる直接的な圭介の言葉が恐ろしくもあり、また佳代の体を火照らせもする。

「……腰縄されて自由奪われて、監禁されて、男に責められて、屈辱味わって、お前が好きなことばっかりやもんな。ここにはお前が興奮することばっかりあるもんな。……なんか俺まで清々してくるわ。こんな取調室で、ドM相手に自分が変態プレイしてると思ったら、世の中のもん全部バカにしてやってるみたいで、心から清々してくる」

寝不足なのか、生臭い圭介の息が佳代の顔にかかる。

佳代は壁を見る。ただの壁だが、もしかするとどこかに小さな隠し穴があり、さっきの伊佐美という刑事が覗いているのかもしれない。

壁の向こうにも圭介の声は聞こえるのだろうか。自分の鼓動は伝わるのだろうか。

「……机の下で触ってみ」

一瞬、何を言われたのか分からない。

「……触れや。俺に触ってほしいと思うてるとこ、自分で触ってみろや」

佳代は壁にまた目を向けた。もしもあそこに覗き穴があれば、自分はどんな女に見えるのだろうか。

佳代は太ももに置いていた右手をゆっくりと動かす。うまく動かせないほど震えている。太ももの間に手を差し込む。指先は冷えて、ほとんど感覚もない。

それでも指先の感覚とは逆に、緊張は解けていく。

もう終わりだ。もうほんとに終わりなんだ。だからもう何も考えなくていいんだ。何もかも言われた通りにしていればいいんだ。

そう思うと、神のような存在に強く抱かれている感覚に包まれる。

お前は何も心配しなくていい。何もかも任せておけばいい。

目を開けると、圭介が立ち上がっている。安普請の机を乱暴に除け、佳代の前に立つ。

顎を強く摑まれ、佳代は思わず口を開ける。すぐに圭介の指が入ってくる。妙な味のする長い指が舌を押さえ、口内をかき回す。

佳代はえずきそうになるのを必死で堪えた。

こんな姿を誰かに見られていたらと思う羞恥心と、自分が圭介の所有物であることを誰かに見られたいという欲求がない交ぜになる。

途中でやめないでほしい。もうそれ以外に考えられなくなる。口の中から指が抜かれた。

佳代は思わずその指を追うように顔を前に出す。

「……ええか、もういっぺんだけ訊くぞ。なんのつもりや？　なんのつもりで、こんなことしてんねん？」

圭介はそう尋ねた。ただ、もうそんなことなどどうでもいいような目だった。この質問に佳代がなんと答えようと、この先の風景はまったく変わらないと言っているような目だった。

「あの……」

何か言おうとするのだが、その先が出てこない。言いたいことで喉が詰まっているのに、なかなか出てこない。

佳代はゆっくりと話し出した。一字一句間違えないように伝えたかった。

「……もう、それ以外のことが考えられなくなって。仕事してても、家におっても、もうそれ以外のことが考えられへんくなって」

「それって、なんや？」

やっとそこまで言えたのに、すぐに圭介に詰問される。

「そやから、それは……」

「なあ、お前、ここがどこか分かってるよな？　ここ警察やで。舐めてたら、取り返しつかんようになんねんで」

もちろんそんなことは分かっている。分かっているのに、どうにもならない。

圭介がまたじっと見つめてくる。佳代は必死に目を逸らさぬように堪えた。

「一個だけ訊くわ。お前、まさか、俺のためにこんなことしてるんちゃうよな？」

一瞬、意味が分からなかった。

「……そやから、真犯人を捕まえられへん俺を助けようと思うて、こんなアホなことしてるんちゃうな？　もっと低俗な理由でやっててんのやろ？」

混乱する。質問の意味は分かっているのに、対する答えが頭の中にまったくない。

なぜか圭介は壁に背をつけ、頭を抱え込むようにしゃがんでいる。

佳代は自分だけが椅子に座っているのが不自然に思え、慌てて自分も床にしゃがみ込む。

圭介がそんな佳代の腕を引き、自分の横に座らせる。

狭い取調室の片隅だ。

「不思議やな。初めて会ったときのこと考えたら、まさかこんな風になるなんて、思ってもなかったわ」

圭介が誰に言うともなく呟く。視線の先には、なぜかガムテープが巻きつけられたパイプ椅子の脚がある。

「……俺、お前と初めて会うたときの印象がないねん。あんのは、あの事故の夜からや。どしゃ降りん中、お前が俺の車のカマ掘って」

圭介がふと思い出し笑いをする。

「……なんでやろな。なんでこんなことになったんやろな。あんとき俺、お前のこと、どん臭い女やなって、そう思っただけやのに」

佳代も壁に背中をつける。

「私、覚えてます。初めて会うたときのこと」

「もみじ園で話聞いたときやろ？　そりゃそっちは覚えてるやろ。警察に話聞かれるなんてそうそうないしな」

「私たちの話を聞きながら、書き込んでる手帳が見えて。なんか蟻みたいに小さい字で、ぎっしり書かれてあって」

「あ、それ、よう言われるわ。読みにくいって。警察の書類って、なんか書き込む欄が小さくてな、いつの間にか俺の字までそれに合わせて小さなったわ。警察の仕事なんて、書類ばっかりやから」

風が立ち、外の木が鉄格子に絡みつくように葉を揺らす。

「……なんか、こんな話したん、初めてやな」

ふいに圭介が顔を上げた。

「……なんや初デートみたいやな。初めてのデートんとき、よう話すやん、こんなこと。初めて会うたときお互いどんな印象やったとか」

佳代は何も答えず、ただ圭介の話を聞く。

「……こういう話すると、お前、ほんまにすぐ白けた顔するよな」

圭介に言われ、佳代は慌てた。実際、自分が安心して生きていた世界から引きずり出されるような感じがしていた。何も考えなくていい世界から引きずり出され、自分で何か考えろと言われそうで恐ろしくなる。

「私、そういうんちゃいますから」

ふいにそんな言葉が口から出る。

「……私なんて、そんな価値ないですから」

「そんなって、どんな？」

「そやから、あなたと対等に付き合えるなんて思ってません」

「なんで？」

「なんでって、それは……」

「お前の体は俺のもんやからやろ？　お前の人生は俺のもんやからやろ？　俺のためだけに生きるって約束したからやろ？」

その通りだった。佳代は素直に頷く。

「幸せについて考えたんです。自分にとって何が幸せかって。そしたら、あなたからの連絡を待ってるときやって。ずっとその時間が続けばええのにって」

これも本心だ。やっと言葉にできたようで、佳代はついほっとした。

「……家であなたからの連絡を待ってるときも、ほんまに体が痺れるみたいやった。怖いのもある。でもやっぱり来てほしい。こんな時間が永遠に続いたら、私、どうなるんやろって。私の体、ほんまに壊れてしまうんやないかって。でも、それでもええって。こんな気持ちでおられるんやったら、こんな体、壊れてしまえって」

一気にそこまで話した。話し終えた瞬間、ふとあることに気づいて愕然とする。

足りひんのや……。

家で待ってるくらいじゃ、もう足りひんのや。

そやから私、ここに来たんや。もっと刺激がほしくなって、ここに来たんやわ。

口でなら、なんとでも言える。

自分の体も心も捨てられる。あなたの快楽のためだけに生きる。それだけのために生きていく。それが私の一生であっても、なんの悔いもない。

そう、口だけならなんとでもいえる。

でも、口だけではもう満足できなくなっていた。それだけじゃ、麻痺した体がもうゾクゾクしなくなっていた。

「……俺も、付き合うわ」

ふいに圭介の声がした。見ればまた、ガムテープの巻きつけられた椅子の脚を凝視している。

「……俺も付き合うてやるわ。なんか、なんもかんも面倒くさくなった。まさかお前が、ここまでイカれてるとは思わへんかったけど。お前、自分のこと、ぶっ壊したいんやろ。そやないと、生きてる気ぃせえへんのやろ？　その気持ち、なんか俺にもちょっと分かるような気ぃすんねん。みんなの目の前で、俺が粉々にぶっ壊れるとこ、見せてやりたいような気ぃすんねん」

圭介がゆっくりと立ち上がり、自分の椅子に腰かける。

佳代もまた操られるように元の席につく。

「……ほんなら、始めるで。なんで市島民男さんを殺したんや？」

圭介がゆっくりと話し出す。

刑務所で過ごす一日というのは、一体どんな一日だろうか。すべてを奪われた世界というのは、一体どんな世界なのだろうか。ただ誰かのことを思うしかできない人生というのは、また私の体をゾクゾクさせてくれるだろうか。

佳代は仮眠室でまた寝返りを打った。今見ていたものが夢だったのか、それとも空想だったのか分からなくなる。

佳代は早く仮眠時間が終わることを願った。

○

「一応、電話はかけておきましたよ」

娘のさゆりからの報告を聞きながら、松江はまだ熱い茶を啜った。

「……どんなお話か知りませんけど、あの池田さんって方もお仕事でいらしてるんやからね、お母さんのお話相手だけでお呼びしても迷惑よ」

いつものことだが機嫌の悪い娘の声は長く聞いていると、次第に遠くなっていく。そして手にした熱い茶碗の感覚や日の当たった庭の景色がぼんやりとしてきて、気がつけば、いつもと同じように、あの当時の風景が鮮明に、そう、まるでまだ自分がそこにいるように松江の脳裏に浮かんでくる。


「お松ちゃん、盥《たらい》の方が早いのは早いだろうけど、やっぱり重くて持てないわよ」

外から今にも笑い出しそうな宮森三子《みつこ》の声がする。

松江のいる冷えた土間の台所では、ヤカンの湯気がもうもうと立っている。熱い湯気が立てば立つほど土間は冷える。土間が冷えれば冷えるほど湯気は熱い。

松江は頭に巻いていた手ぬぐいを取ると、沸騰したヤカンを火から下ろした。玄関が開き、寒風とともに三子が飛び込んでくる。

寒空の下、家の裏で凍った水道管に布を巻いていた三子の頰が真っ赤になっている。その顔を見て、松江はまた笑った。ついさっき三子が自分で自分のことを「おかめ」と呼んだのだ。

「呆れた。お松ちゃん、まだ笑ってるんでしょ！」

三子が怒ったふりをして松江の背中を叩くが、自分でも堪えきれずに吹き出している。

松江の家と三子の家が共同で使っている水道管が凍結した。極寒のハルビンであるから、その辺りの対策は万全なのだが、どうやら三子の息子で今度中学に上がる勲と、その友人たちが凍土を掘り起こして遊んだ際、家の裏に埋められていた水道管の一部が地表に出てしまったらしかった。

「そのまま熱湯かけたら破裂するからね！」

ヤカンを提げて外へ出た松江を三子が追ってくる。

民男との新婚生活は、ハルビン市内から十キロほど離れた平房《ピンファン》区で始まった。民男が所属する関東軍七三一部隊の広大な敷地内に建つ家族宿舎で、給水、暖房、電気施設の整った真新しい家屋に、松江は母から譲り受けた有田焼の食器を持ち込み、寝室には江戸切子の洋燈を飾った。

ハルビン郊外の広野に作られたこの宿舎区は東郷村と呼ばれていた。学校、病院、神社、商店街、映画館、料理屋もあり、部隊員とその家族が三千人ほど暮らしている。幸い、隣家には民男と同課の夫婦が暮らしており、気の良いその女房が何かと不慣れな松江たちの新生活の手助けをしてくれた。この宮森三子という女房が、極端に色白な松江のことをまるでお姫様みたいだとよくからかった。松江はそのたびに顔を赤らめたのだが、それがまた三子にはおかしいらしく、気がつけば、松江は棟内の女房たちからも親しみを込めて「お姫様」と呼ばれるようになっていた。

その日、ハルビンの冬空は明るく、広々とした宿舎区は残雪に輝いて眩いほどだが、さすがの寒さに通りはガランとしている。

ヤカンを提げた松江は三子とともに裏へ回ると、むき出しになった水道管を近所の女房連中が取り囲んでいた。

「一応、外に出てる管には布や手ぬぐいを巻いたから、ゆっくりお湯かけてみてよ」

そう指示を出す婦人会副会長の沢田《さわだ》の手は泥で汚れ、痛々しいほど赤く腫れている。

松江はまだ込み上げてきそうな笑いを堪えながら、言われた通りにヤカンのお湯をそろりそろりと管にかけた。

モンぺにほっかむりの女房連が覗き込む地面から濃い湯気が立ち、すぐにシベリアからの寒風にさらわれていく。

その後、無事に水道管は復旧した。

「みんな、冷えたでしょ？　うちで小豆炊いてるから食べにきて。汚れたままでいいから」

沢田の労いに松江たちは素直に甘えた。向かった沢田の家では国民学校初等科の娘、照子《てるこ》が大鍋でお汁粉を温めてくれていた。凍えた体をぶつけ合うように入ってきた松江たちの数を数え、お汁粉の椀を揃える。

「照子ちゃんも、向こうで食べておいでよ」

一人、台所の土間に残ったのは女房連の中でも一番年若な松江で、照子と二人で手分けして湯気を立てるお汁粉を椀に入れ、奥で暖をとる女たちに運んだあと声をかけたのだが、見れば、すでに座敷は人で埋まり座布団もない。

松江は自分と照子の分のお汁粉を盆に載せ、台所に戻って二人で食べることにした。

「内地の子が、もしこの光景を見たら、きっと腹立てるわね。だって、みんなでおやつにお汁粉だなんてね」

お汁粉を冷ます照子の息が、小さな雲のようになって鼻先を流れていく。

「内地は食糧難で大変らしいものね。こっちでも大変だと思ってたけど、内地に比べれば天国なんだぞって、うちの人にも怒られたばかりよ、おばさんも」

松江は冷えた指を椀で温めながら、窓の外を眺めた。凍った通りを勲たちが歩いてくるのが見える。襟巻きを引っ張り合ったり、体をぶつけ合ったり、その声まで聞こえてくるようである。同じように目を向けていた照子が、「ほんとに、いつまでも子供みたい」と大人びた口をきく。

松江は微笑ましく照子を見つめ、「去年までは、よく一緒に遊んでたじゃないの」と冷やかした。

「だって、それは子供だったからよ」

「男の子とじゃ、何をして遊べばいいか分からないものね」

「それに勲くん、最近じゃ学校でもぜんぜん勉強もしないのよ」

「そうなの？　成績良くて、お母さん褒めてたわよ」

「昔はね。でも今はもう駄目よ。成績だって、後ろから数えた方が早いもの」

「そうなの？」

「ねえ、松江おばさんのお兄さんは建国大学の卒業生なんでしょ？」

ふいに、現在南方戦線へ出征中でしばらく便りのない兄のことを訊かれ、松江は目を伏せた。

「え、ええ。そうよ。建国大学を出たのよ」

それでも照子にそう教えてやると、「勲くんも建国大学に入りたいって、ずっと言ってたのよ」と、その小さな口を尖らせる。

「これから頑張れば、まだまだ大丈夫よ」

「私もそう言うの。でもね、もう行かないんだって」

「あら、どうして？」

「さあ、私には分からないわ」

勲とのやりとりを思い出すのか、照子が腹立たしくなったようにプイと立ち上がり、使った椀を流しへ持っていく。松江はそんな少女の後ろ姿に、初恋に似た苛立ちを感じて歯がゆくなる。

お汁粉をご馳走になった女房たちが三々五々帰っていった。

松江も沢田に礼を言い、母を手伝って後片付けを始めた照子には、「また毛糸あげるから、いつでも遊びにいらっしゃい」と、声をかけて沢田宅をあとにした。

相変わらず風は冷たかったが、冬晴れの明るい日だった。それぞれの宿舎へ戻っていく女房たちの背中を見送りながら松江は通りの途中でふと足を止め、ぐるりと周囲を見渡した。

いつまで経ってもこの宿舎区には慣れない。もちろん民男との暮らしや近所付き合いに不満があるのではない。逆にそういった人間関係はありがたいほどうまくいっており、お互い祖国を離れた場所で身を寄せ合うように暮らす心の優しい人たちに囲まれた今の暮らしに心から感謝している。

慣れないのは、この街自体だ。

よく地に足がついていない、という言い方をするが、まさにそんな感じで、目のまえに存在するはずのこの街がまるで幻のように思われて仕方ない。強い蒙古風に今にも吹き飛ばされてしまいそうに見えてならないのだ。

松江がこんな話を真面目な顔ですると、民男は決まって笑い出す。

「でもまあ、君の気持ちも分からんではないよ。何しろ、この街は部隊のために急遽人工的に作られた街だからね。生活があって出来た街と、作られた街で始めた生活というのは、似て非なるものだろう」

民男にそう言われると、そんなものかと松江も思う。

うちへ向かって歩いていると、寒空の下、自転車のタイヤを転がして遊ぶ勲たちの姿があった。

「勲ちゃん！」

松江がかけた声に、少し面倒臭そうな顔で立ち止まった勲が、タイヤを追っていく友人たちの背中をその場で見送る。

「勲ちゃん、手袋は？」

松江は寒さに赤くなった勲の手を思わず自分の両手で包み込んだ。

「ポケットにあるよ。さっき車輪を外したから。汚れないように」

勲の小さな手は氷のようで、その冷たさが松江の厚い手袋を通しても伝わってくる。勲の鼻の下でうっすらと鼻水が凍っている。

「勲ちゃん、将来は建国大学に行くの？」と、松江はさっき照子に聞いた話をした。

「どうして？」

「どうしてって、別に理由はないけれども。でも、行ってくれたら、おばさん、嬉しいなあと思って」

「なんで？」

「なんでって……」

松江はつい言葉に詰まった。

電線に積もっていた雪が、そのときボトリと地面に落ちる。

「行かないよ」

落ちた雪に目を向けた勲が、きっぱりと言う。

「……中学に上がったら、学徒動員で勤労奉仕に行くんだよ。おばさん、知らないの？」

勲に問い詰められているようで、松江は思わず、「そうなの？　ごめんね、おばさんね、何も知らないのよ」と謝った。

そんな松江を呆れたように見上げた勲が、「同級生の松村のお兄ちゃんはね、工場じゃなくて、ソ連との国境に近い牡丹江の部隊に配属されたんだって。その部隊には兵舎もなくて、壕で暮らすんだって。僕の身長ぐらいの深さの壕はね、板張りの床でアンペラが敷いてあるんだって。派遣された松村のお兄ちゃんたち二十人も、その床で寝るんだって。夜はね、順番に寝て、隣で寝ている人の鼻が白くなってきたら擦ってやるんだよ。そうしないと、凍傷にかかるから」と諭す。

勲はまるで自分もすでに派遣されたことがあるような口調だった。

「中学に上がっても、すぐじゃないんでしょ？　だって勲ちゃん、楽しみにしてたじゃない。中学に上がったら乗馬とグライダーの練習ができるんだって」

松江は勲が今にも兵隊に取られてしまうような気がした。

しかし勲はすでに覚悟ができているかのように、「グライダーの練習なんて、もうできないよ。でも、ちゃんと入隊したら、乗馬も飛行訓練も受けられるけど」と、また松江を諭す。

遠くで友人たちが待ちくたびれていた。勲も気になるようで何度もそちらを振り返る。大人びたことを言いながらも、待ち切れぬとばかりに友人らを見やるので、「暗くなる前に帰らないとダメよ」と松江はその背中を押した。

その日、一旦家へ戻った松江は水道水がちゃんと出るのを確かめてしまうと、ちょっとした間が空いた。夕食の買い物には早過ぎた。窓の外は見ているだけで気持ちのよい冬晴れで、平房湖に生息する丹頂鶴の群れが、それは美しかったという噂を思い出したのはそのときだった。

平房湖というのは関東軍がハルビン市内の水問題を解決するために松花江の支流を堰き止めて作った人工湖であるが、楕円形をした湖は美しく、夏は水浴場としても開放されていた。

松江たちが暮らす宿舎区からでも、歩いて二十分ほどで湖の畔に着けた。もちろん冬期は結氷してしまうのだが、地形や地盤の関係なのか支流の途中に完全には凍結しない区域があり、毎年そこで越冬する丹頂鶴の群れが見られた。

松江は何度か、冬の時期にこの平房湖を訪ねたことがあった。あるとき民男の友人で軍属の貿易商の男に誘われて猟の見学に行ったのだが、散弾銃の銃口が雪の中を走るうさぎや鹿を狙う様子を見ただけで血の気が引き、早々に一人で逃げ帰った。

それでも、冬晴れの日の湖の景色は素晴らしかった。

氷の張った湖の向こうに小高い山があり、樹霜に覆われたその山肌は、まるで小さな動物が寒さに背中を震わせているようにも見えた。

そしてこの日、松江が久しぶりに出かけた平房湖の畔で見た景色は、奇跡的なほど美しいものだった。

凍った湖面は冬日を浴びて輝いている。どこまでも広がる冬の大陸に、丹頂鶴たちの鳴き声だけが響いている。大きな翼を広げた一羽が、ゆっくりと冬空に飛び立つ。その姿に、松江は思わず声を漏らした。漏らした途端、その美しさに理由もなく涙が溢れた。ただ、美しかった。世界はただ、完璧なほど美しかった。

その夜、民男が帰宅したのは、いつもと同じく七時を少し回ったころだった。

日が落ちてから降り出した雪が本降りとなり、宿舎の窓ガラスを寒風が叩いていた。先に銭湯へ行くという民男を送り出し、冷え切った軍服や巻脚絆を片付けると、松江は竈《かまど》で米を炊いた。数日まえに満人の商店で安く譲ってもらった羊肉で作った煮物も温め直す。

着替えているとき、民男の血色が良くなかった。薄暗い電灯の下だったせいもあるが、血の気が引いているように見えた。

「どうかしました？」と、松江は尋ねたのだが、民男本人はなんともないようで、「どうして？」と逆に聞き返された。

松江はなぜか動揺し、「いえ。別になんでもないんです」と早口で答えた。

民男が銭湯から戻るのを待って、食卓を整えた。

「あ〜、冷える冷える」

家に飛び込んできた風呂上がりの民男の体からは濃い湯気が立っている。

「また、帽子もかぶらないで」

凍りかけた民男の短い髪を、湯で湿らせた手ぬぐいで拭いてやりながら、松江は本気で心配する。

「風呂から出たときはこの寒さが気持ちいいもんだから、つい家まで走って来てしまうんだ」

屈託のない民男の髪は凍りかけていたが、分厚い褞袍《どてら》を脱いだ体の方はまだ火照っているらしく、首筋には汗まで浮かんでいる。

「この羊肉、周さんに安く譲っていただいたのよ」

松江が勧めるロシア風の煮込み料理を、民男は無言でガツガツと口に放り込み、頑丈そうな奥歯で噛み砕く。毎晩、松江はわが夫のこのような姿を見ると、とても安心した気持ちになる。この旺盛な食欲や頑丈な歯が、これからも自分を守ってくれると思えるのだ。

食事を終えると、「松江、あなたも風呂に入ってきたら」と、民男が少し急かすように言った。

「先にここ片付けてからじゃないと」

松江の言葉はすぐに聞き入れられ、ならば待つかとばかりに、書棚から学術書を取り出して寝転がる。民男の性欲はたまに性急なときがあった。松江は残りめしをお茶と浅漬けでかき込み、民男のために押入れから枕を出してやった。

目を閉じると、吹雪の森の中で毛布にくるまっているようだった。

獣の鳴き声は間近で、消えかけた焚き火の火種が爆ぜる。松江は目を閉じたまま、足先を民男の脹ら脛の間に押し入れた。二人で一つかけていた布団が動き、中の空気が流れ出て、ひんやりとした部屋の空気が腰の周りに忍び込む。

寝返りを打った民男が、布団からはみ出ないように松江の体を強く抱く。目のまえに民男の熱い胸があった。まだ荒い息をついている。松江は開胸手術でもするように、その胸に人差指を這わせた。くすぐったいのか、民男からさらにきつく抱きしめられ、熱い胸で指と鼻が潰れた。

外の吹雪はやむ気配がなく、ガラス窓を鳴らしている。まだ起きているのか、壁の向こうから三子の笑い声がする。松江はなぜか急に呼吸が苦しくなり、民男の腕から逃れた。

「どうしたの？」

「なんでもないんです。ただ……」

「ただ？」

「ええ。ただ……、こういう日がずっと続けばいいのにって」

布団の中で動いた生暖かい空気に男の臭いがする。

「松江さんも、水、飲むかい？」

布団を出た民男が裸のまま綿入れだけを羽織り、襖を開けて台所へ降りていく。ガニ股でつま先立ったその後ろ姿が、余計に寒々しい。

「私も一口」

松江は布団の中から頼むと、乱れた髪を手櫛で整えた。

「あー、さぶさぶさぶ」

湯のみで二杯続けて水を飲んだ民男が、同じ湯のみに水を入れて戻ってくる。

松江は体を起こし、乱れた寝間着を胸元で合わせた。歯に滲みるほど冷たい水だった。喉を落ちた瞬間、自分の体がこんなに火照っていたのかと今さら驚く。

電気は消してあったが、外の雪明かりで室内はうっすらと明るかった。身震いしながら布団に戻った民男の足が、もう冷えている。

外で吹雪に揺れる電線が、生き物のような音を立てている。ずっと獣の鳴き声に聞こえてい

したのか分からなかった。


たのは、この電線らしかった。

「今日、久しぶりに勲ちゃんとお話ししたんですよ」

そう言って、松江は思わず息を呑んだ。無意識とはいえ、なぜ今、自分が勲の話をしようとしたのか分からなかった。

「勲か、最近会ってないな」

民男がさっき自分で投げやった枕を引き戻す。

「ついこないだまで、お母さんに甘えてたのに、すっかり大人びたこと言うようになっててね」

頭の中にある光景と、口に出てくる光景がまったく違う。

「そうか。勲も来年は中学か」

「ええ」

勲の父親である宮森末雄《すえお》は、部隊内では民男の部下だが、年齢は民男の方が若く、少し付き合いにくそうではあるが、それでも隣のよしみで休日に二人で釣りに出かけることもあり、その際、勲も一緒についていく。

「私みたいな女には分かりませんけど、勲ちゃんが言うには、中学に上がったら勉強どころじゃなくて、学徒動員でどこかの部隊に派遣されるんでしょ」

さらにズレていく話を、松江はまるで他人事のように聞いている。不思議な感覚だった。

「まあ、そうなるだろうな」

「ええ、勲ちゃんももう、ちゃんと分かってるみたいで、それがまた少し何かね……」

まるで学徒動員を非難しているとも取れる発言を、てっきり民男は諭すだろうと思ったが、なぜか聞き流した。

「……あのね、勲ちゃんがね、『僕はお父さんたちのお仕事に、とても誇りを持ってるんだ』って言ってましたよ。だから僕も中学に上がったら、お父さんたちに負けないよう、お国のために頑張るんだって」

作り話だった。

勲とは一切そんな話はしていない。自分でもなぜこんな作り話が口から出るのか気味が悪いほどで、松江はふと心細くなり、寝間着の襟をさらに深く重ねた。そんな松江の心情を知ってか知らずか、民男は相変わらず何も応えない。

これまで民男と軍の話をすることはほとんどなかった。新婚当時に何度か、「部隊では機密事項を多く扱っているから、松江には何も話せないんだ。だから家でも軍の話はできない」と言われて以来、松江の方でも意識的に話を避けた。軍人の家庭とはどこもそんなものらしいことも、隣の三子や婦人会での付き合いを続けていくうちに分かった。

何も知らなくていい。

それが、ここではごく自然なことだった。

「寝ようか」

民男が松江の布団から這い出て、自分の布団へ戻っていく。

「はい」と、松江も乱れた布団を直し、まだ民男の体温の残る敷布団に体を伸ばした。

「寒かったら、こっちに足を入れなさい」

民男の言葉に松江は素直に体を寄せ、冷えたつま先を忍ばせた。揃えた松江のつま先を、民男の足が包む。骨張った大きな足で、踵は擦れると痛いほど乾燥しているが、それでも包み込まれると、体の芯があたたかくなってくる。

これでいいのだ。ふとそう思う。

外で、人声と足音がしたのは、まさにそんなときだった。一瞬、風向きを変えた吹雪の音かとも思ったが、足音は近づいてきて、思わず身が竦むほどの勢いで戸が叩かれた。

「ああ……」

松江が思わず声を漏らした次の瞬間、夜分の訪問を詫びながらも民男を呼ぶ男たちの切迫した声がする。

民男が体を起こす。布団の中から松江も手を伸ばし、枕元の行灯をつけた。行灯に照らされた民男の影が、襖に伸びている。

「市島課長、谷川であります。少しよろしいでしょうか」

まるで吹雪がとつぜん吹きやんだように、男の声がはっきりと聞こえた。

「何事だ？」

民男はすでに布団を出て、寝間着の帯を締め直し、そのまま襖を開け放つと、裸足で土間へ降りる。民男が玄関の戸を開けた途端、一瞬にして吹雪が室内に舞い込んできた。

「夜分に失礼します。平房湖で子供の死体が発見されました」

土間に押し合うように入ってきたのは三人の男たちだった。三人とも寒さに顎を震わせ、雪まみれのマントは凍ったように動かない。

「子供？　死体？」

三人の男たちを乱暴に戸内に引き入れると、民男は戸を閉めた。閉めた途端、舞っていた雪が土間に落ちて溶ける。

松江は強く襟元を摑んだ。いつの間にか、震えが止まらなくなっていた。震えながらも、体を起こして襖を閉める。襖を閉めても、男たちの声ははっきりと聞こえてくる。

「平房湖で子供の死体が見つかりました。詳しくはまだ分かっておりませんが……」

慌てる部下の声が寒さでひどく震えている。

「……日本人の男児と、ロシア人の女児であります」

別の男の声が続く。

「二人……」

そんな民男の声を最後に、長い沈黙が流れた。まるで絶句した民男が、そのまま吹雪の外へふらりと出ていったかのようだった。

「まだ確認は取れておりませんが、日本人の男児は総務部庶務課の野辺山《のべやま》課長のご長男であると思われます。現在、中学一年でありますが、午後から自宅に戻っておらず、心配した両親がずっと探していたそうであります。もう一人、一緒に死んでいた女児でありますが、こちらは三番町にありますロシア料理店の娘でありまして、おそらく野辺山課長のご長男とは同学年、知らぬ仲ではなかったと思われます」

「……二人の遺体が見つかりましたのは、平房湖の北側にありますボート小屋でありますが、小屋の管理人によれば、もちろん冬の間は誰も使いませんので、施錠してあったそうであります」

松江は布団の中でさらに身を縮めた。寒さと恐怖で震えが止まらなかった。

「……今日、夜になってたまたま小屋に工具を取りに行ったらしいのですが、すると、中に子供たちの死体があったそうで、慌てて憲兵に連絡をしたらしく」

「……ちなみに、子供たちは二人とも全裸で発見されておりまして、まだ詳細は分かっておりませんが、おそらく両者とも凍死の可能性が高いと思われます」

そこまで布団の中で話を聞いた松江は、無意識に民男の言葉を待っていた。しかしいくら待っても民男の声は聞こえてこない。本当にさっき絶句したときに、そのまま吹雪の中へ歩き出してしまったかのようだった。

不安になった松江は襖を少しだけ開けた。もちろん民男は、まだそこに立っている。

「あなた……」

思わずかけた松江の声に振り返った民男の顔からは血の気が引いていた。民男自身も松江の声にふと我に返ったようで、「出かけるぞ。準備してくれ」と命じる。

「はい」

松江はすぐに立ち上がり、自身の身繕いも後回しに、箪笥の引き出しから軍服を出そうとした。しかしその手の震えが止まらない。震え方は尋常ではなく、手から肩へ、肩から膝へと移り、立っていられず、そのましゃがみこんでしまった。

座敷に上がってきた民男が、松江の異変に気付き、「どうした？」と抱き起こそうとする。

「ごめんなさい。体が震えてしまって……」

「俺がやる。横になってなさい」

土間から男たちがじっと見ていた。気づいた民男が乱暴に襖を閉め、自ら軍服を引っ張り出して着替え始める。

松江は這うように窓辺に寄った。カーテンを開け、外を見る。激しい吹雪の中に、今日の午後に見た奇跡のように美しかった平房湖の様子が浮かんでくる。

湖畔には悲しげな丹頂鶴の鳴き声が響き、大きく翼を広げた一羽が冬空に飛び立っていく。子供たちがボート小屋の方へ歩いていくのが見えたのはそのときだった。

松江はまだ眼前の奇跡に心を奪われていた。

子供たちは結氷した湖の上を歩いていく。男の子ばかりだと思っていると、その中に白系ロシア人らしい金髪の女の子がいるのが見えた。女の子は乱暴に背中を押され、躓《つまず》きそうになると笑われている。

「遅くなるから、先に寝てなさい」

ふと声がして、松江はカーテンを閉めた。いつの間にか着替え終えていた民男が、そう告げて土間へ降りる。

松江も慌てて綿入れを羽織ると、あとを追った。裸足で踏んだ土間が痛いほど冷たい。迎えにきた男たちはすでに外で待っていた。

玄関を開けた民男が、「いいから、中にいなさい」と、松江を押し戻す。

それでも松江は外へ出た。吹雪はさらに強さを増し、電灯の下、目がくらむほど舞い乱れている。吹雪の中、身を寄せ合うようにしてマント姿の男たちが待っている。いつの間にか憲兵が一人混じっていた。民男を迎えた男たちの軍靴が、新雪を踏んでいく。

松江は民男たちの背中が見えなくなるまで、裸足のまま見送った。もう寒さも痛みも感じなかった。ザクザクと雪を踏んでいく軍靴の音は、男たちの姿が吹雪の中に見えなくなっても消えなかった。

いつまでも消えない軍靴の音に重なるようにして聞こえてきたのが、子供たちの笑い声だった。

民男たちの姿が消えた吹雪の中に、丹頂鶴の群れが冬の日を浴びる平房湖が浮かび上がってくる。また一羽の鶴が飛び立っていく。鶴はすぐそこにあるボート小屋の屋根すれすれに低く飛び、楡林の向こうへ姿を消した。

松江の視界にはボート小屋へ入っていく子供たちの姿だけが残る。まるでそこにも丹頂鶴の群れがいるようだった。ただ、こちらの鶴たちは、どこか殺伐としている。今にもその翼を広げて威嚇し、そのくちばしで争い始めそうだった。

子供たちの遊びなのだろうから放っておけという気持ちと、遊びにしては雰囲気が殺気立っているという不安がない交ぜだった。

松江には、男の子たちに連れて行かれる金髪の女の子に見覚えがあった。あれはまだ新婚当時だったか、三番町の洋裁店に入った際、棚に並んだ毛糸を楽しげに選んでいる日本人の男の子とロシア人の女の子がいた。

しばらくその様子を微笑ましく眺めながら、自身も毛糸を選んでいると、「おい、野辺山！」と、外からこの少年を呼ぶ声がした。珍しい名前でもあったので、この少年が以前に町の市場で三子から紹介された婦人が連れていたおとなしい少年だと松江は思い出した。

なんとなく気にしていると、外の男の子たちは、盛んに二人を冷やかしている。二人はせっかく決めかけていた毛糸も買わず、逃げるように店を出ていったが、あっという間に少年たちに囲まれていた。

「まっすぐ立て！」

一番体の大きな子が、半ズボンを穿いた少年の太腿を針金のようなもので打った。少年は顔を歪めて太腿を押さえたが、声は嚙み殺した。通りの向こうの郵便ポストに隠れて、金髪の少女が心配そうに見ていた。

松江は店の外に出た。

もしまだ続けるようなら、男の子たちを叱ろうと思ったのだ。しかし次の瞬間、男の子たちが一斉に笑い出した。みんなに囲まれ、痛みに歯を食いしばりながら敬礼している少年の足がひどい内股になっていた。男の子たちはさらに笑う。

松江は一瞬、状況が理解できなかった。しかし楽しげに毛糸を選んでいた少年の顔と、以前新京で見た大衆演劇の女形役者のケバケバしい白塗りの顔が重なった。

美しい湖の景色の中を、松江は小屋へ向かって歩き出した。

子供たちはすでにボート小屋に入っていた。凍った湖面は不安定で、隆起した氷塊に何度も足を滑らせた。

背後では丹頂鶴が鳴いている。松江は後ろ髪を引かれるように振り向いた。これほど美しい景色は、もう二度と見られないのではないかと思った。

ボート小屋は頑丈な造りで、屋根瓦も新しく、管理が行き届いていた。入口の扉は閉められているが、壁には船窓を模したような丸窓があった。松江は横倒しになった丸太ん棒に片足を乗せると、その丸窓から中を覗いた。

中にはボートが三艘並んでおり、子供たちがいた。その光景を見た瞬間、松江は血の気が引いた。急激に体が冷え、代わりに胃や喉がかっと熱くなり、食べたばかりのお汁粉が喉元をせり上がってきた。

松江はえずきそうになった口を思わず手で押さえた。

ロシア人の少女を囲んだ男の子たちの何人かが大人用の白衣を着ていた。どれも汚れ、中には破れているものもある。

「二人とも服を脱げ。これは実験だぞ！」

「上官の命令に従え！」

はっきりと聞こえた子供たちの声に松江の体は震えた。自分が片足を乗せているのが丸太だと今さら気づき、その感触がまるで死体を踏んでいるようだった。思わず漏らした声が聞こえたのか、少年の一人がこちらを向いた。

白衣を着た勲だった。

勲は驚いたような顔をしたが、松江から目を離さなかった。離さないどころか、大人に挑んでくるような強い視線だった。

松江は腰を抜かすように窓を離れた。

離れた瞬間、松江は凍った湖面に尻餅をついたまま、ずるずると後ずさった。

やめさせなければ、と頭では分かっているが、体がこの場を離れたがっていた。自分に気づいた勲が、きっとやめさせる。そう思い込もうとした。

松江は足を広げた無様な格好で湖面に立つと、逃げるように小屋から離れた。松江に驚いた丹頂鶴の群れが一斉に飛び立つ。その中を松江は一心不乱に横切った。

あの高い塀の向こうで民男たち部隊員が日ごろどのような研究をしているのか、松江はこれまで一切、誰からも何も聞いていない。それなのに、なぜか松江はその何もかもを知っている。この宿舎区で暮らしていれば、あの塀の向こうで一体何が行われているのか、誰も口にせずとも、風が、日の光が、乾いた大地が、それを松江たちに教えてくれる。誰からも何も聞かされていないのに、少女の松江はなぜか性の秘密を知っていた。誰もが口を閉ざしていたはずなのに、その秘密はいつの間にか、松江の中へ忍び込んでいた。

それと同じだった。

何度も氷塊に足を取られながらも、松江は湖面を急いだ。今、自分が見たボート小屋での出来事を、もしも現実と認めてしまえば、あの高い塀の向こうで民男たちがやっていることも現実になってしまうと思った。

「違う違う。嘘だ。嘘だ」

松江は必死に逃げた。ボート小屋から早く遠ざかろうとした。


事件の全貌が町中に広まったのは、翌朝のことだった。結局、前夜民男は戻らず、松江は眠れぬ一夜を過ごした。それでも朝になると、いつもの時間に起き出し、水仕事をやる。

隣の三子がやってきたのはそんなときで、「お松ちゃん、平房湖のこともう聞いた?」と、二人きりだというのに声を潜めた。

松江は小さく首を横に振った。もちろんすぐにボート小屋で目が合った勲の顔が浮かんだが、冷たい桶の水に両手を突っ込んで考えるのをやめた。

「さっきお豆腐屋さんから聞いたんだけど、町の方じゃ、大した騒ぎになってるみたいよ」

三子がどこか落ち着かぬ様子で辺りを窺う。

松江は一瞬、三子もすでに何か勲から聞いているのかと思った。しかし三子の横顔は自分とは関係のない噂話に興じているようにしか見えない。

「今、お茶淹れるわ」

松江は姉さんかぶりしていた手ぬぐいを取り、急須に茶葉を入れた。湯が沸くのを待っていると、今度は隣の棟に暮らす婦人会副会長の沢田までやってくる。

まだ朝ではあったが、平房湖でのことはすでに広く伝わっているようだった。二人の死は事件と事故の両面から捜査されているとのことだった。二人の死因はやはり凍死だったらしく、となると、なぜ二人が裸であのボート小屋にいたのかという話になる。

町の人たちの意見は真っ二つに分かれていた。

彼らは自分たちの意思で行ったと考える事故派と、何者かに連れて行かれたとする事件派だ。もし二人の意思で行ったとすれば、年齢的なことは考慮されたとしても、心中まがいの行為が考えられる。

ボート小屋には丸窓もあるのだが、子供とはいえ、人が抜け出せるほどの大きさではない。そして何より、もし外へ出られたとしても、裸のまま氷の湖を渡り、町まで戻ることは不可能である。助けを呼ぼうにも、真冬の湖を訪ねる者はいない。

犯人はそれを承知で二人を放置したのだ。

発見されたとき、二人は一艘の小さなボートの上で、なんとか暖を取ろうとしたのであろう、薄い筵を体に巻き、互いに強く抱き合うような格好で亡くなっていたという。

二人の肌は透き通るように白く、長い睫毛は凍っていたが、それでも揺り起こせばまだ目を覚ましそうだった、と第一発見者であるボート小屋の管理人は語っているらしい。

その後、憲兵による大々的な捜査が行われたにも拘らず、犯人はもちろん、犯行の経緯も曖昧なまま数週間が過ぎた。

一時期、子供相手の変態的な犯行ということで、平房湖の対岸にある集落の男が嫌疑をかけられた。この満人の若い男は知的障害があり、年老いた両親と暮らしていた。彼は事件当日の午後は、満人の知り合いが経営する牧場で馬の出産に立ち会っていたと主張したが、その知人は現在ハルビンにはおらず、証人は両親だけだという。

男の曖昧な供述と怯えた態度はさらに状況を不利にした。ただ、厳しい尋問の末、いよいよ逮捕となったところで、幸いにもその知人である満人が大連からハルビンに戻り、彼の証言を裏づけた。

犯人と思われていたこの男が釈放されると、町中に妙な雰囲気が漂った。ここまで虱潰しに捜査して、なんの手がかりもないということは、元々そこに犯人など存在しないのではないか、元々そこに犯罪など存在しないのではないかという願望のようなものが人々の口の端に上るようになったのだ。

ある者は、「やはり、彼らは幼いながらも心中を図ったのではないか」と言った。心中という言葉が幼い二人の美しい死に顔に重ねられた。

昭和二十年の初頭である。氷に閉ざされたハルビンにも戦局の悪化は伝わってきていた。今はまだ結氷した湖にできた小さな罅《ひび》だが、それがいつか巨大な氷塊さえ割ってしまうことを、ここに暮らす者は誰もが知っていた。戦局悪化のニュースが入るたびに、人々はボート小屋での事件を忘れようとした。この残忍な事件を忘れるために、人々はこぞって彼らの美しい死に顔の話をするようになっていた。

あるとき、町に暮らす洋画家が二人の死に顔を描いた。冷たいラピスラズリの色が際立つその油絵の中で、二人は氷に埋まっている。氷の中に横たわった二人の手は強く結ばれ、その死に顔は天使のように美しく、今にも目を開けて微笑みそうに見える。

絵は立派に額装され、集会所の壁に飾られた。

そんなある日、松江が台所で洗いものをしていると、窓の外に勲が立っていた。冬の間ずっと閉め切っていた窓を初めて開け放ったような日だった。窓越しに目が合うと、勲が小さく会釈する。

事件以来、松江はなるべく、勲と顔を合わせないようにしていた。会釈をした勲が、そのまま出かけて行こうとする。松江はほとんど反射的に外へ出て、「勲ちゃん！」と呼び止めた。

松江は、この春から中学に上がった勲の制服を見つめた。しばらく松江の視線にこそばゆそうにしていた勲が、ふと思い切ったように駆け戻ってくる。

「僕、来週から学徒動員で勤労奉仕に行きます」

松江は頭に巻いていた手ぬぐいを取った。

勲の鼻の下にうっすらと髭が生えていた。

「……行き先も決まったんです。秘密なんですが、おばさんには教えます。軍需工場じゃなくて、前におばさんにも話したことがあるソ連との国境に近い牡丹江の部隊に決まりました。一度行くと、しばらくは帰ってこられません」

髭は生え始めているが、その声はまだ子供のままだった。

「……留守中、母や妹たちをよろしくお願いします」

勲が深々と頭を下げる。

「勲ちゃん……」

松江は重い口を開いた。目のまえの子にどんな言葉をかければいいのか分からなかった。しかし、勲はじっと松江の言葉を待っている。

私はあなたが何をしたのかを知っている。そしてあなたは私がそれを知っていることを知っている。

松江はめまいがしそうで、思わず目を閉じた。閉じた途端、なぜかあの日に見た湖の景色がはっきりと蘇ってくる。

凍った湖面は穏やかな冬日を浴びて輝いていた。どこまでも広がる氷の大地に、丹頂鶴の鳴き声だけが響いていた。大きな翼を広げた一羽が、ゆっくりと冬空に飛び立っていく。

ただ、美しかった。世界はただ、美しかった。

「……勲さん、しっかりと……、お国のためにしっかりと、お務めしてきて下さいね」

唇を噛む松江に、勲は立派な敬礼で応えた。

下着をつけずに車を運転している。

ただそれだけのことが、どうしようもなく、心を淫らにさせる。

いつもと変わらぬ風景の駅前通りを走りながら性的なことを考えている。

ただそれだけのことが、どうしようもなく、心を惨めにさせる。


昼下がりの駅前には、バスを待つ長い行列ができている。買い物帰りの主婦のレジ袋にはネギが挿さり、双子の女の子たちが互いの小さな手のひらの大きさを比べている。

自分だけがこの世界から排除されているような気持ちになる。こんなに清潔な風景に、自分などが入れるわけがないと思う。

それは自分だけが下着をつけていないからで、それは自分だけが恥ずかしいことを考えているからだ。

背後でクラクションが鳴らされ、佳代は肩を震わせた。あまりにも慌ててしまい、すぐに体が動かない。またクラクションが鳴る。

佳代は指が痛むほどハンドルを握りしめ、やっとブレーキから足を離した。

北湖にある別荘に向かう四十分ほどのドライブだけで、佳代はいつもくたくたになる。

今日は圭介に何を要求されるのだろうかという恐怖と、自分にはそれに応えられるだけの勇気があるだろうかという心配で、どんなに車内の暖房を強くしても、体の震えが止まらない。

一緒にいるあいだ、圭介は自分の気持ちを一切口にしてくれない。

口にするのは、何かをやれ、という命令だけだ。

圭介が自分の気持ちを口にしてくれない代わりに、佳代自身がその気持ちを想像しなければならない。

この人は今、きっとこう思っている。きっとこう感じている。

だから自分はそれに応えなければならない。そう自分自身を追い込んでいく。

唯一、圭介がはっきりと要求するのは、ずっと俺の目を見ていろ、ということだ。

どんなに恥ずかしいことをさせられていても、どんなに顔を伏せたくても、どんなに今の自分のことを忘れたくても、絶対に目を外すな、と圭介は言う。

歯を食い縛るようにして見続ける。そのうち、恥ずかしさに涙が出てくる。悔しさに嗚咽が漏れる。

泣いているのは自分ではない。嗚咽しているのは知らない誰かだ。

そう思うことで、やっと自尊心を保てる。そう思うことで、やっと正気を保てる。

急に前の車が速度を落とした。佳代も慌ててブレーキを踏んだ。

湖沿いの県道を北湖の別荘に向かう途中、佳代はこうやって赤信号に捉まるたびに、深入りしていく妄想から、ふと現実へと引き戻される。

山肌が湖面に映り込み、低い空には鈍色の雲が広がっている。

見つめていると、目の前に広がる世界に今にも罅が入り、ガラスのように粉々になってしまいそうだった。

○

圭介はスピードを落とすと、湖岸沿いの小道を進んだ。

カーブの手前で、横浜ナンバーの車が立ち往生している。見れば、車外に出た父親と母親がタイヤを覗き込み、後部座席の窓からは心配そうに女の子が顔を出していた。

圭介は徐行すると、車を横付けした。

「大丈夫ですか？」

窓を開けて声をかければ、少し青ざめた若い父親が、「パンクしたみたいで」と縋るように近寄ってくる。

母親の方は、ＪＡＦかどこかに連絡を入れているようで、詳細な現在地を知らせている。

「スペアタイヤも積んでなくて……」

青ざめた父親に後部座席の女の子は今にも泣きそうになっている。

「スペアあれば、交換手伝えるんやけど」

と圭介は声をかけたが、「はあ……」と、父親はすでに心ここにあらずで、妻の電話の成り行きを気にしている。

「場所、分かりそうですか？　もしあれやったら、僕が代わりますけど」

圭介が助け舟を出すと、「ありがとうございます。今、現在地をメールで送ったので大丈夫みたいです」と、やはり青ざめた妻が応える。

「お嬢ちゃん、すぐに誰か来てくれるから大丈夫やで」と、圭介は女の子に声をかけたが、女の子は表情を変えない。

二十分ほどでＪＡＦが到着するらしかった。

圭介は、「ほんなら」と告げ、またゆっくりと車を走らせた。

この辺りは冬になると、深い雪に覆われる。その時期、夏用タイヤのまま来てしまった観光客の車が、今のようによく立ち往生する。

豪雪地帯といえば北陸と思われがちだが、実は積雪量の最高記録は、ここ滋賀県の伊吹山が持っている。

一九二七年にあった十一メートル八十二センチという積雪記録はギネスにも登録されている、と圭介が知ったのは、たしか中学校の地理の授業でだったはずだ。

琵琶湖の北湖地区に雪が多いのは、この地域が日本海側から太平洋側にかけての風の通り道になっているからで、関ヶ原で東海道新幹線が雪のためによく止まるのもそのせいらしい。

圭介はカーオーディオのボリュームを上げた。

つい先日、スマホに適当にダウンロードした洋楽だったが、少しかすれた声で喘ぐように歌う女の声は圭介の今の気持ちに合った。

湖沿いの道から、緩やかな斜面の側道へ入る。

白樺の並木を抜けた辺りから、ちらほらと別荘が目につく。どの別荘も湖を見下ろすように建てられた小振りなサマーハウスで、この時期、別荘地に人の気配は少ない。

圭介が向かっているのは、妻の華子の実家が所有する別荘で、学生の頃には学校の友人たちを誘って夏を過ごすのが恒例になっていたりしたが、五年ほどまえに台風で屋根瓦が飛ばされてからは老朽化もひどく、圭介夫婦はもちろん、実家の義父母たちも寄り付かなくなり、現在では打ち捨てられたようになっている。

タイヤが柔らかい落ち葉を踏む。

一軒だけ、煙突から煙が出ている。圭介はその前で車を停めた。

まだ日はあったが、鬱蒼とした森の中は薄暗かった。

圭介は別荘に向けた車のライトを何度か点滅させた。

中には、佳代がいるはずだった。

到着時間は知らせてあった。全裸で待っていろ、と言ってある。

佳代は言われた通りに全裸となり、圭介の到着を待っているだろう。圭介は土足のまま家へ上がる。靴底に付いた泥が廊下を汚す。

佳代は圭介の汚れた足跡を拭いて回る。突き出された佳代の尻を、圭介は暖炉の前に置かれた柔らかいソファから眺める。

暖炉の熱で部屋は暑いが、埃っぽい床は冷たい。佳代の尻は恥ずかしさで紅潮していく。

「嫌やったら、帰ってええで」

圭介の言葉にも、佳代は床を拭く手を休めない。

圭介はわざと靴底を床に擦りつけると、「ここも汚れてるで」と床を蹴る。

佳代は黙ってやってくる。顔も上げず、まっすぐに汚れた床を見つめて這ってくる。

汚れた床を拭く佳代に、圭介は視線を戻す。

「言えよ」とその肩を小突く。

「……こうやって俺の前に這いつくばってるときには何を言うんやった？　覚えてるやろ？」

佳代が小さく頷く。

「ほんなら言えや」

お前が誇りに思ってること。自信のあること。そして大事にしていることを、その姿で言えと圭介は強要する。

惨めな姿で汚れた床を拭かされながら、自分が一番自慢に思っていることを口にさせる。

佳代はまた小さく頷き、屈したようにかすれた声で話し出す。

小学校の運動会に参加してくれた父親が誰よりも早くゴールテープを切ったこと。高校の頃、二人の同級生に告白されたこと。担当していた入居者の老人から「人生の最後にあなたがそばにいてくれてよかった」と、涙ながらに礼を言われたことを、震える声で、歯を食い縛るようにして佳代は話す。

その白い背中では、背骨が生々しく波打っている。
薄い肌に浮き出た背骨は、まるで早朝の湖面に立つ波のように見える。

ついさっきまでぶっ通しで十六時間、圭介は防犯カメラの録画映像を見続けていた。眼球を握り潰されるような頭痛で、頭を支えていないと体勢が保てなかった。

伊佐美からまるで拷問のように再々度確認させられているこの映像は、事件当日の「もみじ園」敷地内の様子が録画されたもので、療養病床の外来受付や薬局まえ、廊下や駐車場など十三ヶ所に取り付けられたカメラの映像からなっていた。

病院や養護施設という場所は、患者や入居者のプライバシー保護の観点から、実は防犯カメラの設置率が高くない。実際にもみじ園でもホールや主要な廊下には設置されているが、市島民男が亡くなった個室内はもちろん、個室前の廊下にも防犯カメラはなく、唯一この辺りを確認できるのが、受付まえに設置された一台で、個室までは十五メートルほどの距離があった。

いくら見返したところで、映像の内容は変わらなかった。事件発生当時も何度となく見たし、その後も捜査が行き詰まれば見てきた。この録画映像から得られる情報はないという結論が、もう何度も出されているにもかかわらず、伊佐美はそれでも見続けろと言うのだ。

捜査に対する信念や警官の根性論ならば、まだ圭介も受け入れる。ただ、伊佐美の濁った目から伝わってくるのは、いつもの陰湿な感情でしかなかった。

昨日、県警で会議があった。いよいよ来週に迫った警察庁長官視察に関する会議で、県警本部の各部からはもちろん、県内各所の警察署からも署長以下幹部が招集され、今回の視察の目的である「もみじ園事件」を担当する西湖署からは署長や幹部だけではなく、圭介や伊佐美までが呼ばれ、大会議室の後ろに直立不動で立たされ続けるという辱めを受けた。

　所轄内の不祥事で警察庁長官が視察にくる。

　この事実が何を意味するのか。会議に出席していた県警幹部たちの青ざめた顔がそれを如実に表していた。

　もう何度も見た防犯カメラの映像を、圭介はまた巻き戻して再生した。粗い録画映像の中、ファイルを抱えた佳代が廊下を歩いてくる。これももう何度となく見た映像だが、圭介は一時停止すると、無表情のまま動きを止めている佳代を眺める。顔をアップにすると、かろうじて目鼻口が判別できるほど、画面一杯に佳代の顔が広がる。

　ふと、背中に視線を感じて、慌てて画像を戻そうとしたが間に合わなかった。

「遊んでんちゃうん?」

　背後で声がする。伊佐美がまたこっそりとドアを開けていたらしい。

「いえ」

　通常の倍率に戻した。

「ほんまにあの弁護士たちが、介護士の松本を担ぎ上げて訴訟なんか起こしたら、俺らのクビなんてすぐ飛ぶで」と、背後に立った伊佐美が吐き捨てる。

「……お前んとこは、嫁が歯医者の娘かなんかで、減給されても処分されても、困らへんのやろ？　でもな、俺は困んねん！　明日からの生活にもう困んねん！」

伊佐美が部屋を出ていく。廊下に響くサンダルの音が、いつまでも圭介の耳から離れない。

「お前、嫁と週に何回くらいエッチすんの？」

伊佐美というのは、こんな質問を平気でしてくるような男だった。照れて答えをはぐらかせば、「何、気取ってんねん。人気俳優かなんかのつもりか」と嫌味を言い、逆に素直に答えれば、「キモッ、お前の性生活なんてどうでもええわ」と、やはり機嫌を悪くした。

その癖、初体験はいつだったのかとか、これまでに何人の女とやったか、署内にもやった女はいるのか、交通課のあの女とやったっていうのは本当かと、そんな質問ばかりをされる。

圭介は真面目に答えたり、はぐらかしたりした。するとその都度、伊佐美は、「お前、いっこも、おもろないねん」と機嫌を悪くした。

ここ数日、華子は詩を連れてまた実家へ戻っていた。

ある日、帰宅したことをＬＩＮＥで知らせた。すぐに折り返しの電話はかかってきたが、たかが車で十五分とかからぬ自宅へ働きづめの夫のために戻ってくる気持ちはないらしく、「ごめん。食べるもん、そっちになんも用意してないんやけど、どうしよ。こっちに食べに来たら？」と、悪びれずに誘う。

圭介は冷蔵庫を開けた。

「ほんま、なんもないな」

「え？」

「いや」

さすがにこれからまた出かけるのも億劫だった。

華子が詩と退院してきたばかりのころは、孫の世話にかこつけて、義母がこちらの家に来ることが多く、圭介が捜査で全く帰宅できなかった一時期など、ほとんど毎日のように泊まり込んでいた。

ある日、明け方に帰宅した圭介は電気もつけずにダイニングで冷えた弁当を食べていた。すぐそこの居間に敷いた布団で、義母が鼾《いびき》をかいている。もう見慣れた光景のはずだったし、娘の世話に来てくれる義母に不満があったわけでもなかった。ただ、冷えた唐揚げを口にしながら、ふと全身の毛が逆立つような憎しみを感じた。自分でも何に対する憎しみなのか分からなかった。孫の相手に疲れて眠る老義母に憎しみなど湧くはずもない。圭介は居間へ向かうと、だらしなく鼾をかく義母の顔を確かめるようにじっと見下ろした。

あんたのせいやない。

そうは思うが、ではなんで自分がこんなにも苛立っているのか、他に理由も見つからない。

圭介はダイニングに戻り、自分でもどうにもならない衝動のまま、用もないのに開けた冷蔵庫のドアを叩きつけるように閉めた。その音に義母は飛び起きた。寝ぼけた義母に、「すいません」と謝ると、「ああ、圭介さん、今？　ご苦労さま」と、義母は寝返りを打ち、また寝入った。

冷蔵庫から焼きそばの麵を出し、キャベツを刻み始めたところで、圭介は手を止めた。今になって、そう食欲もないことに気づく。刻みかけのキャベツも、包丁も俎板もそのままにして、居間のソファに寝転がった。

○

メモリアルホールは京阪国道沿いにぽつんとあった。葬儀場なので派手な看板があるわけもないが、もしも手前のコンビニに気を取られていたら、そのまま素通りしてしまいそうな建物だった。

外観の寂しさは中へ入っても同じで、受付には誰もおらず、エントランスホールでは生花の納品業者が作業している。幸い、案内板に「池田家　2階紫蘭の間」とあるが、他の会場には黒い札は裏返しにかけられている。

池田は黒ネクタイを結びながら螺旋階段を駆け上がった。上がったところが紫蘭の間で、まだガランとした会場内に従兄が立っていた。

「おう、ごめんな。忙しいのに」

「すいません。昨日の通夜に来られなくて」

「ええねん、ええねん。長いこと入院しとったからな。その分、いろいろ話せたんかもしれへんわ。この年になって、おかんと一時間も二時間も面と向かって話すなんて普通はなかなかでけへんやろ」

従兄が自分を慰めるように言う。

「……せや、顔見たってや」

長年、糖尿病に苦しめられた伯母だったので覚悟はしていたのだが、死化粧を施されたその顔は、まだ幼いころからよく可愛がってくれた優しい伯母の顔のままだった。

「結局、お見舞いにも行けなくて」

池田は伯母の頬に触れた。

横に立った従兄が、「息子の俺がたまにしか行ってへんねんもん」と苦笑する。

「……叔父ちゃんら、奥におるで」

従兄に背中を押されて奥の控え室へ向かおうとすると、スマホが鳴った。渡辺デスクからで、「もしもし」と応えながらまた階段を降りる池田の背中に、「相変わらず忙しそうやな」と従兄の声がする。

本来は今日の午後、渡辺デスクに取材の進捗状況を報告に行く予定だったのだが、急遽伯母の葬儀のために大阪へ来ていた。

一階ホールから外へ出た池田は、「すいません、報告に行けず」とまず謝り、この一週間ほど全力で政界や医療関係者など各所から当たっているのだが、宮森勲、渋井会病院、そして西木田一郎と、旧日本軍七三一部隊を結びつける証拠が見つけられていないことを報告した。

「西木田の政敵だった角田派のほうからもダメだったか?」

渡辺に訊かれ、「ダメでした」と池田は答えた。この角田派と繋がりの深い評論家を紹介してくれたのが渡辺だった。

「……いろいろと調べているうちに分かってきたんですが、宮森たちと七三一部隊との関係は二段階で完全に消されたようなんですよ」

京阪国道を大型トラックが連なって走り抜ける。池田は片方の耳を押さえて、声を上げた。

「……一度目は、終戦直後、七三一部隊の研究結果を欲しがった米軍との交渉で、情報を横流しする代わりに元部隊員は戦犯とならず無罪放免。その際、過去の記録や個人情報の多くも廃棄されてます。それが第一段階だとすれば、宮森勲と製薬会社が起こした薬害事件のときがその第二段階で、このとき過去の記録や個人情報が炙り出されようとしたんですが、ここで徹底的に消し去られてるんです。本当に驚くほどきれいさっぱり。宮森勲に至っては出生地が旧満州でもなくなってるんですよ。ほとんど国家機密ですよ」

池田が興奮気味に説明を終えると、渡辺は少し落胆したような声で、「こっちには今日戻るのか?」と訊いてきた。

「いえ、明日、ちょっと滋賀の市島民男の家に寄ってから戻ります」と池田は答えた。

「市島民男? ああ、もみじ園の? そっちでなんか動きがあったのか?」

「被害者の奥さんから何か話があるって連絡を受けたんです」

池田はそう伝えた。

雪見障子の窓から中庭へ目を向けていた池田は茶をすすった。

「どうぞ」

同じように中庭を眺めていた松江が、ふいに菓子箱のふたを開ける。

「いただきます」

池田は遠慮なく小袋に入った甘納豆を手に取った。

自分から呼び出したくせに、松江はただのんびりと庭を眺めている。

普段なら池田も気持ちが急くのだが、なぜか松江が相手だと池田もまたのんびりと庭を眺めてしまう。

「実は、伯母の葬儀の帰りなんです」

ふとそんな言葉が口からこぼれる。

「……可愛がってくれた伯母なので、もう会えないのかと思うと寂しいですけど、なんて言えばいいのか、伯母が行ったところと自分の生きているここがまったく離れたところにないっていうか、実は同じ場所なんじゃないかって。なんか、そんなことを考えながらお経を聞いてました」

なぜこんな話を取材相手の老女にしているのか、池田にも分からない。松江はただじっと話を聞いてくれる。

その松江がふと立ち上がったのは、それからしばらくしたときだった。

黙って見ていると、そのまま部屋を出ていってしまう。どれくらい待たされただろうか、少し心配になって池田が様子を見に行こうかとしたとき、大きな風呂敷包みを抱えた松江がふいに戻った。平たい形状で、額装された絵でも入っているようだった。

危なっかしかったので、池田がすぐに受け取った。

「ちょっと開けてくれへん。池田さんにちょっと見せたくなってな」

「なんですか?」

池田は風呂敷を解いた。やはり額入りの絵のようだが、さらに頑丈に包装してあり、松江に確かめると、気泡緩衝材も破ってしまっていいという。ビニールテープを剝がし、多少乱暴に破っていくと、出てきたのはやはり額入りの油絵だった。

「油絵ですね」

床に置いたまま、池田は覗き込んだ。

男の子と女の子が氷の中で並んで寝ているのだが、とても冷たい印象を与える絵で、油絵の具ではなく、色のついた氷で描かれているようだった。

「満州から唯一持ってきたんが、これやわ」

松江自身も久しぶりに見るらしい。皺の多い指で愛おしそうに描かれた子供たちの顔に触れる。

「男の子と女の子ですよね?」

池田の質問に、松江は黙って頷く。

「……氷の中で眠ってるところですかね? 僕、まったく絵心がないもんだから」

氷の中に横たわった二人は、強く手を握り合っている。

「終戦の年の冬やったわ。私らが暮らしてたところの近くに、平房湖って湖があってな。ハルビンの湖やから、もちろん冬は凍ってしまうんやけど、冬でも晴れた日なんかに行くと、対岸の山は雪景色で、そりゃきれいな場所やったわ」

松江が語る旧満州の湖が、池田には琵琶湖の冬の景色と重なった。

「……冬には渡り鳥が渡ってくるんやけど、中でも丹頂鶴の美しさいうたらなかったなあ。凍った湖に冬の日が当たるやろ、そしたら白い湯気が立ってな。大きな羽広げた丹頂鶴が満州の大きな空から降りてきて、しーんと静まった湖に高い鳴き声が響いてな。なんやろ、ああ、これが世界なんやなって思ったわ。世界はこんなに美しいんかって思ったら、なんか涙が止まらんようになってな……。そしたら、子供たちが来てなあ。湖にあったボート小屋に、みんなで入っていくねん」

池田はまるでその氷の湖に引き込まれるように松江の話を聞いていた。

「……私な、池田さんに一つだけ、はっきりとお答えできることがあるわ」

松江はまた絵の子供たちを見つめている。

「……あの日以来、私は一度も美しいもんを見てないわ。あの日の丹頂鶴の群れが最後。あれ以来一度も……、この長い人生で、たったの一度も、何かを美しいと感じることはなかった。それが私の一生や」

松江がまた絵の中の子供たちに手を伸ばす。こうやって何度も触れていれば、いつかこの子たちが目を覚ますのではないかと思っているかのようだった。

その後、松江は長い人生で一番美しかった日に自分が何を見たのかを話してくれた。ボート小屋に連れ込まれた男の子と女の子、そして白衣を着た少年たち。そこから逃げてしまった自分のことを。

そんな話をなぜ池田にするのか、自分でも分からないと松江は言った。池田自身、なぜそんな話を聞かされているのか分からなかった。ただ、分からないながらも、松江の話は池田の心を満たした。

渡辺デスクからの着信に気づいたのは池田が松江の家をあとにしたときだった。マナーモードにしていたわけでもないのになぜか鳴らなかった。レンタカーに向かいながら連絡を入れると、「今、どこだ?」と少し興奮した渡辺の声がする。

「まだ滋賀ですが」と池田が答えた。

「もみじ園の近くの施設で、また似たような事件が起こったぞ」

「え?」

池田は車のドアを開けようとしていた手を止めた。

「もみじ園と同じ地区の老人介護施設で、また同じ手口の事件だよ」

「同じ手口って、ってことは、医療器具の故障じゃなくて」

「犯人がいるんだろうな」

渡辺の声が少し遠かった。

「いつですか？」と、池田は尋ねた。

「事件発生は今日の早朝らしい」

渡辺はすでに警察発表資料をメールで送ってくれているという。電話を切ると、池田は車に乗り込み、渡辺からのメールを確かめた。

事件が発生したのは、もみじ園から三キロほど離れた「徳竹会《とくたけ》」という施設で、やはり人工呼吸器をつけていた九十二歳の女性が急死。

施設側の調べによると、もみじ園の事件と同様、人工呼吸器が故意に止められている可能性があり、施設関係者から西湖署へ通報。事件現場の「徳竹会」ももみじ園と同じ介護療養型医療施設で、総合病院レベルの設備が整っている。

とすれば、おそらく寝たきりだった被害者は完全介護態勢であり、その中で人工呼吸器が止められたのだから、疑われるのは施設関係者となる。本来なら内部調査に時間をかけるはずの案件だが、施設側から警察への通報が驚くほど早かったのは、もみじ園の事件があったからだろう。

ちなみに徳竹会での新たな被害者と、市島民男とのあいだに今のところ関連はない。徳竹会で亡くなった九十二歳の女性は、名を溝口清子《みぞぐちせいこ》といい、七年ほど前から同施設に入居、当初は自立生活を送っていたが、半年ほど前に体調を崩して寝たきりとなり、週に一度、小学校の元教諭だという息子夫妻とその孫が見舞いに訪れていた。すでに亡くなっている清子の夫も元は高校の国語教師だったという。

資料を読んだ池田は、まずは現場を見ようと、徳竹会へ向かった。

湖沿いの道を走っていくと、高台に建つもみじ園が見え、さらに少し走ると西湖署の前を通った。これだけ近い場所で手口が同じであれば、まず同一犯を疑うところだ。

徳竹会には厳重な規制線が張られ、一歩も近づけそうになかった。

第5章　美しい湖

　メモ帳の方眼紙の罫線が波打っているように見える。一マスに二文字から三文字も入った細かい自分の字が、波打つ罫線に溺れそうな人間の頭に見える。

　しばらく見つめていた圭介は慌ててメモ帳の文字を指で押し潰そうとした。罫線の揺れが収まり、溺れそうだった文字たちが動かなくなる。圭介は一度目頭を強く押さえ、また続きの文章を書き出した。

　途端、ドアがノックされ、男性介護士が顔を出す。

「あの……」

　茶髪の若者で、オレンジ色の制服がさらに軽薄な印象を与える。

「……班長からここに行くように言われたんですけど」

　部屋に入ってこようとした介護士に、「ああ、ちょっと待ってもらえます？」と圭介は不機嫌に伝えた。

「あ？」

介護士が不服そうな顔で、乱暴にドアを閉める。

ドアの向こうから、「そっちが呼んだんやろが」と舌打ちが聞こえる。

圭介はペンを投げ置くと、立ち上がって窓辺に寄った。ここ徳竹会の三階の窓からは広々とした田んぼが見え、遠くを走る高速道路の向こうには雄大な山があり、空に浮かんだ雲の影が田んぼの上を動いていく。

背後でまたドアがノックされ、圭介は振り向いた。開いたドアから顔を覗かせたのは介護班班長の栗原《くりはら》という女性で、圭介の形相に一瞬戸惑いながらも、「申し訳ないんですけど、もしまだお時間かかるようやったら、谷口《たにぐち》くんの番、後回しにしてもらってもいいですかね？」と尋ねてくる。

圭介が黙ったままでいると、さらに戸惑いながらも、「こういうときですから、私たちもできるだけ協力はするつもりですけど、ルーティンの仕事をやりながらやから……」と、少し不機嫌そうに話す。

「すぐ始めますから」と、圭介は応えた。

「そうですかぁ。それならいいですけど、こっちも仕事中……」

「こっちもですよ！　こっちもこれが……、犯人捜しが仕事ですから」

圭介は栗原の言葉を遮るように言い返した。

「犯人捜しって、それやとまるで私たちが疑われてるみたいやないですか」

「すいません」

栗原はさらに何か言いたそうだったが、圭介は視線を逸らした。

呆れ果てたような栗原の背後から谷口というらしいさっきの介護士がのっそりと入ってくる。

普段は職員と入居者家族との面会時に使われている部屋らしかった。

「西湖署の濱中です。お忙しいところ、ご苦労様です」

圭介は午前中からもう何度となく繰り返してきた挨拶をした。

「……お名前からお願いできますか？」

「谷口。谷口一茂《かずしげ》」

「皆さんにお聞きしてるんですけどね、昨晩のお仕事の流れを一通り聞かせてもらえます？」

「流れって？」

「何時ごろ出勤して、何時ごろから誰とどんな仕事して、何時ごろ休憩とって、そういうの流れって言わへん？」

高圧的な圭介の態度に、谷口はさらに口が重くなる。

ここ徳竹会の入居者である九十代の女性が、もみじ園の事件と同じように人工呼吸器を止められて亡くなったという知らせを、圭介は早朝、自宅で受けた。

急いで向かった署内は異常な雰囲気だった。

捜査本部内では激しい口論が始まっている。部長の竹脇などは文字どおり頭を抱え込んでいた。

圭介はしばらく口論の行方を見守った。刑事たちの口論は微妙なバランスを保っている。誰かが少しでも意見を変えれば、その流れは松本郁子が無実であるという弱気の方へと向かいそうだった。

圭介は少し捜査本部から離れると、窓際で深呼吸した。あれは松本郁子への尋問が時間的にも精神的にももっとも苛烈を極めていたころで、圭介は偶然に立ち寄った大型スーパーで彼女を見かけた。

松本の様子は明らかに憔悴していた。まるで鉛の球でも持つように、グレープフルーツをカゴに入れようとする。

思わず圭介はその場から逃げ出そうとした。だが、ふいに足が止まった。目のまえに彼女の夫が立っていた。

取り調べの際にはいつも、彼が妻の送り迎えをしていた。最初のころは自分の妻を守ろうと虚勢を張っていたが、結局はいつも圭介や伊佐美に追い払われるように帰宅させられた。

「うちのが何したって言うねん」

目のまえに立つ夫にふいに肩を摑まれ、圭介は逃げ場を失った。

「……なあ、刑事さん、うちのが何したって言うねん。何にもしてないのに、あんたら寄ってたかって、うちのに何したんや？　なあ、何されたら、一人の人間があんな風になんねん？」

声は抑えていたが、その震えが夫の手から伝わってきた。

圭介は思わず振り返った。果物を積み上げた棚の前で松本がじっとこちらに目を向けている。

そして圭介と目が合った瞬間、グレープフルーツを投げ捨て逃げていく。

圭介は思わず息を呑んだ。慌てて追いかけていく夫の背中を、自分がどのように感じればいいのかさえ分からなかった。


谷口一茂という徳竹会の若い介護士は、取り調べのあいだ終始生意気な態度をとった。まるで職員室に呼ばれた中学生のようで、圭介が何を尋ねても、爪をいじりながら、「別に。いつもと一緒ですけど」としか答えない。

夜勤だった谷口は、昨夜二十時前に出勤し、班長の栗原と共に仕事をしている。先に栗原から話を聞いているのを知っているらしく、「知ってるんやったら、もうええやろ」と何度も圭介の話の腰を折る。

「ほんなら、昨日は特に体調の悪い入居者もおらんくて、勤務も通常通りやったんやね？」

「だから、そうやって！」

「栗原さんとはずっと一緒やったんですね？」

「便所までは一緒ちゃうよ」

谷口が鼻で笑う。

今は介護士として真面目に働いているようだが、こうやって警察を目の敵にし、調べにも動じないところを見れば、十代のころはある程度の悪さをしていたに違いなかった。

「昨夜から今朝にかけて、面会に来た人で……」

「そやから、不審なヤツなんておらへんって！」

ずっと貧乏ゆすりをしていた谷口が、ついに怒鳴り声を上げた。しかし圭介はまるでその声が聞こえなかったように、「昨夜から今朝にかけて、面会に来た人で、初めての人、または不審な人はいませんでしたか？」と、きっちり同じ質問を繰り返した。

谷口が舌打ちして立ち上がろうとする。

圭介は先に立ち上がって、その肩を強く押さえつけた。

「座ってください」

「もうええやろ！」

「座れよ」

圭介は耳元で囁く。

「……真面目に答えへんと、お前が犯人になるで」

そう呟いた瞬間、血の気が引いた。脅しのつもりが、自分が本気で言ったことに気づく。

「はあ？」

谷口は呆れ果てた顔をしている。

「またお話をお聞きするかもしれません。そのときは改めてご協力ください」

出て行けとも残れとも言わなかったが、谷口は挨拶もなくドアを乱暴に閉めて出ていった。

入れ替わるように伊佐美が現れた。廊下を歩いていく谷口を見遣りながら、「なんや？　どうした？」と尋ねてくるので、「いえ、別に」と圭介は答えた。

「今度の犯人はあいつにするか？」

伊佐美が鼻で笑う。

窓辺に寄った伊佐美が眼下を覗き込み、「ん？」と声を漏らす。何事かと圭介が背後に立とうとすると、その肩を押して伊佐美が部屋を出ていく。

圭介は伊佐美を追わず、窓の外を見下ろした。

フェンスを乗り越えて田んぼの方へ出て行こうとする若い男の姿があった。規制線が張られているはずだが、どこかから敷地内に忍び込んでいたらしい。

圭介は窓を開け、身を乗り出した。

建物から伊佐美が飛び出してきたのはそのときだった。

フェンス越しに男を呼び止める声が響いた。すると男も素直に立ち止まる。

振り向いた男に見覚えはなかったが、どこかの記者のようだった。そんな雰囲気があった。

男を追って伊佐美がフェンスを乗り越えて行く。圭介はただその様子を眺めていた。

○

「おい！　ちょっと待て！」

田んぼのあぜ道を歩いていると、背後で声が立った。

振り返ると、たった今、池田が乗り越えた病院のフェンスの向こうに中年の男が立っている。

風貌からして刑事らしかった。一瞬走って逃げようかと思ったが、逃げ果《おお》せるとも思えず素直に立ち止まった。

刑事らしき男がのんびりとフェンスを越えてくる。視線を上げると、三階の窓にもやはり刑事らしき男の姿がある。こちらはまだ若い。

「ここになんか用でしたか？」

近づいてきた男に問われ、池田は曖昧な表情を見せた。男はやはり刑事らしく、鋭い眼光で睨んでくる。

「記者ですよ。東京から」

池田は素直に告げた。男のほうでもある程度の予想はしていたらしく、「立ち入り禁止になってたはずやけどね。どちらの記者さん？」と表情も変えない。

池田は名刺を出した。

刑事が表情を変えたのはそのときだった。名刺に書かれた出版社名と池田の名前をゆっくりと読み上げる。

「……あんたが池田さん？」

刑事に舐めるように見つめられ、「あの、失礼ですけど、まえにどこかで？」と相手の素性を尋ねた。

「西湖署の伊佐美」と男が答える。

この伊佐美という刑事は池田のことを知っているようだが、池田にはまったく記憶がない。

しばらく思い出そうとしていると、「もうちょっとベテランの記者さんやと思ってたわ」と伊佐美が言う。

「すいません。失礼ですけど、以前どこかで?」と池田は改めて訊いた。

「いや」と伊佐美が首を横に振る。

次の瞬間、池田の脳裏をふと過《よぎ》る言葉があった。薬害事件当時の西湖署内部の様子を教えてくれた西湖署OBの河井の言葉だった。

「当時は俺も血の気が多かったからな。担当の部署は違うたけど、当時の署内の様子はよう覚えてる。いや、忘れられへんねんな。……あの薬害事件を担当しとった刑事ら、立件できんことが決まったとき、大声で泣いとったわ。よっぽど悔しかったんやろ。大の男たちが人目も憚らずに声上げて泣いとったんやからな」

なぜか声を上げて泣いたという大の男の姿が、目のまえの伊佐美という刑事と重なった。流れた月日を考えれば、きっと当時、彼は血気盛んな新米刑事だったはずだった。

とすれば、極秘に保管されていたという当時の捜査資料を河井に預けたのが、この伊佐美である可能性も出てくる。

OBの河井が組織のトラウマと呼んだ現在の西湖署の体質を、この伊佐美は変えたいと思っている。現在の西湖署に絶望している。

「西湖署のOBの河井さんをご存知ですか?」と池田はかまをかけた。

一瞬、伊佐美が視線を泳がせる。

「河井さん、さあ?　今、いくつくらいの人?」

伊佐美の白々しさは、逆に自分がタレコミの本人だと告げたがっているように見える。

「……不正がしたくて警察に入って来る者なんて一人もおらへん。その逆やで。不正だけは許せんと思ってる正義感の強い奴らだけが入って来んのが、警察や」

また河井の言葉が蘇ってくるが、ここでお互いに種明かしをしたところで得るものはない。種明かしをしてしまえば、ここで二人の糸が切れるだけだ。

池田は伊佐美の無念の思いを受け止めて、薬害事件の真相を暴くしかない。だからこそ、もしも彼が情報提供者であるとすれば、ある意味、命を懸けて彼は組織を裏切っているのだ。

「すいません。人違いでした」と池田は謝った。

「河井いう人は、何人もおるからな」

会話の流れとしては奇妙だったが、伊佐美もまた奇妙な会話を奇妙な会話のまま終わらせようとする。

「それより、今、この施設、立ち入り禁止になってるはずやけど」

伊佐美が本来の話に戻す。池田は不法侵入を素直に謝り、「今回の事件ともみじ園の一件に繋がりはあるんでしょうか?」と記者らしく尋ねた。

「その辺はこれから捜査していきますから」

伊佐美が冷たく答える。

池田は黙礼して、その場を離れようとした。

伊佐美も引き止めなかったのだが、しばらく歩いていると、「おい、ちょっと」と呼び止められた。振り返れば、伊佐美が小走りで近寄ってくる。

「本来は会うはずのない人に、こういう形で偶然に会えたのもなんかの縁なんやろな」

少し息を切らせた伊佐美が話し出す。

「……一つ、もみじ園事件の容疑者のことで表に出てない情報を教えてやるわ。もみじ園で働いてる介護士の女がYouTubeで見つけたいう妙な動画を持ってきたんや」

「動画?」

「ああ。誰かが外からもみじ園の施設内に入ってく映像で、事件のあった市島民男の部屋のまえでぷっつり切れる。まあ、もちろん犯人が投稿したという証拠はない。もっといえば、見舞い客が遊び半分で撮った可能性もある。いや、そっちの可能性のほうがかなり高い。ただな、にしては投稿者の特定が困難やねん。まあ、無関係やからこそ、繋がらんのやろうけど」

「あの、その動画は?」

「今でも見られるで。検索すればすぐに出る」

伊佐美がその動画サイトを開く。池田はURLをカメラで押さえた。そして、ふと気になって尋ねた。

「どうしてそんな情報を私に?」

「さあ、どうしてやろな?　あんたには頑張ってほしいて思ってるからかな」

少し演技がかった言い方だった。

そのときふと、ああ、もしかするとこの言葉を伝えたかったのかもしれないと池田は気づいた。YouTubeの動画のことなど実は瑣末なことで、ある意味で自分の命を預けた若い記者に、この言葉を伝えたかったのだと。


池田は伊佐美から教えられたYouTubeの動画を改めてみた。

何度見ても、伊佐美が言う通り、なんの変哲もない映像で、これが事件に繋がるとは考えにくい。

夕方なのか朝なのか、少し離れた場所からもみじ園に誰かが近づいていく。手にしたカメラはひどくぶれ、たまに足元が映ったりもする。映像はそのまま正面玄関には入らず、駐車場から施設の裏側へ回り込み、非常口から内部に入って終わる。

しかし、繰り返して三度見たとき、ふとあることに気づいた。

撮影者が着ているコートか何か、駐車場を横切る瞬間、少しカメラが下を向いた瞬間に、ちらっとその白い裾が映ったのだ。

女性物の薄手のコートだろうか。

池田は駅へ向かっていた車を引き返すと、この動画に映っている場所を見ようと、もみじ園へハンドルを切った。見たところで何があるわけではないが、伊佐美という刑事から妙なバトンを受け取ってしまったような感覚もあった。

途中、空腹を感じて、まずは腹ごしらえと、街道沿いにあった和食ファミレスに車を入れた。

街道沿いとはいえ、周囲はがらんとした風景で、駐車場の裏には田んぼが広がっている。

車を降りると、チェーンが張られた駐車場の向こうに建つ家のまえに、どこか見覚えのある車が止まっていた。キャンプ仕様にされたジープで……。

そこで気づいた。

さっき見たYouTubeの動画に映っていたのだ。もみじ園のスタッフ用駐車場に停められた一台で、たしか施設を取材したときに、この持ち主である介護士の女性ユニットリーダーにも話を聞いており、名前までは覚えていないが、ちょうど彼女がこの車から降りてきたところで、車を褒めながら話しかけ、わりと長時間、事件のことからキャンプ仕様の車についてなど話をしてもらった。たしかスタッフにお灸をしてやるのが得意だという話もしていたはずだった。

そんなことを思い出しながら、池田が車を眺めていると、当の女性が家から出てきて、玄関まえの鉢植えを移動させる。

やはり彼女だった。

ずっと自分を見ている池田に、彼女も気づく。

「すいません。もみじ園の方ですよね？　私、以前、取材で伺った東京の出版社の者です」

池田は駐車場に張られたチェーンを跨いで近寄った。

女性もおぼろげながら覚えていたようで、「ああ」と会釈する。

「たまたまこのファミレスに寄ったら、そこにその車があったもんで。やっぱり、キャンプ仕様のジープ、かっこいいっすね」

池田の呑気な物言いに、女性の警戒心も解けたようだった。池田は名刺を渡し、改めて挨拶をした。やはり女性はもみじ園でユニットリーダーを務める服部久美子という介護士だった。

背後の家はログハウス風の洒落た一戸建てで、玄関脇には手作りらしいブランコ風のベンチまである。服部はプランターの花に水をやりに出てきたらしく、手に空のジョウロを持っている。

「徳竹会の事件で？」

服部に聞かれ、「ええ」と素直に頷く。

服部が大げさにため息をつき、「ほんまに、何がどうなってんのやろね。これでまた徳竹会のスタッフの人たちが疑われるんかと思ったら気の毒やわ」と呟く。

背後で砂利を踏む靴音が聞こえたのはそのときだった。

振り返ると、男の子たちが近道になるらしく隣のファミレスの駐車場からチェーンを跨いでこちらへ歩いてくる。

見れば、先頭にいるのは女の子で、歩きながらスマホで撮影しており、男の子たちがそのカメラまえに走り込んだり、妙なダンスを踊ったりする姿に笑い声を立てている。

「ああいう動画を、ティック何ちゃらいうアプリに投稿するんが流行ってるんやて」

横で服部が教えてくれる。

年齢からして、子供たちの一人が服部の孫なのだろう。

子供たちは総勢五人で、男の子たちは背が低いせいもあるのか一様に幼く、それが逆に紅一点の女の子を大人びてみせる。

「三葉ちゃん、どこ行ってたん？」

服部の問いかけに顔を上げ、「レイクモール」と、無愛想に答えた女の子が彼女の孫らしかった。

「何しに？」

「動画撮りに」

服部が孫娘と話しているあいだに、他の男の子たちは勝手に家のなかに入り、各々自分たちのカバンを抱えてまた出てくる。そして口々に「お邪魔しました」と服部に挨拶して、またチェーンを跨いで街道へと戻っていった。

そして、なぜか服部の孫娘もまたみんなのあとをついて出て行ってしまう。

可愛い顔をした女の子だった。

なんとなく子供たちを目で追っていると、「騒がしいやろ？」と服部が笑いかけてくる。

「お孫さんですか？」と池田は訊いた。

「ええ。両親代わりに育ててますねんけど、ああやって男の子たち、引き連れて。お恥ずかしい」

「すごく可愛らしいですもんね。男の子たちに人気あるんじゃないですか」

「さあ。最近の男の子たちはみんな、おとなしくて優しいやろ」

「みたいですね」

「みんな、うちの子のファンや、なんて言うて、うちの子のわがまま、全部聞いてあげてるしな。まあ、仲がいいのはええんやけど、うちの子も調子に乗る方やから、男の子らをまるで家来みたいにして。ほんまにおてんばでお恥ずかしい」

「みんな?」

池田は思わず子供たちが歩いていった方を振り返った。

「今日は夜明けまえに湖に行って、みんなと野鳥観察させたんですよ。まあ、私は子供らの送り迎えだけやけど」

「野鳥観察?」と池田は鸚鵡返しに訊いた。

「小学生の時分からやから、男の子らのご両親も安心して預けてくれはんねん」

「この近くでも、見られるんですか?」

子供たちが夜明けまえに出かけるという野鳥観察に池田も少し興味が湧いた。

「湖に行けば、どこででも見られるんやけどな、まあ、大きな湖やから北と南じゃ、やっぱり集まってくる鳥もちゃうんやろな。ただ、あれやわ、トイレとか水道があるところが結局は便利やから、だいたいキャンプ場の近くで、今朝は西湖野鳥センターってところにコテージ借りて」

服部の話を聞きながら、池田は夜明け間近の湖というのを想像してみた。もちろんこれまでの取材のおかげで晴れ渡った湖や雨に打たれる湖など、いろんな顔を見てきたが、朝焼けの湖面を野鳥が飛び交う様子はまた格別だろうと想像できる。

「夜明けからすっかり朝になるまで、子供ら、飽きもせずに双眼鏡で眺めてるやろ。そやから、私も連れてってやる甲斐ありますわ」

「小学生のころから、子供たちだけで観察してたんですか」

夜明けとはいえ、暗い湖の畔なのでふと疑問に思って尋ねると、「まだ小学校のうちは、私かうちのがずっと一緒におったんやけど、中学に上がったら私たちのことなんか邪魔くさがってな。でも、あれやで、あったかいスープなんか持ってってあげたり、ずっと子供らだけにはしてないけどな」と、服部が急に言い訳がましくなる。

まるで池田が非難しているようにでも見えたらしかった。

また砂利が鳴り、振り返ると、服部の孫娘だけが戻ってくる。

池田は、「……バードウォッチングが好きなんだってね」と場の雰囲気を変えるように声をかけた。

池田の声に足を止めた少女が、「まあ」と大人びた表情で頷く。

「この辺だと、どんな野鳥がいるの?」

「いろいろいますけど、珍しいんやったら、アカショウビンとか」

「アカショウビン?」

「カワセミの仲間で、体とか嘴《くちばし》が真っ赤な鳥やから人気ありますけど」

「ちっちゃいの?」

「鳩より少し小さいくらいです」

ぶっきらぼうであるが、少女はきちんと答えてくれる。

「湖の野鳥でグラビアページなんか企画できたらいいだろうな」

ふとそんな言葉が漏れた。少女を喜ばそうとしたわけでもなかった。

「あ、そや。この人な、東京の雑誌の記者さんやねん。おじいちゃんがたまに買うてくる週刊誌あるやろ。あれの」

服部の言葉に少女の目の色が少し変わったように見えた。

「初めまして」と池田は挨拶した。

「あの雑誌、アイドルのグラビアありますよね？」

少女に訊かれ、「あるよ。巻頭グラビア」と池田も素直に答える。

「グラビアの担当なんですか？」

「いや、新人時代にしばらくやってたけど、今は事件の記事ばっかり書いてるんで、野鳥のグラビアなんてやれたら気分いいだろうなって」

本音だった。

「あの、もしよかったら、ちょっと寄らはったら？　三葉が撮った写真もあるし」

服部が誘うので池田は当の三葉に目を向けたのだが、歓迎している風ではないながらも嫌がっているようでもない。

「いいの？」と池田は尋ねた。

三葉も、「別に、いいですけど」と小さく頷く。

玄関先だと落ち着かないからと、服部はリビングに案内してくれた。夫は留守のようだったが、内装もログハウス風の造りで、家具は北欧風でまとめられ、壁には自分たちで撮ったものなのか、雪山の写真が額装されて飾られている。

しばらくすると、三葉が二階にあるらしい自室から何冊かのアルバムを抱えて降りてきた。ローテーブルにアルバムを置き、自分は突っ立っている。いつの間にか、服を着替えている。

「あんたが教えたらな。記者の方も分からへんやろ」

台所でお茶を淹れてくれているらしい服部が呆れる。

アルバムを開いた三葉は池田の横に座ると、丁寧に野鳥の説明をしてくれた。野鳥のこととなるとなぜか話し方が幼く、それが逆に野鳥への愛情を感じさせた。

「これがさっき言うたアカショウビン。九州南部とか沖縄に多いんやけど、こっちにもわりといて、でもいつでも見られるわけでもないから、やっぱり見かけたら、ちょっとラッキーくらい」

「思ってたより赤いね」

「カエルとか捕まえて食べるんやけど、そんときは凶暴ですよ」

「凶暴？」

そのつぶらな黒い瞳には不似合いな言葉だった。

他にも、ヨシゴイ、タマシギ、ブッポウソウなど、あまり聞いたことのない野鳥の写真を見せながら、三葉は熱心にそれぞれの生態を教えてくれる。いつの間にかお茶を淹れてくれた服部もそばに座り、孫の説明を聞いている。

勧められたお茶を飲みながら一冊目のアルバムの説明が終わり、湖のバードウォッチングポイントに話が移ろうとしたとき、池田は先にトイレを借りた。あいにく一階のトイレが詰まり気味で調子が悪いらしく、三葉が二階のトイレに案内してくれる。階段を上がったところが三葉の部屋で、ドアは開けっ放しだった。

「そこです」

短い廊下の奥にトイレのドアがある。池田は礼を言って入った。すぐに三葉が階段を降りていく足音がする。

用を済まして廊下へ出ると、池田はなんとなく三葉の部屋を覗いた。中学生の女の子の部屋だった。香水とは違う甘い匂いがする。

本棚には野鳥のアルバムがまだ何冊も並んでいた。三葉は自分なりに厳選したものを見せてくれているらしく隙間があった。下段の方に目を向けると、「介護のための医療知識」「介護福祉入門」等の文字も見える。おそらく服部が自分の書棚として使わせてもらっているのだろう。

一階で服部の笑い声がした。池田は階段を降りた。

テーブルには別のアルバムが広げられていた。こちらは野鳥を撮ったものではなく、湖のあちこちにあるバードウォッチングのポイントで記念撮影したものらしい。

「地図を先に見せた方がええんちゃうの？」

服部の言葉に三葉がアルバムの裏から自分で作ったらしい湖の地図を出す。丁寧に作られた地図で、キャンプ場や野鳥センターなどが記され、そこで主に見られる野鳥の種類が細かく書き込まれている。

次の瞬間、池田は思わず身を乗り出した。

三葉がパラパラと捲ったアルバムに、白衣姿の彼女たちの写真があったのだ。

写っているのは、近江水鳥公園と書かれた石碑のまえに並ぶ三葉たちで、お揃いの白衣を着ている。

大人用らしい白衣はだぶだぶで、袖を幾重にも捲っている子もいれば、中には裾が地面につきそうな男の子もいる。そのせいかどこか異様な雰囲気だった。

「みんな、どうして白衣なの？」と、池田は訊いた。

三葉がちらっと服部を窺うのが横目で見えた。

「この子ら、生物部ですねん。さっきの子らも、みんな生物部」

気のせいかもしれないが、服部が少し早口になる。

「ああ、生物部」と池田は納得した。

さらに服部の口調が早くなり、「……湖の水草やなんかの生態を調べてるんやろ？」と三葉に尋ねる。尋ねられた三葉は面倒くさそうに、「そやから、水草ちゃうって。水草に付く害虫」と訂正する。

「害虫？」と、池田は思わず繰り返した。

三葉の口調がどこか冷淡だった。

「最近の中学生は、けったいなもん調べるわ」

服部が大げさに笑い出す。三葉はもう少し害虫の話をしたいように見えたが、服部に笑われたことが気に障ったようで、「もういいですか?」と急に立ち上がり、二階へ戻ろうとする。

「あ、ごめんね。色々教えてくれてありがとう」

池田は礼を言った。三葉が荒い足音を立てて階段を上がっていく。呆れたように二階を見上げた服部に池田は微笑みかけながら、またアルバムを捲った。

生物部と言われてしまえば、特に違和感もなくなるのだが、なぜか池田には白衣を着た子供たちの姿がグロテスクに見えた。

次の瞬間、池田は手を止めた。

やはり白衣姿の子供たちが別の場所で写っている写真なのだが、その上に日付が書かれたシールが貼られていた。もみじ園で市島民男が殺された当日の日付だった。並びの数字だったので、はっきりと記憶していた。

「あら、もうこんな時間やわ」

急に服部が慌て出したのはそのときで、聞けばそろそろ出勤の時間らしい。

池田もすぐに席を立ち、またもみじ園事件のことで何か話を伺いにくるかもしれないこと、そして社交辞令ではあったが、今日見せてもらった湖の野鳥たちのグラビアが実現したら、こちらもまた話を聞かせてほしいと告げて家を出た。

車に戻りながら、池田は思わず苦笑した。馬鹿げているとは思いつつも、なぜか松江から聞かされた昔話の少年たちと三葉たちの姿が重なっていた。

そして車に乗り込むとすぐにさっき伊佐美という刑事に教えてもらったYouTubeの動画を見た。

もみじ園へ向かうカメラが、大きく揺れて足元が映る場面。女性用の白いコートのようなものが、白衣に見えなくもない。

池田はまた苦笑した。

まさか……。

それ以外、言葉がなかった。

池田は以前も泊まったホテルに当日予約を入れると、車を走らせた。しばらく走ると、湖沿いに出る。

アクセルを踏み込んでいた足先から、ふっと力が抜けたのはそのときだった。自分でも何が起こったのか分からず、慌ててアクセルを踏み直す。幸い後続車はおらず、前を走る車との距離が広がっただけだったが、今、自分が何かに気づき、ふと運転から意識が離れたのは間違いなかった。

次の瞬間、「あ」と声が漏れた。

窓の外を流れて行ったのは、「西湖野鳥センター」と書かれた案内板だった。

続いて、「白衣」と、また声が漏れる。次の瞬間、時代も場所も違うところにいる子供たちの姿が重なる。

ちょうど広い路肩があり、池田は車を停めた。

すぐにスマホでこの辺りの地図を開く。まず事件が起こったもみじ園と徳竹会の位置を見る。続いて湖の畔にあるキャンプ場や野鳥センターと繋げてみる。

もみじ園から一・二キロ、十五分ほどで歩けるところに朝霧キャンプ場という施設がある。続いて徳竹会に近い西湖野鳥センターとの経路を調べてみると、こちらは二キロと少し離れているが、もちろん歩けない距離ではない。

池田は深呼吸した。横を走り抜けた大型トレーラーの風圧で、一瞬車体が揺れる。浮かんでくるのは、寝たきりの市島民男のベッドを囲む男の子たちの姿だった。その背後に腕組みした三葉が立っていて、思わずぞっと背筋が冷える。

「いや、まさか……」

そう呟くと、人心地がつく。声にしてしまえば、馬鹿げた思いつきにしか思えない。

「まさか」

それでも、池田はまた同じ言葉を繰り返した。

スマホが鳴っていることに気づき、池田は出た。渡辺デスクからだった。

「もしもし、池田か?　今、警察から連絡があって、おまえを神田川に落とした奴らが捕まったってよ」

「え?」

あまりにもとつぜんで池田は慌てた。

「捕まったのはあの辺の半グレで、人違いでおまえを川に落としたと言ってるらしい」

「人違いって？」

渡辺の話によれば、ホテル街に設置された防犯カメラから割り出されたのは四人の男たちで、うち一人の元カノを寝取った男に池田が似ていたので、少し脅かしてやろうと拉致し、遊び半分で川に落としたと供述しているらしい。

「そんな……」

車で連れ去られるあいだも、そんな話は一切出ていない。

「そんなの、嘘に決まってますって。絶対、議員関係ですよ……」と池田は言い返した。

「まあ、そんなとこだと俺も思うよ。実際な、警察から連絡がきた直後に、面白いことが起こった」

「面白いこと？」

「ああ。上から薬害事件を追うのをやめろって通達がきたよ」

「え？　上って？」

「上は上だよ」

「どういうことですか？」

「おそらく、うちの上層部と誰かが何か取引したんだろうな。うちは薬害事件をもう追わない。その代わり、もっといいネタを提供してもらう……」

「渡辺さん」と池田は口を挟んだ。

「……そのもっといいネタって何ですか？　渡辺さん、もう知ってるんでしょ？」

あまりにも確信に満ちた口調だったせいか、「おまえも、いつの間にか成長してたんだな」と渡辺が笑い出す。

「教えて下さいよ」

「ついこないだ結婚した有名二世議員の隠し子だよ。それも隠し子の母親は人気アイドル」

池田はすっと血の気が引いた。大衆雑誌の特色上、二十年もまえの薬害事件と七十年以上もまえの七三一部隊との関連など、有名二世議員と人気アイドルの隠し子騒動のまえでは吹っ飛んでしまう。

「それで、渡辺さんもOKしたんですか？」

すでに諦めたように池田は訊いた。渡辺は返事をしない。ふと、伊佐美という刑事の顔が浮かんだ。現在の彼ではなく、二十年まえ薬害事件を起訴できないと告げられ、男泣きするまだ若い伊佐美の顔だった。

「悔しいだろ？　でもな、こういう悔しさに慣れていくのも俺たちの仕事の一つだよ」

渡辺が電話を切ろうとする。池田は、「ちょっと待って下さい」と呼び止め、「もみじ園のほうは引き続き追っていいんですよね？」と尋ねた。

「ああ、そっちはやっていいよ。ただ、一つ先に言っておく。お前もすぐにこの世の中のしくみが分かるよ」

電話を切った途端、急に体が重くなった。事件や犯罪というものが、まるで金や権力で売り買いできる商品のような気がした。罪を償わなければならないのは、事件や犯罪を犯したからではない。金や権力を自分が持たなかったからなのだ。

○

圭介が積み上がった書類を整理していると、生活安全課の婦警が入ってきて、

「……今、受付に、もみじ園の事件のことで話があるって方が見えてるんですが」と誰にともなく告げた。

まえにも同じようなことがあった。佳代がYouTubeの動画を見せにきたときだ。横にいた伊佐美もすぐに思い出したようで、「今度は誰や?」と立ち上がる。

「もみじ園の介護士さんらしいんですけど、とにかく担当の方を呼んでほしいと」

と、婦警がやはり以前と同じことを言う。ただ、言っている本人は忘れているらしい。

圭介は嫌な予感がして、すぐに伊佐美の後を追った。

嫌な予感は当たり、以前と同じように佳代が交通課の受付横にある自動販売機の前に立っている。

「なんや、またあの女か?」

伊佐美が階段の途中で足を止める。

圭介はとりあえず黙ってその横に立った。

「また、なんか見つけたんやろか?」

階段をのんびり降りた伊佐美が、「先日はどうも。今日はまた何か?」と気軽に声をかける。

ただ、かけられた佳代の方は尋常ではないほどその体を震わせている。

「あの……、私が、やりました。私が……、市島さんの人工呼吸器を止めました」

あまりに唐突だった。圭介はもちろん、伊佐美にもなんの準備もなかったせいで、早口で告げられた佳代の言葉が意味を持つまで時間がかかった。

「は?」

かなり間が空いてから、伊佐美がそう訊き返す。

「すいません」

圭介は思わず佳代の手を引いた。伊佐美もそのタイミングで後ずさる。

「え? すいません。……今、なんて?」

伊佐美が訊いた。まるで思い出し笑いでもするような訊き方だった。

「伊佐美さん、すいません。ちょっと二人にしてもらえませんか?」

勘の良い伊佐美は、圭介の動揺ぶりに二人の関係に気づいたようだった。刑事が事件関係者と関係を持つなど言語道断ではあるが、伊佐美にその経験がないはずもない。

実際、ある事件に関わった男の情婦と関係を持ち、その後、別れ話がこじれて、女が署に押しかけてきたという噂を聞いたことがある。

「でも、今、呼吸器止めたのは私やって」

伊佐美が面白がるように、佳代の言葉を繰り返す。

「伊佐美さん、ちょっと二人だけに……」

慌てる圭介の肩を摑んだ伊佐美が、「そうはいかんわ。これ、立派な自白やないか」とさらにからかう。

「……立ち話で済むことちゃうで。ちゃんと取調室で話聞かな」

伊佐美が乱暴に圭介の肩を押す。

二人の男たちのまえで、佳代はじっと動かない。

「ちょっと来いよ」

圭介は佳代の腕を摑んだ。外へ連れ出そうとしたのだが、さらに面白がる伊佐美が立ちふさがり、「取調室なら二階やろ」と顎をしゃくる。

ここで言い争えば目立つと思い、圭介は仕方なく佳代の腕を引いて二階へ上がった。

伊佐美も付いてくるかと思ったが、幸いそこまでの底意地の悪さはないようで、交通課の新人婦警と笑い話を始めている。

廊下の奥の取調室に佳代を押し入れると、「おい」と怒鳴った。

ドアを閉めた途端、佳代の匂いがした。いつもつけているボディオイルの匂いだった。

佳代をパイプ椅子に座らせ、圭介も前に腰を下ろした。二人きりになると、少し落ち着いてくる。

「ごめんなさい」

佳代がいつものように潤んだ目を伏せている。

「なんのつもりや」

佳代は目を伏せただけで、まるでいつものように次の指示を待っているようだった。

「おい」

次の瞬間、佳代がぼそぼそと何か話し出す。

「私が、やりました。私が……、市島さんの人工呼吸器を止めました」

「おい！」

圭介は思わず怒鳴った。溜まっていた苛立ちがここにきて溢れ、思わず両手のひらでデスクを叩くと、その音に佳代が肩を竦める。

「お前、やっぱり頭おかしいわ！　ここ、警察やで。何してんのか分かってんのか？　こんな、通じるわけないやろ！」

「私がやりました……。私が……」

それでも佳代は嘘の自供を続けようとする。

「今、濡れてるか？」と圭介は声を出さずに訊いた。

佳代が小さく頷く。

圭介は立ち上がった。そして無理やり佳代も立たせた。

「……帰れ」

それだけ言うと、佳代を取調室から押し出した。

佳代はしばらく廊下に立っていたが、諦めたように階段を降り、そのまま外へ出ていく。その様子を交通課の受付から伊佐美が面白そうに眺めていた。

○

徳竹会の裏に広がる田んぼからのあぜ道は、駅へ向かう県道にぶつかる。

信号がなく、車列が途切れるのを待っていると、工務店の軽トラがスピードを落として入れてくれた。合流して、池田はハザードランプを点滅させた。

県道を走り出すと、すぐにコンビニがある。池田はハンドルを切り、広い駐車場に車を入れた。ここが徳竹会から一番近いコンビニということになる。店舗まえに駐車してスマホを見る。

さっき出発してきた湖畔の「西湖野鳥センター」と徳竹会を結ぶルートを改めて確認する。

当然、この県道を使うのが一番の近道だが、田んぼのあぜ道や集落を抜けようと思えば、いくらでも行き方はある。往路でも確認してきたが、県道沿いにはコンビニやファミレスなどの店舗が左右に四、五軒あった。どの店も表通りに広い駐車場を完備した郊外店で、なかなか県道の歩道までをカバーしている防犯カメラはないだろうが、たとえばガソリンスタンドであれば、出入りする車を捉える位置にカメラが設置されていないとも限らない。

池田は車を降りると、コンビニの防犯カメラを確かめた。出入り口の自動ドアの上に一つ設置されているが、角度から見て歩道を歩く人までは映りそうになく、駐車場にはカメラ自体の設置がない。

池田は店内に入った。冷えたお茶を選ぶふりをしながら、レジ横と店の奥にあるカメラを確認するが、やはり角度的に店内しか映りそうにない。

お茶を持ってレジに向かう。幸い他に客はおらず、レジには店長の名札をつけた男が立っている。

「あの、ちょっと伺いたいんですけど」と、池田はお茶を差し出しながら声をかけた。

愛想のよい店長で、「なんでしょう?」と、笑顔を浮かべる。

池田はストレートに、自分が東京の雑誌記者で徳竹会の事件取材に来ていることを告げ、「事件のあった日、朝方、まだ夜が明けるか明けないかのころに、中学生くらいの子供たちがこの店に立ち寄った記憶はありませんか?」と尋ねた。

店長は一瞬顔を強張らせたが、「中学生? さあ、朝は大抵私が入ってますけど……」と記憶を手繰ってくれる。

「おそらくですけど、三時から六時くらいまでのあいだで」

「ああ、夜中ですか? そしたらないですわ。中学生のグループでしょ?」

「五、六人のグループかもしれませんし、女の子だけかも」

「さあ、もしそんな夜中に女の子が来てたら、私も覚えてますしね。ここは夜中にはほとんどお客さんもおりませんしね。中学の部活の子らが来るのが、早くても七時過ぎやしね」

店長の記憶は信頼できそうだった。もちろん私服姿の中学生が大人びて見えた可能性はあるが、とはいえ、子供というのは夜になると幼く見える。

「あの、防犯カメラはここと奥と、あと自動ドアの上だけですよね？」

不審を抱かれぬようにさらっと言ったつもりだったが、さすがに店長の顔に警戒心が浮かぶ。

「ええと、そういうのはちょっと警察の方やないと……」

「すいません。ありがとうございました」

池田は早々に辞去した。車に戻り、メモ帳にコンビニの支店名を記入し、防犯カメラの位置、目撃情報なし、と書き込む。

エンジンをかけ、ふたたび県道へ戻る。次に車を停めたのは全国チェーンのファミレスで、入店すると待ち合わせのふりをして店内を歩き、防犯カメラの位置を確かめた。やはりこちらも表通りまで映っていそうなカメラはなく、営業時間は朝の九時から深夜一時までとなっていた。

車に戻り、また県道を走る。反対車線にあるガソリンスタンドに向かおうと、大きな交差点をUターンする。セルフ式のスタンドで、防犯カメラの数も多く、やはり県道の方へ向いているものもある。ただ、さすがに防犯カメラの映像を見せてもらえるわけもなく、池田はカメラの位置だけをメモすると、そのまま県道に戻った。

その後も二軒のコンビニに寄ったが、どちらもレジにいたのはアルバイトで収穫はなかった。

いったん野鳥センターの駐車場で車を降りた。空には雨雲が広がっているが、雨は降りそうでなかなか降らず、湿気だけが肌にまとわりついてくる。

池田はキャンプ場を歩いて抜け、湖畔に向かった。湖面では多くの水鳥が羽を休めている。湖面の色を変えながら、ゆっくりと日が落ちていく。あまりにも牧歌的な風景に、ふと自分の考えていることが狂気じみて思える。

野鳥観察に来た三葉と男の子たちが、夜明け前の県道を足早に病院へ向かい、寝たきりの老人の喉に繋がった人工呼吸器を止める。このイメージが頭から離れないのだが、もちろんなんの根拠もない。あるとすれば、松江の思い出話、氷の中で眠っている子供の絵、そこに服部という介護士の孫たちの姿が重なっただけの話だ。

松江の思い出話に出てくる男の子たちには罪の匂いがする。その匂いがなぜか、今この湖にも漂っているような気がする。

池田は湖面で遊ぶ水鳥たちをしばらく眺めると、一つ深呼吸した。何かに突き動かされるような衝動がある。何かが見えそうで見えない焦燥がある。

駐車場に戻り、車のドアを開けようとすると、「ちょっと」と背後で男の声がした。振り返ると、西湖署の伊佐美が立っていた。

「ああ」

思わず池田はため息を漏らした。ここにいるとなれば、ずっとつけられていた可能性もある。伊佐美は無遠慮な位置まで距離を詰めてきた。車なら煽り運転のような距離感だが、これが彼のいつもの間合いなのか、本人は一切気にならないらしい。

「この辺のコンビニに何か?」

伊佐美が更に詰めてくる。池田は、「いえ、別に」と反射的に答えようとしたが、目のまえの男は味方になり得る。

「……署に通報があってね。この近くのファミレスから。不審な男が防犯カメラの位置を確かめてるて。何をこそこそ調べてるんですか?」

表情は硬いが、口調には親近感がある。

「こそこそ調べ回るのが、僕らの仕事みたいなもんですから」と池田は答えた。

改めて見れば、ずっと着替えていないようなシャツの襟は汚れが目立つ。

実際、捜査のために家に帰れずにいるのかもしれなかった。ふと池田の脳裏に徹夜明けの編集部が浮かぶ。

「……向こうのコンビニでも、深夜から朝にかけて中学生のグループが店に立ち寄ることがないか聞いて回ってましたよね? なんの取材なん?」

池田は腹を決めた。どちらにしろ、警察の協力なしには店舗の防犯カメラは確認できない。

「話しますよ。こっちが持ってる情報は。ただ、やっぱり見返りはないと」

池田はわざとビジネスライクに話した。

伊佐美のほうもその方がべったりしないと思ったのか、「情報は真っ先にあんたに流す。そやけど、発表できる情報に限ってや」と応じる。

「西湖野鳥センターから徳竹会を結ぶ道路にある防犯カメラを調べてもらえませんか?」

池田は単刀直入に頼んだ。伊佐美が眉を寄せる。

「……ずっと僕のあとをつけて来たんなら察しもついてると思いますけど」

「防犯カメラに何が映ってる？　中学生ってなんや？」

伊佐美がとつぜん先を急ぎ出す。

「ちょっと待ってください。順番に話しますから」

「徳竹会の内部はもちろん、近辺にある防犯カメラは、もう警察の方で調べてるはずやけど……」

「徳竹会の周りは田んぼばっかりで防犯カメラをつけてるような店や家はほとんどないでしょ。じゃなくて、西湖野鳥センターから徳竹会まで」

「そやから、そこに何が映ってんねん？　中学生のグループってなんや？　……誰かのタレコミや？」

「ちょ、ちょっと落ち着いてくださいって」

冷静さを失ったような伊佐美を、池田は思わず宥めた。ここで、誰からのタレコミでもないことや、もっと言えば、単なる自身の直感のようなものだと伝えるのは簡単だったが、となれば、そんな理由で警察が動くはずもない。

そこで池田はわざと思い悩むようなふりをした。

「……僕もマスコミの端くれですからね。情報提供者については口が裂けても言えませんよ」

演技が上出来だったのか、伊佐美は池田の言葉を信じたようだった。

この日、東京へ戻る新幹線で、池田は妙な高揚感に包まれていた。車内販売で缶ビールを買ったときには、つい「乾杯」と呟いてしまうほどだった。

なんの根拠もないことだったが、あのあと署に戻った伊佐美が徳竹会へ向かう服部の孫たちの姿を防犯カメラのなかに見つけ出すのは至極当然に思われた。

きっと署内は騒然とし、もみじ園での事件でもやはり三葉たちが映っている防犯カメラの映像が発見される。

子供たちがどんな理由で、人工呼吸器をつけた老人たちを殺したのかは分からない。ただ、池田の耳には「害虫」と呟いた三葉の声がなぜかこびりついている。

今回の事件に関しては、すべてが何かに導かれているように思える。偶然、別の取材で滞在していた旧琵琶湖ホテルの特別展示室で、もみじ園の事件を知らされた。そこに飾られていたのが、被害者市島民男の写真だった。彼の経歴を追ううちに、旧満州の七三一部隊という歴史に辿り着いた。その中で松江という女性に会った。彼女の思い出話と三葉たちを結びつけたのが湖だ。

缶ビールを一本だけ飲むと、池田はツイッターを開いた。

まず服部の孫の三葉が通う中学校の名前などで検索してみると、予想より簡単に生徒たちのツイッターアカウントが見つかった。なかには本名でやっている者もおり、すでに手を回して入手している中学校の名簿と照らし合わせてみると、三葉と繋がりのありそうな生徒のアカウントもすぐに見つかった。

野鳥やキャンプや生物部というワードが大きな手がかりとなった。そのまま絞っていくと、学年、行動範囲等々から、三葉の同級生らしい二人の少年のアカウントが見つかり、うち一人は本名で登録してある。この二人のフォロワーである五十人程度のアカウントを調べていくうちに、もしかすると三葉のアカウントではないかと思われるものが見つかった。アカウント名は、miiiil。三葉の頭文字からとったものと考えられなくもない。

〈今日の補習だるっ〉

〈白川まゆの写真集やばっ〉

内容は他愛のないものばかりながら、最近でも頻繁にツイートはあり、三葉のアカウントだという決め手になったのは、漫才番組のテレビ画像を上げているツイートに室内が写っていたのだが、それが紛れもなく服部の家の居間だった。

三葉のものらしいアカウントには鍵もかかっておらず、ほとんどフォロワーもいないところを見ると、仲間内だけでやっているらしかった。

池田はツイートを過去に遡っていった。しかし出てくるのは相変わらず独り言のような呟きばかりで、たまにアニメ映画の予告やアイドルグループのライブ告知がリツイートされていた。

池田の気持ちが急いてきたのは、このまま行けば、徳竹会やもみじ園の事件当日のツイートもあるはずだからだった。

池田は自身のスケジュール帳を調べた。まず服部の家を訪ねた日を確かめてみたが、その当日と翌日にツイートはなく、前日には友達にゲームの攻略法を教えてもらったと喜んでいるツイートがあるだけで、池田の訪問のことはおろか事件を匂わすような投稿もない。

少し落胆しながらも、池田はさらにもみじ園の事件の日までツイートを遡った。途中の発言は流し読みしながらだったが、もみじ園の事件当日およびその前後にもこれといったツイートはなく、手品のようなTシャツの簡単な畳み方の動画と、若手漫才師のコント動画がリツイートされているだけだった。

さらにもみじ園の事件以前のツイートを読み進めていくと、湖で撮られた野鳥の画像が多く出てくる。ただし、何か説明があるわけでもない。その後、次第にツイートの回数は減り、週に一度、もしくは二週に一度、湖や野鳥を撮った画像だけが投稿される。

次の瞬間、画面がスクロールできなくなった。と同時に、彼女の初ツイートが出た。一年ほどまえの夏だった。

池田はしばらくそのツイートを見つめた。視線を逸らせられなかった。予想もできないツイートのような気もしたし、このツイートが出てくることをずっと分かっていたような気もした。

三葉と思われるアカウントは、最初の投稿にYahoo!ニュースのリンクをシェアしていた。個人的なコメントはない。

シェアされているのは、神奈川県の障害者施設「津久井やまゆり園」で起きた大量殺人を報じるニュースだった。

同施設元職員の二十六歳の男が、知的障害のある入所者たち十九人を刺殺し、二十六人に重軽傷を負わせた戦後最悪の大量殺人事件だ。犯人には大麻の吸引歴があり、事件前には衆議院議長公邸へ向かい、「障害者が安楽死できる世界を」と主張する抹殺計画を綴った手紙を渡している。尚、逮捕後も犯人は「生産性のない人間は生きる価値がない」という発言を繰り返していた。

池田は席を立つと、洗面所へ向かった。服が濡れるのもかまわず、水で顔を洗う。

もしあのアカウントが三葉のものであれば、この事件に触発されてツイッターを始めたのだ。池田は混乱した。すべてが繋がりそうなのに繋げるのが恐ろしかった。もう一度乱暴に顔を洗った。飛び散った水が襟や背中を濡らし、水が胸元を流れる。

伊佐美から待ちに待った連絡が入ったのは、池田が東京へ戻って四日目のことだった。

この四日間、きっと決定的な映像が見つかるはずだという確信がある反面、なかなか連絡がないということはまったくの見当違いだったのではないかとも思い直す。

伊佐美からの電話に、文字通り池田は飛びついた。

しかし端的に伝えられたのは、「考えられるだけの経路にある、すべての店舗及び民家の防犯カメラを調べたが、徳竹会ともみじ園の両件の事件発生時刻に、女の子を含む子供たちのグループが映り込んでいる映像は一つも見つからなかった」という報告だった。

「ちょ、ちょっと待って下さいよ」

思わず池田は口を挟んだ。「ちゃんと調べてくれたんですか」と。

が、伊佐美の口調は変わらず、「考えられるすべての経路を調べた結果や」と繰り返されただけだった。

そして同日、また別の情報が伝わってきた。西湖署の濱中圭介という刑事が、もみじ園事件での松本郁子介護士に対する取り調べにおいて暴力的で不適切な捜査方法に及んだとし、松本郁子が刑事告訴に踏み切ったというものだった。


池田がふたたび滋賀へ向かったのは翌日だった。防犯カメラの捜査が空振りに終わったこと、事件を担当していた刑事が訴えられたこと、そして何より薬害事件の取材が強制的に中止させられたことで、何もかもがこのまま有耶無耶《うやむや》になっていくような気がしてならなかった。

その日、池田が向かった服部の家には、服部と夫、そして孫の三葉が揃っていた。勝算などなかったが、一か八か賭けに出るつもりだった。

玄関に出てきた服部は食事中だったのか、その手にジャムのついたバターナイフを持っていた。また野鳥の企画のことだと勘違いしたらしく、二階にいる三葉に声をかけようとする。

「服部さん」と、池田はそれを遮った。

そしてまず徳竹会で事件の起きた日付を告げ、その日の深夜から朝にかけて、どこで何をしていたか覚えているかと服部に訊いた。

服部は野鳥ではなく、事件のほうでの再訪かとかなり落胆したようだったが、それでもその日付には気づいたようで、「え？　もみじ園のときやなくて？」と尋ね返してくる。

池田は頷いた。

「……それなら、覚えてますよ。徳竹会で似たような事件が起きたて朝のニュースで見ましたからね。それにその日の朝は三葉たちを連れて湖にバードウォッチングに行っとったんです。その前日の夜中に出かけて、みんなで朝になるのを待って。そやから家に戻ってきたんは八時前やろか。そのあとは非番やったから、ずっと家におりましたね。……そやけど、なんで？なんで私のことなんか聞かはるの？」

服部の表情にまったく動揺はなかった。

「三葉ちゃんたちというのは？」と池田は訊いた。

「いつもの同級生たちやわ。池田さんも会わはったやろ」

「その日は何人で？」

「そやから、いつもと一緒」

「子供たちは湖からそれぞれ帰ったんですか？」

「え？」

「ですから、子供たちは……」

「いやいや。車でうちに連れてきて、朝ご飯食べさせましたけど」

池田が服部の異常に気付いたのはそのときだった。

服部の顔に変化はなかったのだが、ふと向けた視線の先で服部がジャムのついたバターナイフをベタベタと指で触っていたのだ。赤いイチゴジャムが服部の指を汚していた。しかし服部はまったく気づいていない。

「三葉ちゃんをちょっと呼んでもらえませんか?」

池田は無表情で頼んだ。

「え?」

明らかに服部が動揺する。

「……呼んでもらえませんか?」

「三葉を? ええけど、なんで?」

服部はバターナイフを手のひらで摑んでいる。そして気づいていない。

「三葉ちゃんを呼んで下さい。お願いします」と池田は頼んだ。

その声に居間からのっそりと顔を出したのが三葉だった。こちらの会話は聞こえていたようで、なぜかその目に挑戦的な色が浮かんでいる。

「聞こえてたろ?」と池田は声をかけた。

「何を?」

三葉がとぼける。

しかし聞こえていたのは間違いなく、その証拠に心配そうな服部の夫まで現れる。

「あの朝、君たちはずっと野鳥センターにいた?」と池田は訊いた。気が急いて仕方なかった。

「ちょ、ちょっと。池田さん、あんた、何が聞きたいん?」

服部が池田と三葉のあいだに割って入ってくる。しかし池田は、「君たち、ずっと湖にはいなかったよな？　みんなで徳竹会に行ったんだよな！」と声を荒らげた。

「ちょ、ちょっと！　なんやの藪から棒に。妙なこと言うんやったら帰って！」

冷静さを失った池田の負けだった。思わず三葉の腕を摑もうと伸ばした手を、服部の夫が乱暴に振り払う。

「ちょっと！　なんやの？　ほんまに警察呼ぶで！」

興奮した服部が裸足で三和土に降りてきて、池田の体を押す。押し返そうと思えばいくらでも押し返せたが、ふと池田の体から力が抜けた。

「すいません。すいませんでした……」

急に項垂れた池田を、それでも服部は追い出そうとする。池田はちらっと三葉を見た。祖父の背後に守られながら、その目は明らかに笑っている。

「三葉ちゃん」

思わず池田が声をかけた瞬間、目のまえでドアが閉められた。

結局、何もかもが目のまえで立ち消えになってしまったような、そんな絶望感だった。そして何よりも池田を落胆させたのが、自分がこれまでもずっとこの絶望感のなかで暮らしており、それにすっかり慣れてしまっていただけだと気づいたことだった。

毎週、自分たちが発行している週刊誌の見出しが、なぜか走馬灯のように目のまえを過ぎていく。

この悔しさに慣れてもいいのだろうか。ふとそう思う。池田は這うような思いで車へ戻った。

車を出すと、衝動的に湖へ向かった。

まるで車ごと湖中へ突っ込むような勢いでアクセルを踏み込むと、水際ぎりぎりで急ブレーキを踏んだ。

目のまえには穏やかな湖面が広がっている。そしてもちろん何も答えてくれない。

○

佳代の車が北湖の別荘に現れたのは、圭介の到着から遅れること三十分ほど経ったころだった。

圭介は玄関先のポーチに腰かけ、佳代の到着を待っていた。湖畔沿いの道から、闇に樹々を浮かび上がらせながら近づいてくる車のライトがはっきりと見えた。

敷地内に入ってくると、そのライトに圭介の姿が映ったのか、驚いたらしい佳代はずいぶん手前で車を止めた。

圭介はライトの中で手招きした。佳代の車が砂利を踏んで、ゆっくりと進んでくる。

ハンドルを握る佳代の顔は暗くて見えない。

エンジンが切られ、ライトが消える。途端に辺りは真っ暗になった。

車を降りてきた佳代に、その場で服を脱げと圭介は命じた。

佳代はもうためらうこともなく服を脱ぐ。

服を脱げと言えば、目の前ですぐに脱ぐこの女が、一体自分のなんなのかが圭介には分からない。羞恥心もなく服を脱ぐその姿が腹立たしいのか、愛おしいのかも分からない。

ポーチから立ち上がると、圭介は佳代の手を乱暴に引いて歩かせた。月が二人のあとを追ってくる。砂利道を湖へと降りていく二人の足音が森に響く。

風はなく、湖面は静かだった。

葦原に伸びたレジャーボート用の浮き桟橋を、佳代の手を引いて歩く。

さっき車の中で想像した断崖絶壁がふと蘇った。浮き桟橋などまったく高くもないが、その代わり、夜の湖はどこまでも暗く深い。

圭介は佳代を突端に立たせた。

靴を脱げと命じると、その瞳が尋常でないほど怯える。

それでも圭介は、無理やり靴を脱がせた。

「飛び込め」

命じた途端、佳代がすがるように圭介の手を握り返してくる。

「……泳げへん」

声は震え、目にはうっすらと涙が浮かんでいた。

「助けたるって。俺のこと、信じられへんか？」

「……でも、ほんまに泳げへん」

佳代の目が絶望していた。目も絶望するのだと圭介は知った。

「俺のこと、信じられへんか？」

もう一度、圭介はゆっくりと尋ねた。佳代はひどく目を泳がせるだけで、何も答えられずにいる。

圭介はそれでも次の言葉をかけてやらず、ただじっと佳代の返事を待った。

「俺のこと、信じられるな？」

ずいぶん経ってから、圭介はもう一度繰り返した。観念したように、佳代が頷く。

圭介は別荘から持ち出してきた黒い手錠を出した。佳代の顔からいよいよ血の気が引く。

それでも容赦なく圭介は佳代の両手に手錠をかけた。

湖の風景の中、この黒い手錠だけが異質だった。

「……ほんまに泳げへん」

もう声とは呼べない、器官の震えのような声だった。

「飛び込め」

圭介は静かに命じた。

激しく首を横に振りながらも、今にも腰を抜かしそうな佳代が、それでも数センチずつ足を浮き桟橋の端に進めようとする。

浮き桟橋の突端に立つと、激しく体が震え出した。何かに摑まっていなければ立っていられないほどだった。

夜の湖はとても深く、数十センチの高さのはずなのに、まるで断崖のようで、佳代は視線を夜空へ向けた。湖底よりも遥かに遠いはずの空のほうが、逆に手が届きそうに見える。

背中に圭介を感じた。

「俺のこと、信じられへんか?」と彼は訊く。「俺のこと、信じられるな?」と彼は言う。

佳代は桟橋の端から右足の親指だけを出した。たかが親指なのに、もう体が湖の底に沈んでいくような恐怖を感じる。

溺れても必ず圭介が助けてくれる、とは思えなかった。

そんなことよりも、自分の命が彼の手に握られているということが、佳代に勇気を与えた。飛び込めと命じられた自分には選択権はない。ここで溺れ死ぬか助かるか、決めるのは自分ではなく圭介なのだ。

遠くで水鳥が羽ばたいた。月を映していた湖面が波立ち、波紋が広がってくる。

手錠をかけられたまま、佳代は左右の手を強く握り合わせた。右手と左手が互いに命乞いをし合っているようだった。

佳代はゆっくりと湖を見渡した。対岸の鬱蒼とした森や湖面の波紋をしっかりと目に焼きつける。

圭介の顔を見たいと思ったが、振り返らなかった。振り返らないと決めた瞬間、急に体が軽くなった。

佳代は何のためらいもなく、すっと体を前に出した。

足元の浮き桟橋と目の前の景色が揺れた。

体が浮いた次の瞬間、全身を冷たい水が包んだ。手首の手錠が急に重く感じられる。体が物凄い速さで沈んでいく。

湖ん中や……。

そう感じた瞬間、水中に広がった髪が湖底から強く引かれるようだった。

このまま死ぬんかな……。

そう思った。なぜかかっと体が熱くなった。

誰かに見られているような気がした。暗い湖の底に丸い窓があり、そこから誰かが覗き込んでいる。

誰だろう。

女の人だ。

でも、誰だろう。

湖の中は真っ暗だった。湖底に沈んで動かなくなった自分の姿が見えた。湖畔の葦原をパトカーの赤いランプが照らしているのが見える。湖にはボートが幾艘も出ている。湖面は強いサーチライトで照らされている。

殺人犯として勾留される圭介の姿も見える。狭い取調室で項垂れた圭介は、まるで松本郁子のように人権を蹂躙されている。

これで圭介は、一生私から逃れられない。

ふとそう思った。これで私は一生圭介から支配され続ける。そう感じた。

ふいに体が引っ張り上げられたのはそのときだった。途端、それまではまったくなかった不快感が一気に押し寄せてくる。

水を吸い込んだらしい鼻の奥に激痛が走り、喉が締めつけられ、誰かに踏みつけられたように肺が痛む。

あまりの痛みに声を上げたその瞬間、ぬるぬるした水が一気に喉に流れ込んできた。顎が外れるほど口を広げたのと、顔が湖面から浮き上がったのが同時だった。咳き込み、水を吸い、また咳き込み、また水が鼻や口に入る。

佳代を抱えている圭介の足が、水の中で激しく動く。水を蹴り、佳代の太ももを蹴り、岸に向かおうとする。

「力抜け！」

「俺の首に腕回せ！」

「暴れんな！」

圭介の怒声が耳元で響いた。二人が立てる水音なのか、それとも森の野鳥たちが飛び立つ音なのか、まるで湖が叫んでいるような声がする。

それが自分の叫び声だと気づいた瞬間、やっと焦点が合った。

濡れた佳代の髪が、怒鳴る圭介の顔に貼りついていた。桟橋の浮きが、視界の上に下に右に左に流れながら、徐々にその位置がはっきりしてくる。

佳代が自分の呼吸を意識したのと、つま先が湖底の石ころに触れたのがほぼ一緒だった。もう片方の足をもがくように前へ出すと、今度ははっきりと足裏に湖底の泥を感じた。

横で圭介がえずいていた。大きく肩を上下させ、水とも涎とも呼べないものを口元からだらだらと垂らしている。

肩口が湖面に出た。夜風が佳代の濡れた肩を撫でる。

圭介に抱えられながら、佳代は湖から這い出した。苦しいながらも呼吸をし、倒れ込んだ砂浜には流木が散乱していた。奇妙な形にねじれた流木が、自分と同じように湖で溺れた人間の姿のようだった。

とつぜん吐き気がこみ上げて、佳代は胃の中のものを水とともに吐いた。

吐いた途端、また呼吸が苦しくなる。

四つん這いになり、獣のように背中を丸めて深呼吸した。同じように波打ち際に身を横たえ、ゼエゼエと荒い圭介の息遣いが湖面に響き渡っている。

しばらくすると、その圭介が砂浜をゆっくりと這ってきて、四つん這いの佳代に襲いかかるように覆いかぶさる。

「お前、アホか！　……俺が飛び込まへんかったら、お前、今ごろ死んどるぞ！」

声を荒らげると、圭介の呼吸が乱れた。

圭介に突き飛ばされ、佳代は砂浜に倒れた。倒れた佳代に、また圭介が覆いかぶさってくる。月明かりに伸びた二人の影が獣じみていた。獣が仕留めた獲物の腹を食い破っているような影だった。

「なあ！　俺が助けてやらへんかったら……」

圭介の顎や髪から水が垂れた。佳代はその滴を顔で受けながら、圭介ではなく、その先にある星空を見つめた。

このまま死ぬんかな……。

湖の中でそう思った瞬間に体をかっと熱くした何かが蘇ってくる。

「どうして……、どうして死なせてくれへんかったん」

自分でも思わぬ声が出た。もちろんこれまでに死にたいなどと思ったことは一度もない。ただ、もしもあれが死というものならば受け入れられたようにも感じられた。

「アホか！　アホか……。お前、俺が死ね言うたら死ぬんか！」

圭介が腹立ち紛れに、砂浜を殴りつける。跳ねた砂が佳代の顔にかかる。

「……お前、なんやねん。お前、ほんま、なんやねん！」

全裸で手錠をかけられたままだった。濡れた髪は乱れ、体には水草がついている。しかし、そんな無様な自分の姿が、佳代にはなぜかとても美しく思えた。

まったく寒さは感じなかった。逆に冷えた砂が、火照った背中に心地いい。

隣で圭介も砂浜に横たわる。大きく波打つその腹が佳代にも見えた。圭介の腹だけが、この湖の景色の中で動いていた。

どれくらい二人でそうやっていただろうか、とつぜん圭介が笑い出した。

最初は小さかった笑い声が、次第に堪えきれない馬鹿笑いになる。

佳代は星空を見つめたまま、笑い声を聞いていた。不気味とも思わなかった。もちろん面白そうにも見えなかった。

「なあ、一緒に、どっか行かへんか？」

笑うのをやめた圭介が呟く。砂に染み込むような言い方だった。

「一緒に？」と、佳代はやはり星空を見つめたまま訊き返した。

「そや。二人で、もうどっか行ってまおか」

「どっかって？」

「そやから、どっかはどっか……」

ふいに圭介が体を起こし、佳代の顔を覗き込んでくる。

「お前、頭おかしいわ」と、圭介に微笑まれ、佳代は黙って頷いた。

「お前、頭おかしいな？」

また頷く。

「ほんで、俺も頭おかしいわ」

立ち上がった圭介が手を差し伸べる。

佳代はその手をとった。

「行くぞ」

圭介がとつぜん佳代を軽々と抱きかかえ、別荘への道を歩き出す。

自分を抱えて歩く圭介の、その振動が心強かった。無防備な脚が揺れ、乳房に圭介の指が食い込む。

佳代は目を閉じた。この感触をもっとしっかりと味わいたかった。

森の中を誰かに抱えられて行くことがなぜかとても懐かしい。そのとき、またあの記憶が蘇った。まだ幼かったころ、祖母が教えてくれた天狗の話だ。

村の少女が神かくしに遭う。村人たちが必死に捜索するも少女は見つからない。そのころ、少女は森の中で目を覚ます。すでにとっぷりと日の暮れた森の中、少女は、走る誰かの腕に抱えられている。

とても太い腕だ。

「あんたは誰？」

「わしは天狗じゃ」

圭介の足がふいに止まり、佳代は腕から降ろされた。別荘の前で、圭介が車の助手席側のドアを開ける。

「乗れ」

「でも……」

裸のままだったし、手錠もかけられていた。

「ええから、乗れって」

背中を押され、助手席に乗った。背中や尻についた砂が、乾いて落ちた。

運転席に乗り込んできた圭介がエンジンをかける。ライトが点き、目の前の森が白く浮かび上がる。

「俺も、お前も、頭おかしい。頭おかしいもん同士でドライブや」

急発進した車が別荘地の道を下りていく。

「こんなん見つかったら、一発でアウトやな。警察じゃなくても、誰かが通報するやろな。信号で隣に並んだ車とか、みんなびっくりするで。『裸で、手錠かけられた女が車で拉致されてました！』て慌てて110番やろな。単なるプレイやって言うて、誰が信じてくれるやろ？　信じるやつなんかおるわけないな。信じるやつおったら、そいつも変態やで」

いつになく圭介が饒舌だった。自分で自分の言葉に興奮しているようだった。

車が別荘地の敷地を出る。湖沿いの道は街灯も多く、佳代の白い体が車内に浮かび上がっては消える。

シートベルトもつけぬままなので、車内には警告音が鳴り続けている。

このまま湖畔沿いを走れば、道はバイパスに合流する。今は並走する車も対向車もないが、バイパスに出れば状況が変わる。

圭介が言うように、バイパスにはパトカーがいるかもしれない。並走するトラックの運転席から見下ろされるかもしれない。対向車にこの恥ずかしい姿を通報されるかもしれない。

佳代はまた目を閉じた。車の振動がシートから伝わってくる。

天狗はまだ佳代を抱いて森の中を走っていた。

佳代はさらに強く目を閉じた。

天狗は走る。景色も見えぬほどの速さで森の中を走っていく。おこぼれにあずかろうと、狼たちがあとを追ってくる。

「ほんまはな、天狗さんいうんは怪物でも化け物でもないねん」

ふいに祖母の声が蘇る。

「……修験道の山伏さんがな、厳しい修行の果てに、恐ろしい顔にならはっただけやねん。なんも怖いことないねん。そやから、佳代ちゃんは安心して寝たらええ」

幼い佳代は目を開けた。佳代の小さなおなかを祖母の手が優しくさすっている。

「私、怖い天狗さんがええねん！　私は、怖い天狗さんに連れてってほしいねん！」

急ブレーキがかかったのはそのときだった。

その反動で背中がシートを離れた。

目を開けると、車はバイパスに出る手前で止まっている。

もう少しで合流地点という場所だった。バイパスの先に車のテールライトがどこまでも赤く伸びている。

「もう、終わりや」

落ち着いた声だった。圭介はそう言ったきり、まっすぐに合流地点の赤いテールライトの列を見つめている。

「終わりって……?」

佳代は唖然とした。まだ自分だけが天狗に抱えられて森の中を走っていた。

「そやから、終わりは終わりや。いつもの終わりとはちゃう。いつもLINEで、もう会わへんとか、これが最後やとか言うてる、あの終わりじゃなくて、ほんまの、本物の終わりや」

それだけ言うと、圭介が車をバックさせようと、ハンドルに手をかける。

「ちょっと、ちょっと待ってください……」

佳代は思わずハンドルに手を伸ばした。手首にかけられたままの手錠が音を立てる。

「そや、それ、外したらんとな」

圭介がポケットから鍵を出し、慣れた手つきで手錠を外してしまう。

「これな、警察が使ってんのと同じ型やねん。普通に通販で買えるんやで」

手錠のなくなった手首がうっすらと赤らんでいる。

「そや」

とつぜん体を捻った圭介が、後部座席から薄手のブランケットを引っ張り出し、佳代の体にかける。

「……釣りのときに使ってるやつやから、ちょっと魚臭いかもしれへんけど」

そう言って、また車をバックさせようと、ハンドルを握る。

「あの……」

思わず口が動く。

佳代の声に、圭介が一応動きを止める。

「……私もう、戻られへんわ」

自然にそんな言葉が口から出た。

「……こんなになってしもて、今さら村に帰されても、もう居場所もないわ。こんなんになってしもた女、もうどうにもならへんわ」

「村？」

首を傾げた圭介の顔を、街灯が強く照らす。

「天狗なら天狗らしく最後まで連れ去ってよ。途中で、私だけ置き去りにせんといてよ。俺は化け物ちゃう、人間や、なんて、今さらずるいわ」

気がつけば、バイパスに伸びる赤いテールライトの列が涙に滲んでいた。

佳代の目から溢れる涙を、圭介が指で拭ってくれる。

「そんでも、もう無理やわ。……たとえばもしここが海やったら、このままどっかに行けるんかもしれへんけど、……ここ、湖やもんな」

佳代は圭介の目をまっすぐに見つめた。

「……そんでも、もう私は戻れへん。この体がもう、元には戻らへんわ」

圭介は、もう佳代を見ていなかった。

半年後

ひんやりとした台所の床板が心地よく、佳代は素足を滑らせた。バナナとカスピ海ヨーグルトという簡単な朝食に、今日は川端から引き込んだ湧き水で冷やしていた野菜で少し多めのサラダを作った。

居間まで持っていくのも面倒で、佳代は毎朝、このひんやりとした台所で朝食を済ませてしまう。食器を洗い、二階に駆け上がってスポーツウェアに着替え、今日も日差しが強くなりそうな外へ出ていく。

家のまえの駐車場でストレッチをしていると、片目の地域猫が足元にすり寄ってくる。

「まだごはんもらってへんの？」

佳代はストレッチしながら、その腹を撫でた。猫は安心しきって、ゴロンと地面で腹を伸ばす。

「あら、佳代ちゃん、これからジョギング？　今朝はちょっとのんびりやね？」

振り返ると、佐伯のおばさんが猫の餌皿を持って出てくる。

「今日は仕事が午後からやから。ちょっと寝坊したわ。……ほらほら、おばさんが、あんたのごはん持ってきてくれたで」

佳代の言葉を待たずに、すでに猫はおばさんの元に駆け寄っていく。

「佳代ちゃん、いつもどの辺、走ってんの？」

旺盛に餌を食べる猫を撫でながら、おばさんにそう聞かれ、「湖沿いの道をずっと」と佳代は教えた。

「気持ちええやろな？」

「県道沿いは車多いけど、裏道に入ったり、それこそ砂浜をちょっと走ったりすると、ほんまに気持ちええよ」

軽くストレッチしただけでも、うっすらと額に汗が滲む。

「そういや、佳代ちゃんとこの正和さんが出ていかはって、もう一年になるなぁ」

おばさんに言われ、「そやね」と佳代も頷く。

「一昨日やったか、車でなんや荷物持ってきてはったから少し話ししたけど、相変わらず声大きくて元気そうやったわ」

「一緒に暮らしてる人と、最近カラオケ教室通ってるんやって」

「へえ。カラオケねえ」

餌を食べ終えた猫が川端の石橋を渡って歩いていく。佳代も猫を追うように短い石橋を渡り、

「じゃ、行ってきます」とおばさんに声をかけると、ゆっくりと歩調を早めた。日差しはすでに強いが、心地よい朝の風が頬を撫でる。

佳代がこうやって走るようになったのは、走っていればいろんなことを考えなくて済むからだった。そのうち走ること自体が目的になっていることに、ふと気づいた。本当にふと、ずっと自分を覆っていた何かが晴れたように、そう気づいた。

連続して起きたもみじ園と徳竹会の死亡事件は、完全に迷宮入りしている。最近では職場でもその話題が出ることも少ない。

唯一、松本郁子の弁護団が起こした西湖署の取り調べに対する訴訟の経過が知らされるたびに、施設のスタッフたちも熱心にそのニュースについて語る。

佳代はその話になるべく加わらないようにしている。ただ、加わらなくとも、詳細は伝わってくる。

当初、松本の取り調べに関して、強制や違法な恫喝などはなかったと一貫して主張していた西湖署側が、途中でその主張を変えた。

変えたのは濱中圭介という若い刑事だったという。自らの取り調べに違法性があったと認めたのだ。訴訟を受け、すでに謹慎処分にはなっていたが、施設スタッフたちの話ではおそらく圭介は警察を辞めることになるだろうということだった。

あの刑事が実際に松本郁子に対して違法な取り調べをしたのかどうか、佳代は知らない。そしてなぜ彼が裁判の途中で自分の主張を変えたのかも、もちろん佳代には分からない。

ただ、自分と彼が、何かが狂った時間を、一瞬とはいえ共にしたことだけは、はっきりとこの体が覚えている。

彼に命じられて冷たい湖に飛び込み、その彼に救われたあの日から、たった一度だけ連絡があった。

すぐに湖に来いという一方的なものだった。佳代は仕事で行けないと返信した。

仕事など放り出して会いに行かなければという焦燥感と、こんなことを続けるべきではないという危機感で、そのままおかしくなってしまいそうだった。

するとまたすぐにメールが来た。

『このまえは悪かった。俺はどうかしてた。本当にすまない。本当に、申しわけありませんでした』

ただ、それだけだった。

以来、彼から連絡は一切ない。

最初は、あのまま冷たい湖に自分だけがまだ沈んでいるようだった。自分が彼に何をされたのかということばかりを考えていた。

日々の仕事を続けることで、なんとか自分を保った。早朝、湖の周りを走り始めるようになったのは、いつごろからだったか。日ごろの運動不足がたたって、当初は百メートルも走ると息切れしていたが、中学高校と補欠ながら陸上部だった体は次第に昔のリズムを思い出し、気がつけば、自分が彼に何をされたのかということを考えなくなっていた。

ただ、自分が変わったことだけが分かった。でも、それがどのように変わったのか、そもそも以前の自分がどんなだったのかも分からない。それでも佳代にはずっとくすんでいた目のまえの風景が晴れていくような感じだけがある。

そういえば、ちょうどそのころ、服部の孫娘の三葉と偶然会った。

場所は以前と同じもみじ園の駐車場だった。

「おばあちゃん、準夜勤やからまだ仕事終わらんで」と佳代が教えてやると、三葉は、「え?」と露骨に表情を歪め、「また、おばあちゃん、日にち間違えてるわ。ほんま、ボケてきてるんちゃうかな」と悪態をつく。

口調があまりに冷たかったので、「そんな言い方したらあかんで。おばあちゃん、かわいそうやわ」と佳代は思わず叱った。

しかし三葉はしれっとしたもので、「ボケてる人たちばっかり相手にしてるから自分もボケてくんねん」と言い返してくる。

約束をすっぽかされた子供だと思えば許せもするのだろうが、なぜか、佳代は無性に腹が立った。

「おばあちゃんが一生懸命働いてくれてるから、三葉ちゃん、学校にも行けるんやで」

「別にそんなん頼んでないもん」

「また、そんな言い方して」

「顔合わせれば、昔から『疲れた疲れた』て。もう聞き飽きたわ。もう動けんようになった人のことなんか、ほっとけばええやん。安い給料で、そんな人の下の世話までして、意味あるんかな」

「そやけど三葉ちゃんだって、年とるんやで。同じように」

「私は、そんなに長生きしません！　若くてきれいなまま死にます！」

憎たらしい三葉の顔がぐっと近づいてきたように感じた。

気がつくと、佳代はその頰を張っていた。自分でも驚くような力だった。

あっけに取られたままの三葉の頰がみるみる腫れ上がってくる。

三葉の目に涙が滲む。佳代は慌ててしまい、「ごめん。ごめんな」とその頰に触れようとしたのだが、三葉が鬼のような表情になり、「触るな！」と怒鳴る。

佳代は、「ごめん」と謝った。

謝った瞬間、三葉のような子供相手に、自分が説教をできる人間ではないと気づき、「ほんまにごめん」と繰り返した。

しかし三葉は怒ったまま、その場を立ち去ってしまった。


車通りの多い県道からいつものように、湖沿いの遊歩道に入った。走っているときに考えるのは、今日の仕事の段取りだとか、夕食の献立だとか、そういった日常の些末なことだ。ただ、そんなことを考えている自分がとても健康的に思えてくる。

日を浴びた湖面に目を細めながら走っていく。大きな樹々の下に入ると、ひんやりとした風を感じる。

遊歩道の先から走ってくる男性が見えたのはそのときだった。向こうも気づいたようで、

「あれ、今日はちょっと遅めですね?」と声をかけてくる。

いつも似たような時間帯に、この遊歩道をジョギングしている人で、一度、「靴紐がほどけてますよ」と声をかけられてから、お互いに挨拶するようになった。

佳代は歩調をゆるめながら、「ええ」と笑顔を見せる。

あるとき、しばらく並んで走っていると、彼がもみじ園にも食材を卸しているスーパーの社員だと分かった。

「もう三角公園まで回ってこられたんですか?」

すれ違いながら佳代は尋ねた。

「ええ。わりと良いタイムで走ってきました」

答えた男性が、ふと足を止め、大きく肩を上下させる。

佳代もなんとなく立ち止まった。

「あの……」

男性はまだ肩で息をしている。

「……あの、もし、もしよかったらなんですけど、今度、早朝にここを走りませんか?」

「早朝?」と佳代は尋ねた。

「ええ。向こうの山肌を染めて、朝焼けがとにかくきれいなんですよ。湖には音もなくて、自

分の息遣いだけがはっきりと聞こえて。とっても気分がいいんです」

男性はそこまで言うと、やっと膝についていた手を離して体を起こした。

「いいですね。じゃ、ぜひ今度」

自然にそんな言葉が口から出た。

「ほんとですか？」

「たぶん、ついていけないと思いますけど」

「もちろんゆっくり走りますよ。まだ薄暗いと足元も危ないですから」

「じゃあ、お願いします」

「はい」

湖が迎える美しい朝のなかを、ただ無心で走っている自分の姿がはっきりとイメージできた。

◯

湖の夜は、ふいに明ける。

空も湖面も対岸の山の稜線も、なんの境目もなかった黒一色の世界には、静かに寄せる波音だけがあった。ただ、その波打ち際さえ、いったいどこにあるのかも分からない。

そんな黒一色の世界に、まず浮かび上がってくるのが湖面の波だ。

湖面で揺れる波がこの漆黒の世界に初めて生まれる色とも呼べない第一の光となる。波が揺れているから、そこに湖面があることが分かる。

もし揺れていなければ、存在しない。

じっと見ていると、まるで世界にはこの湖面しか存在しないのではないかとさえ思えてくる。それほどの孤絶感に襲われる。そして孤絶感にも、やはり色と呼べる色がない。

それでも湖面は刻一刻と表情を変えていく。

ただの光だったものが、銀色と呼べるかもしれないような色を持ち始める。とはいえ、たとえ同じ銀色であっても、なめくじが這ったあとにきらきらと残るような色から、月白《げっぱく》と呼ばれる古風な色まで、湖面の色は一時もじっとしていない。

湖の夜を明けさせるのは、もちろん色だけではない。

黒一色だった世界にうっすらと湖面が出現し始めたように、音もまた生まれてくる。

暗くて、まだどこにあるとも分からない木立の中で、まず目を覚ますのは小鳥たちなのか、チュンチュンと鳴くその声の、なんと愛らしいことか。ただ、その愛らしさはまた、まだ暗い夜の中で怯えているように聞こえなくもない。

湖面の波から少し遅れて、今度は対岸の山の稜線が現れてくる。

空と山。

真っ暗な世界を二分するようなこの二色もまた、まだ色と呼ぶには覚束ない。

それでも空は薄墨色に、山の肌は鉛色へと、徐々に互いの色を分けていく。空を覆う薄墨色というのは、千年も以前から喪服の染色や訃報を知らせる手紙に使われたという。

この薄墨色が空で一秒ごとにひらいていく。色がひらくという言い方は適切ではないかもしれないが、まさに花がひらくように、ゆっくりと明るくなっていき、それを追いかけるように、山肌もまた、鉛色から薄墨色へと同じように色をひらいていく。

世界が空と山と湖に分かれてくると、次第にその全貌が見えてくる。

目の前に浮かび上がってくるのは、湖の大きな入江であり、対岸の山肌であり、靄のかかった湖面だ。吸い込まれるほど静かな湖面は、遥か水平線まで続いている。

他の誰のためでもない、と、ふと思う。

ただ、わたしやあなたのためだけに小鳥たちは鳴き、湖面は穏やかで、空はただ明るくなっていくのではないかと。

小鳥の声や波音が、わたしやあなたの心に沁みてくる。ただ、沁みてくる。

これが世界の始まりだ。

そのうち靄のかかった湖の対岸に、街灯りがかすかに浮かび上がってくる。

それはまるで流れ星の残像のようで、実際に今もあそこで輝いているのか、かつてあそこにあったものなのか分からない。そんな街灯りを見つめていると、人間が作った歴史などたかだか二千年なのだと気付かされる。そしてこの湖が見つめてきた時間の長さが恐ろしくなる。

水墨画のようだった世界に、最初にうっすらと滲み出てくる原色は青だ。

まず東の空に群青色が混ざってくる。次に山の肌が藍色に染まってくると、その色を湖面が映し、自身の色まで変えていく。

一口に青と言っても、日本には、紺、瑠璃、浅葱、青白磁……と八十以上の青があるという。その様々な青色が濃い方から順番に空や湖に滲み出てくる。

世界が初めての原色を手に入れるころ、湖面を揺らす波以外にも動きが現れる。

靄のかかった湖面すれすれに、大きな野鳥が飛んでくる。ガッ、ガッ、とヒキガエルのような低い鳴き声は野性味に溢れ、湖面で跳ねる魚を狙うその動きもまた、穏やかだった湖の景色を急に獰猛なものに変える。

大きく広げたその黒い羽は、接近してくるほどに迫力を増し、この世界をふたたび闇へと引き戻してしまいそうになる。

その直後、湖面で魚が跳ねる。

この小さな水音は、まるで交響曲の一音目のように湖に響き渡る。

大きな鳥は急降下し、湖面に水しぶきが上がる。

跳ねた魚が無事だったのか、すでに鉤爪に摑まれているのかは分からない。ただ、そこで生と死が分かれた緊張感だけが湖面に残る。

まだ日の出には間があるが、東の空はさらに青みが増してくる。ギャッ、ギャッ、と甲高く鳴くのは鴨の一種か。靄のなか、湖面へと続く葦原で、彼らの水かきが立てる波紋が大きくなる。

背後の山から下りてきた風が、その葦原を吹き抜け、湖面を走っていく。

遠い湖面に浮かんでいる養殖用のブイや支柱が、風を受けて順番に揺れていく。吹き抜けた凪は明らかに夜風ではない。湖面の靄を晴らし、樹々や葦の葉をピンと張らせるのは、紛れもない朝の凪だ。

この凪を合図にしたように、音と色しかなかった世界に、今度は感情が生まれてくる。

東の空に浮かんだ雲が薄桜色に染まり始め、のっぺりとしていた対岸の山肌からも、密生した樹々の、その一本一本、その一枝一枝、その一葉一葉がくっきりと浮かび上がってくる。

朝焼けは東の空に浮かぶ雲々の形を借りて、徐々に世界へ迫《せ》り出してくる。青がその刻々で世界に色を与えたとすれば、東の空を焼く様々な赤色は、その刻々で世界に感情があることを教えてくれる。

東の空にたなびく雲を染める色に、もし名前をつけるとすれば、それは紅《くれない》の八塩《やしお》という赤だ。平安期、紅花の濃染《こぞめ》で作られたこの赤色は、あまりにも高価で贅沢だったため禁色とされたという。それほど貴族たちを魅了したのがこの紅の八塩だ。

その禁色が湖の東の空をふんだんに染める。平安の貴族たちを狂わせた色を、世界は惜しむことなく東の空に広げていく。紅の八塩の朝焼けは、湖面にも映り込み、金箔を散らしたような波が立つ。

視線を此岸に戻せば、波打ち際では、二匹の紋白蝶が戯れながら飛んでいる。ダンスでもしているように、互いが互いの周りをくるくると回転し、朝焼けの空に高く上がったり、湖面に下りてきたりする。

他の誰のためでもない、とまた思う。

わたしやあなたのためだけに、二匹の紋白蝶は戯れ、空や雲は赤く染まり、夜は明けていくのではないかと。

朝焼けや二匹の紋白蝶もまた、わたしやあなたの心に沁みてくる。ただ、沁みてくる。

まだ日差しとも呼べないほどの光の中で、葦原を揺らして近づいてきた波が岸辺の砂利を洗う。

チャプ、チャプ、チャプと規則正しく鳴る波音に応えるように、あちらこちらの木立からは旺盛な野鳥たちの鳴き声が聞こえ始める。

チーーーー。チュンチュン。ヒンカラララ。フィーーーー、キュルルル。ピーヨ、ピーヨ。

ここにはまだ、自然界の音しかない。

そして彼らはきっと知っている。この世界がどれほど美しいのかを。

だからこそ、この美しさをわたしやあなたに伝えたいと思っている。

言葉はいらない。わたしやあなたはただ、岸辺にしゃがみ、寄せる波に触れてみればいい。

ひんやりとした湖水が、きっとそのすべてを教えてくれる。

わたしやあなたはただ、足元の小石を摑み、湖に投げてみればいい。小石はキラキラと輝き、湖面に広がった波紋が、きっと何もかもを教えてくれる。

この世界に初めて人間の音が混じるのは、遠く対岸から聞こえてくる船のエンジン音だ。ポンポンポンポン、ポンポンポンポン。

漁へ出ていく船の小さなエンジン音が、もしかすると湖の朝に終わりを告げるのかもしれない。遠くから聞こえてくるエンジン音は長閑で、決して湖の朝を汚しはしない。

物音が立ったのは、一番手前に建つバンガローだった。朝靄の木立の中には、小さなバンガローが五、六棟ほど建っている。

一番手前のバンガローに灯った窓明かりは、靄に差し込む淡い朝の光よりもまだ強い。

池田は腰かけていた波打ち際の倒木から立ち上がった。腕時計を見ると、午前四時を回ったばかりだった。

バンガローのドアが開き、誰か出てくる。顔までは判別できないが、あくびをしながら背伸びするその姿はまだ幼い。

池田は足元の砂利が音を立てないように、慎重に場所を移動した。大きな楡の木の裏に隠れると、さらにバンガローを出てきた人影がくっきりと見える。

間違いなかった。立っているのは、昨夜このキャンプ場で火を囲んでいた服部の孫、三葉のファンを公言する男の子の一人だった。バンガローを出た少年はストレッチでもするように体をひねりながらキャンプ場の共同トイレへと歩いていく。

池田はあとを追おうとしたが、すぐに続けてもう一人の少年が出てきた。この少年は共同トイレではなく、隣のバンガローに向かう。

少年が立てる遠慮がちなノックの音が湖に吸い込まれていく。ノックされたバンガローに窓明かりが灯った。

出てきたのは三葉だった。彼女だけがこちらのバンガローを使っている。

とても奇妙な光景だった。

朝靄の中で動いているのは、夏休み中の子供たちだった。なのに、その動きには楽しさも喜びもない。まるで兵士たちが与えられた任務を淡々と遂行しているようだった。

池田は三つ目のバンガローから、他の少年たちが出てくるのを待った。

昨夜、焚き火を囲んでいた少年たちは、三葉も含めて五人だった。昨夜は付き添いの服部夫妻の姿もあったが、焚き火を終え、午後九時を回ったころ、夫妻は少年たちを各バンガローに残して帰宅した。

夫妻が乗る車のライトが、湖畔の道を遠ざかっていく様子がいつまでも見えた。車の青白いライトは、まるで蛍のように樹々を照らして湖沿いの道を遠ざかった。

夫妻が帰宅し、一時間ほどすると、子供たちのバンガローの窓明かりも消えた。三葉のバンガローからはしばらく大音量でアイドルグループの曲が流れていた。

それから六時間、池田はただ湖と対峙していた。波打ち際にあった倒木に腰かけ、月明かりもない真っ暗な湖が朝を迎える瞬間を待っていた。

なんの根拠もなかった。それは目を閉じているような真っ暗な湖の景色と同じだった。それでも諦めきれなかった。この事件が解決されなければ、この先一歩も前へ進めないような気がした。

池田は半年まえ、一身上の都合で休職を願い出た。退職覚悟の願いだった。デスクの渡辺の尽力もあり、現在は一年間、無給での休職扱いとなっている。

何がどこから生まれたのか、何が何を生んだのかを知りたかった。そして何よりも松江が美しいと語ったハルビンの湖と、この目のまえの湖が何で繋がっているのかを知りたかった。もちろん繋がりなどないのかもしれない。まるで目を閉じたように真っ暗な世界は、このまま朝を迎えず、ただ真っ暗なままなのかもしれなかった。

これまでなら三葉たちが双眼鏡を持ち出して、野鳥観察を始める時間だった。

まだ朝の四時半にもなっていないが、湖はすでに朝の光に包まれている。また空振りかもしれなかった。野鳥観察を終えた三葉たちは、数時間後に迎えにくる服部夫妻の車で、帰宅していくだけかもしれなかった。

屋外の洗面所で顔を洗った三葉たちがバンガローへ戻ってくる。

池田は見つからないように、いつものように駐車場の車へ戻ろうとした。やはり今日もその駐車場には濱中圭介という刑事の姿がある。

彼もまたこの事件に取り憑かれている一人らしかった。

池田と同じようにこうやって何度も空振りに終わる張り込みを、彼もまた続けている。

お互いにお互いの存在は知っている。ただ、これまでまだ一度も言葉は交わしたことがない。

おそらく彼は、伊佐美という刑事から池田のことを知らされたはずだ。現在、松本郁子に対する違法行為で謹慎中だが、おそらく今後の裁判の結果、懲戒免職となる可能性が高い。まさにトカゲの尻尾切りだが、それでも彼は池田と同じように必ずこの湖にやってくる。

池田が今日もいつものように空振りだと諦め、改めて駐車場に戻ろうとしたときだった。車からその濱中という刑事が身を潜めるように出てくる。

池田は振り返った。

そのときだった。ドアのわずかな隙間から三葉が使っているバンガローの室内が見えた。その壁に白衣が掛かっていた。

膝が震えた。

池田は楡の木に手をつき、「落ち着け」と自分に言い聞かせた。

それぞれのバンガローから白衣を着た少年たちが出てきたのはそのときだった。彼らは普段のように湖に向かうのではなく、三葉を先頭にして車道の方へ歩いていく。

一列に並び、黙々と行軍するような子供たちの姿は異様だった。

その背中や歩き方には、間違いなく行き先がある。目的がある。次の瞬間、三葉の声が風に乗って池田の耳に届いた。なぜかその瞬間だけ、湖の波音も鳥の声も何もかもが静まり返った。

三葉が口にしたのは、ある介護施設の名前だった。池田がこのキャンプ場の位置から目星をつけていた施設だった。

ふと目を向けると、すでに濱中刑事は動き出している。

池田は子供たちのあとを追うまえに、一度だけ振り返って湖を見た。

湖は美しい朝を迎えようとしている。

初出　「週刊新潮」二〇一八年八月三十日号から二〇一九年八月十五・二十二日号
単行本化にあたり、大幅に加筆・改稿を施しました。

本文中、七三一部隊の表記に関して、ＮＨＫスペシャル「７３１部隊の真実～エリート医学者と人体実験～」を参考にしました。また、この作品はフィクションです。登場人物、団体などは、実在のものとは関係がありません。

吉田修一（よしだ・しゅういち）
長崎県生まれ。1997年「最後の息子」で第84回文學界新人賞を受賞し、デビュー。2002年『パレード』で第15回山本周五郎賞、「パーク・ライフ」で第127回芥川賞を受賞。2007年『悪人』で第34回大佛次郎賞と第61回毎日出版文化賞を受賞。2010年『横道世之介』で第23回柴田錬三郎賞、2019年『国宝』で第69回芸術選奨文部科学大臣賞、第14回中央公論文芸賞を受賞した。2016年より芥川賞選考委員を務める。

湖《みずうみ》の女《おんな》たち

発行／2020年10月30日

著者／吉《よし》田《だ》修一《しゅういち》
発行者／佐藤隆信
発行所／株式会社新潮社
〒162-8711　東京都新宿区矢来町71
編集部　03-3266-5411
読者係　03-3266-5111
https://www.shinchosha.co.jp
印刷所／錦明印刷株式会社
製本所／大口製本印刷株式会社

ISBN978-4-10-462807-0　C0093